JAZZ

TONI MORRISON

JAZZ

Tradução
José Rubens Siqueira

3ª reimpressão

COMPANHIA DE BOLSO

Grafia atualizada segundo o Acordo Ortográfico da Língua Portuguesa de 1990, que entrou em vigor no Brasil em 2009.

Título original
Jazz

Capa
Jeff Fisher

Preparação
Maria Cecília Caropreso

Revisão
Marcelo Donizete de Brito Riqueti
Adriana Moretto

Dados Internacionais de Catalogação na Publicação (CIP)
(Câmara Brasileira do Livro, SP, Brasil)

Morrison, Toni
Jazz / Toni Morrison ; tradução José Rubens Siqueira. — São Paulo : Companhia das Letras, 2009.

ISBN 978-85-359-1511-2

1. Ficção norte-americana I. Título.

09-06600 CDD-813

Índice para catálogo sistemático:
1. Ficção : Literatura norte-americana 813

EDITORA SCHWARCZ S.A.
Rua Bandeira Paulista, 702, cj. 32
04532-002 — São Paulo — SP
Telefone: (11)3707-3500
www.companhiadasletras.com.br
www.blogdacompanhia.com.br
facebook.com/companhiadasletras
instagram.com/companhiadasletras
twitter.com/cialetras

para RW
e
George

Eu sou o nome do som
e o som do nome.
Eu sou o signo da letra
e a designação da divisão.

"O Trovão, a Mente Perfeita"
O NAG HAMMADI*

* Códex VI, 2 dos Evangelhos Apócrifos encontrados por um camponês na vila egípcia de Nag Hammadi em 1945, onde estiveram enterrados dentro de um pote de cerâmica durante 1600 anos. (N. T.)

PREFÁCIO

"**Ela ficou ali**, lambendo os flocos de neve do lábio superior, o corpo inteiro tremendo, menos a mão esquerda que segurava a faca..."

Não funcionava, essa frase inicial para *Jazz*, porque tornava mecânico e previsível o que vinha a seguir; a inevitabilidade de "Então ela..." parecia inadequada a esse projeto. Eu estava interessada em retratar certo período da vida afro-americana, através de uma perspectiva específica — que refletisse o conteúdo e as características de sua música (romantismo, liberdade de escolha, destino, sedução, raiva) e seu modo de expressão. Tinha escolhido a época, a linha narrativa e o lugar muito tempo antes, ao ver a fotografia de uma linda moça num caixão de defunto, e ler as reminiscências do fotógrafo de como ela havia acabado ali dentro. No livro *The Harlem Book of the Dead* [O livro Harlem dos mortos], o fotógrafo James Van Der Zee conta a Camille Billops o que se lembra da morte da moça: "Era aquela que acho que levou um tiro do namorado numa festa, de uma arma com silenciador. Ela reclamou que estava se sentindo mal na festa e os amigos disseram: 'Bom, por que não vai deitar?'. Levaram a moça para o quarto e puseram na cama. Quando desabotoaram e tiraram a roupa dela, viram o sangue no vestido. Perguntaram a ela o que era e ela falou: 'Amanhã eu conto. É. Amanhã eu conto'. Ela só estava tentando dar uma chance para ele escapar. Para a foto, eu coloquei as flores no peito dela". Os seus motivos para colocar sua vida em perigo ao esperar, para aceitar a vingança do amante como legítima, pareciam tão juvenis, tão tolos, tão embrulhados e embaraçados no sacrifício exigido pelo amor tragicamente romântico. O episódio me pareceu evocativo da orgulhosa desesperança de amor lamentada e promovida pelo *blues* e, ao mesmo tempo, alimentada pela irresistível energia do jazz. O fato afirmou-se imediata e agressivamente como a semente de uma trama, de um roteiro.

Amada liberou uma porção de ideias sobre a maneira e a natureza daquilo que podia ser valorizado sob coação e sobre a deformação emocional imposta por uma sociedade escravocrata. Uma dessas ideias — o amor como um perpétuo luto (assombrado) — me levou a considerar uma ideia paralela: como esses relacionamentos foram alterados, mais tarde, sob (ou por) um certo grau de liberdade. Alteração essa intensamente clara na música. Me vi tocada pela modernidade que o jazz antecipava e direcionava e por seu nada razoável otimismo. Fossem quais fossem a verdade ou as consequências das dificuldades individuais e do panorama racial, a música insistia que o passado podia nos assombrar, mas não nos amarrar. Ela exigia um futuro — e recusava-se a ver o passado como "... um disco riscado sem outra perspectiva além de repetir o mesmo sulco e nenhum poder na terra conseguiria levantar o braço da vitrola".

Durante três anos o molde foi tomando forma — um casal mais velho nascido no Sul; o impacto sobre eles de uma nova liberdade urbana; a dificuldade emocional da mudança drástica do clima ameaçador no Sul pós-Reconstrução para a promessa do Norte pós-Primeira Guerra Mundial. O casal seria forçado a interagir com uma moça que introduz em suas vidas um novo tipo de risco — psicológico mais do que físico. Para reproduzir o clima da época, li exemplares de todos os jornais negros do ano de 1926 que consegui encontrar. Os artigos, as propagandas, as colunas, os anúncios de empregos. Li programas de escolas dominicais, programas de cerimônias de formatura, atas de reuniões de clubes de mulheres, periódicos de poesia, ensaios. Escutei discos "raciais" riscados, com selos como Okeh, Black Swan, Chess, Savoy, King, Peacock.

E recordei.

Minha mãe tinha vinte anos em 1926; meu pai, dezenove. Cinco anos depois, eu nasci. Os dois deixaram o Sul quando eram crianças, cheios de histórias apavorantes ao lado de uma curiosa nostalgia. Eles tocavam discos, cantavam as canções, liam os jornais, usavam as roupas, falavam a língua dos anos 1920; debatendo infindavelmente o *status* do negro.

Lembro de abrir um baú de metal que ficava como uma arca do tesouro no hall. O fecho, preso mas não trancado a chave, era emocionante; sua parte superior redonda, os cilindros — tudo se encaixava, estalava e obedecia. A tampa era pesada, mas silenciosa nas dobradiças; uma entrada devidamente furtiva nesse tesouro do qual tinha sido avisada a nunca, jamais, me aproximar. Sou criança demais para ir à escola e os dias são infindáveis sem minha irmã. Ela está solene e importante, agora que tem um compromisso diário (a primeira série) e eu não tenho nada para fazer. Minha mãe está no quintal. Ninguém mais em casa, então ninguém vai saber como o fecho é obediente, como a tampa se abre silenciosa. O tesouro que imagino estar escondido ali não desaponta. Logo em cima de vestidos de crepe há uma bolsa de noite, minúscula, enfeitada com uma franja de azeviche e vidro.

Minha mãe ouve o grito, mas eu não. Só me lembro do estalar da dor quando a tampa do baú esmaga minha mão, e de acordar depois nos braços dela. Achei que ia se zangar comigo por minha desobediência, mas ela não se zanga. É carinhosa, canta um pouco, massageia minha mão, esfrega-a com um triângulo de gelo. Eu tinha desmaiado. Que coisa mais adulta! Como minha irmã vai ficar com inveja quando eu contar da dor, de como me senti adulta e amada. Mas dizer que tinha visto, examinado a bolsa, o tesouro — isso eu não ia contar a ela. Ia guardar para mim esse relance do mundo de minha mãe anterior ao meu nascimento. Era particular. Era cintilante. E agora era meu também.

Depois de *Amada*, focalizado no amor materno, eu queria examinar o amor de casal — a reconfiguração do *self* nessas relações; a negociação entre individualidade e compromisso recíproco. O amor romântico me parecia uma das marcas dos anos 1920 e o jazz o seu motor.

Embora eu tivesse um conceito, seu contexto, uma trama, personagens, dados, não conseguia definir a estrutura onde localizar o sentido, mais que a informação; onde o projeto chegasse o mais perto possível de sua ideia de si mesmo — a essência da chamada Era do Jazz. O momento em que a forma artística afro-americana definia, influenciava, refletia de tantas maneiras a cultura de uma nação: o desabrochar da liberdade sexual, uma explosão de poder político, econômico e artístico; os conflitos éticos entre o sagrado e o secular; a mão do passado sendo esmagada pelo presente. Primordial entre esses aspectos, porém, era a invenção. A improvisação, a originalidade, a transformação. Mais que versar sobre essas características, o romance procuraria se transformar nelas.

Meu esforço para entrar nesse mundo era constantemente frustrado. Eu não conseguia localizar a voz ou a posição do olhar. A história começava com a esposa traída tentando matar sua rival. "Ela ficou ali, lambendo os flocos de neve do lábio superior..." Tudo bem, talvez. Talvez. Mas nada que pudesse extrair do material ou das pessoas o drama composicional da época, sua imprevisibilidade. Eu sabia tudo sobre essa esposa e, zangada com minha incapacidade de invocar a linguagem adequada para revelá-la, joguei meu lápis no chão, aspirei entre os dentes, desgostosa, pensando: "Ah, droga! O que é isso? Eu conheço essa mulher. Sei o número da saia que ela usa, de que lado dorme. Sei o nome do óleo que usa no cabelo, seu perfume...". Então foi isso que escrevi, sem nenhum esforço, sem pausa, brincando, só brincando com a voz, sem nem mesmo pensar quem era o "eu" até parecer natural e inevitável que o narrador pudesse — quisesse — se identificar e deslanchar o processo de invenção, de improvisação, de transformação. Comentar, julgar, arriscar e aprender. Eu tinha escrito romances em que a estrutura tinha por finalidade enfatizar o sentido; aqui a estrutura se *igualava* ao sentido. O desafio era expor e enterrar o artifício e levar a prática além das regras. Eu não queria simplesmente um fundo musical ou referências decorativas a ele. Queria que a obra fosse uma manifestação do intelecto, da sensualidade, da anarquia da música; sua história, sua abrangência e sua modernidade.

Ela cantava, minha mãe, assim como outras pessoas divagam. Um lindo fundo sonoro constante com o qual eu contava por certo, como oxigênio. *Ave Maria, gratia plena... I woke up this morning with an awful aching head/ My new man has left me just a room and a bed... Precious Lord, lead me on... I'm gonna buy me a pistol, just as long as I am tall... L'amour est un oiseau rebel... When the deep purple falls over hazy garden walls... I've got a disposition and a way of my own/ When my man starts kicking I let him find a new home... Oh holy night...** Assim como a música que viria a ser conhecida como jazz, ela bebia em todas as fontes, conhecia tudo: gospel, clássicos, *blues*, hinos — e tornava tudo pessoal.

Que interessante seria fazer um levantamento da atmosfera, escolher a palheta, investigar os sons de sua juventude e converter tudo isso em linguagem tão sedutora, tão cintilante quanto uma bolsa de noite guardada num baú!

* "Ave Maria, cheia de graça"; "Acordei de manhã com a cabeça doendo muito/ Meu homem novo me deixou só com um quarto e uma cama"; "Precioso Senhor, mostre o caminho"; "Vou comprar um revólver, que seja do meu tamanho"; "O amor é um pássaro rebelde"; "Quando o roxo profundo baixa sobre os muros sonolentos do jardim"; "Eu tenho um temperamento e um jeito todo meu/ Quando um homem começa a chutar, mando ele procurar outra casa"; "Noite feliz". (N. T.)

JAZZ

Xi, eu conheço essa mulher. Ela morava com um bando de pássaros na avenida Lenox. Conheço o marido dela também. Ele ficou caído por uma garota de dezoito anos, um daqueles amores de espantar, lá do fundo, que fez ele ficar tão triste e feliz que matou a moça para o sentimento continuar. Quando a mulher, o nome dela é Violet, foi ao velório para ver a moça e cortar a cara dela, foi jogada no chão e para fora da igreja. Ela correu, então, no meio de toda aquela neve, e quando voltou para o apartamento tirou todos os passarinhos de dentro das gaiolas e botou na janela para eles congelarem ou voarem para longe, inclusive o papagaio que dizia "Eu te amo".

Tinha tanto vento soprando na neve por onde ela correu, que não deixou pegadas, de forma que durante algum tempo ninguém sabia exatamente a que altura da avenida Lenox ela morava. Mas assim como eu, eles sabiam quem era ela, quem havia sido, porque sabiam que o marido dela, Joe Trace, era aquele que tinha dado o tiro na garota. Ele nunca foi processado por ninguém porque ninguém viu de fato ele dar o tiro, e a tia da moça não quis investir nenhum dinheiro em advogados inúteis, nem em policiais risonhos, sabendo que a despesa não ia adiantar nada. Além disso, ela descobriu que o homem que matou sua sobrinha chorou o dia inteiro, e para ele e para Violet isso é tão ruim quanto a cadeia.

Apesar do sofrimento que Violet provocou, o nome dela foi mencionado na reunião de janeiro do Clube de Mulheres de Salem, como alguém necessitada de ajuda, mas não passou na votação, porque só reza — não dinheiro — podia ajudar Violet agora, já que estava casada com um homem mais ou menos capaz (que precisava parar de sentir pena de si mesmo) e porque um homem e sua família da rua Cento e Trinta e Quatro tinham perdido tudo num incêndio. O Clube se mobilizou para ir em auxílio da família vitimada pelo fogo e deixou Violet concluir sozinha qual era o seu problema e qual a solução.

Ela era incrivelmente magra, a Violet. Cinquenta anos, mas ainda bonita quando apareceu no velório. Seria de se supor que ser jogada para fora da igreja ia encerrar o assunto — com a vergonha e tudo —, mas não. Violet é ruim e bonita o suficiente para achar que mesmo sem quadris nem juventude ela podia castigar Joe arrumando um namorado e permitindo que ele a visitasse em sua própria casa. Achou que isso ia secar as lágrimas dele e dar a ela alguma satisfação também. Podia ter funcionado, talvez, mas os filhos dos suicidas são difíceis de agradar e prontos para acreditar que ninguém gosta deles porque não estão ali de verdade.

De qualquer forma, Joe não prestou a menor atenção em Violet nem no amigo dela. Se foi ela que mandou o namorado embora ou se foi ele que largou dela, não sei dizer. Ele pode ter passado a sentir que os dotes de Violet eram pobres comparados com a pena que sentia do homem de coração partido no quarto ao lado. Mas o que eu sei de fato é que essa confusão não durou duas semanas. O plano seguinte de Violet — se apaixonar de novo pelo marido — acabou com ela em vez de lhe dar algum apoio. Lavar os lenços dele e pôr a comida na mesa na frente dele era o máximo que ela conseguia. Um silêncio envenenado pairava pelos cômodos como uma grande rede de pesca que só Violet rasgava com ruidosas recriminações. O desalento diurno de Joe e as noites preocupadas dos dois devem tê-la esgotado. Então ela resolveu amar — bem, investigar — a garota de dezoito anos cuja carinha cor de creme ela tentara cortar mesmo que nada além de palha tivesse saído ali de dentro.

De início, Violet não sabia nada a respeito da moça, a não ser seu nome, idade e que ela era muito considerada no salão de beleza legalizado. Então começou a reunir o restante das informações. Talvez ela pensasse que iria resolver o mistério do amor assim. Boa sorte e me conte como foi.

Ela interrogou todo mundo, a começar por Malvonne, uma vizinha do andar de cima — aquela que lhe contou sobre a sujeira de Joe no apartamento que ele e a moça usavam como ninho de amor. Com Malvonne, ela descobriu o endereço da moça e de quem era filha. Com as cabeleireiras legalizadas, descobriu que tipo de batom a moça usava; o ferro de alisar que usavam para ela (embora eu desconfie que a moça não precisava alisar o cabelo); a banda de que a moça mais gostava (Slim Bates' Ebony Keys que é bastante boa, a não ser pela vocalista, que deve ser mulher dele, senão por que ele haveria de deixar ela insultar a banda?). E quando lhe ensinaram, Violet fez os passos de dança que a moça morta costumava fazer. Tudo isso. Depois que aprendeu os passos direitinho — os joelhos desse jeito assim —, todo mundo, inclusive o ex-namorado, ficou meio com nojo dela, e eu entendo por quê. Era como ver um velho pombo de rua bicando a casca de um sanduíche de sardinha que os gatos não quiseram comer. Mas Violet era de uma persistência só e nenhuma gozação nem cara feia a detinham. Ela foi assombrar a escola primária PS-89, para falar com os professores que tinham conhecido a moça. Foi também à escola secundária JHS-139 porque a moça a tinha frequentado antes de ir embora para Wadleigh, uma vez que não havia escolas de ensino médio para moças de cor em seu distrito. E durante um longo tempo ela infernizou a tia da moça, uma senhora muito digna que de vez em quando fazia um ótimo trabalho no bairro das roupas, até que a tia parou de resistir e começou a esperar as visitas de Violet para conversarem sobre juventude e mau comportamento. A tia mostrou todas as coisas da moça morta a Violet e para ela ficou claro (como havia ficado para mim) que a sobrinha era cabeça-dura e dissimulada.

Uma coisa específica que a tia mostrou para ela e que acabou deixando com Violet por algumas semanas foi uma fotografia do rosto da moça. Não sorrindo, mas ao menos vivo e muito ousado. Violet teve o desplante de colocar o retrato em cima do aparador da lareira de sua própria sala, e ela e Joe olhavam para ele espantados.

Aquela casa prometia ficar bem desolada agora sem passarinhos e com os dois enxugando o rosto o dia inteiro, mas quando a primavera chegou à cidade Violet viu, entrando no prédio com um disco Okeh debaixo do braço e levando um pouco de carne para ensopado embrulhada em papel de açougue, uma outra moça com quatro ondas marcadas a ferro de cada lado da cabeça. Violet a convidou para entrar para examinar o disco e foi assim que o trio escandaloso da avenida Lenox teve início. O que acabou diferente foi quem deu tiro em quem.

Sou louca por esta cidade. A luz do dia inclinada como uma lâmina cortando os prédios ao meio. Na parte de cima, vejo rostos olhando e não é fácil dizer quais são gente, quais são obras de escultores. Embaixo a sombra onde qualquer coisa *blasé* acontece: clarinetas e amor, socos e vozes de mulheres tristes. Uma cidade como esta me faz sonhar alto e sentir fundo as coisas. Bacana. O aço brilhante balançando acima da sombra abaixo é que faz isso. Quando olho as fitas de grama verde que acompanham o rio, as torres das igrejas e espio o hall creme-e-cobre dos prédios de apartamentos, me sinto forte. Sozinha, sim, mas ótima e indestrutível — como a cidade em 1926, quando todas as guerras tinham acabado e nunca haveria outras. As pessoas ali na sombra felizes com isso. Por fim, por fim, tudo por vir. As espertas dizem isso e as pessoas escutam e leem o que elas escrevem e concordam: aí vem o novo. Atenção. Lá se vai a velharia. A coisa ruim. As coisas que ninguém pode evitar. O jeito como todo mundo estava alerta. Esqueçam. A história acabou, ouçam todos, e tudo está por vir afinal. Nos halls e escritórios, pessoas sentadas pensando no futuro, em projetos, pontes e trens rápidos no subsolo. A A&P contrata um atendente negro. Mulheres de pernas compridas com línguas de gato rosadas enrolam dinheiro em tubos verdes para mais tarde; depois dão risada e umas abraçam as outras. Gente comum encurrala ladrões nos becos para uma rápida compensação e se ele é burro e roubou errado, os ladrões o encurralam também. Valentões distribuem guloseimas, fazem o possível para continuar interessantes e, como são observados por divertimento, eles prestam muita atenção ao que vestem e aos insultos que provocam. Numa emergência ninguém quer estar no Hospital Harlem, mas se um cirurgião negro estiver de plantão, o orgulho diminui a dor. E embora o cabelo da primeira classe de enfermeiras negras seja declarado inadequado para a touquinha oficial Bellevue das enfermeiras, elas são agora trinta e cinco — todas dedicadas e excelentes na profissão.

Ninguém diz que aqui é bonito; ninguém diz que é fácil também. O que é decisivo, e se você prestar atenção no mapa das ruas, todas planejadas, a Cidade não vai agredir você.

Como não tenho músculo nenhum, realmente não dá para esperar que eu me defenda. Mas sei muito bem como me precaver. Em geral, toma-se todo cuidado para ninguém saber tudo o que há para saber a meu respeito. Em segundo lugar, observar tudo e todos e tentar prever os planos deles, seus pensamentos, muito antes deles mesmos. Você precisa entender como é, absorver uma cidade grande: estou exposta a toda sorte de ignorância e criminalidade. Mesmo assim, esta é a única vida que serve para mim. Gosto do jeito que a Cidade leva as pessoas a pensar que podem fazer o que quiserem e se dar bem com isso. Vejo essa gente por todo lado: brancos ricos, e comuns também, empilhados em mansões decoradas e redecoradas por mulheres negras mais ricas do que eles, ambos contentes com o espetáculo do outro. Vi os olhos de judeus negros, marejados de pena por todo mundo que não eles mesmos, pastarem em barracas de comida e os tornozelos de mulheres perdidas, enquanto uma brisa agitava as plumas brancas dos capacetes dos homens da Unia. Um homem de cor desce flutuando do céu, tocando saxofone e, abaixo dele, no espaço entre dois prédios, uma garota fala a sério com um homem de chapéu de palha. Ele toca o lábio dela para tirar alguma coisinha. De repente, ela se cala. Ele levanta o queixo dela. Ficam parados ali. Ela solta um pouco a bolsa e seu pescoço faz uma linda curva. O homem apoia a mão na parede de pedra acima da cabeça dela. Pelo jeito de ele mexer o maxilar e virar a cabeça, sei que tem uma língua de ouro. O sol se esgueira no beco atrás deles. Forma um belo quadro enquanto se põe.

Faça você o que quiser na Cidade, ela está lá para servir de fundo e moldura para o que quer que você faça. E o que se passa em seus quarteirões, terrenos e ruas laterais é qualquer coisa que os fortes podem imaginar e os fracos admirar. Tudo o que você precisa fazer é atentar no desenho — no jeito que ele aparece para você, ponderar, atento aonde você quer ir e ao que você pode precisar amanhã.

Vivi uma vida longa, talvez demais, na minha opinião. As pessoas dizem que eu devia sair mais. Fazer contato. Concordo que eu me isolo em alguns lugares, mas se você tivesse sido largada como eu fui, enquanto seu parceiro demora demais em outro compromisso, ou promete atenção exclusiva depois do jantar, mas cai dormindo assim que você começa a falar — bom, isso pode deixar a pessoa rude se não for cuidadosa, e isso é a última coisa que eu quero ser.

Hospitalidade é ouro nesta Cidade. Você precisa ser esperta para descobrir como receber bem e ao mesmo tempo se resguardar. Quando amar uma coisa e quando desistir. Se você não sabe como fazer isso, pode acabar fora de controle ou controlada por alguma coisa externa como naquele caso complicado do inverno passado. O que diziam é que por baixo dos bons tempos e do dinheiro fácil alguma coisa de ruim percorria as ruas e nada estava seguro — nem os mortos. Prova disso foi o ataque direto de Violet à própria protagonista de uma cerimônia fúnebre. Mal passados três dias do ano de 1926. Uma porção de gente preocupada olhou os sinais (o tempo, o número, os próprios sonhos) e acreditou que era o começo de todo tipo de destruição. Que o escândalo era uma mensagem enviada para alertar os bons e acabar com os descrentes. Não sei quem era mais ambicioso — os alarmistas ou Violet —, mas é duro estar à altura dos supersticiosos nas grandes expectativas.

O armistício completava sete anos naquele inverno em que Violet perturbou o funeral e os veteranos da Sétima Avenida ainda estavam usando seus sobretudos do Exército, porque nada que pudessem pagar era tão grosso ou escondia tão bem o que eles exibiram em 1919. Oito anos depois, na véspera do mau comportamento de Violet, quando a neve vem, ela se acumula onde cai nas avenidas Lexington e Park também, e espera os carros puxados a cavalo passarem por cima ao entregarem carvão para as fornalhas que esfriam nos porões. Naqueles grandes prédios de apartamentos de cinco andares e nas casinhas de madeira entre eles, as pessoas batem umas nas portas das outras para ver se precisam de alguma coisa ou se dão alguma coisa. Um pedaço de sabão? Um pouco de querosene? Gordura, de galinha ou de porco, para reforçar a sopa mais uma vez? O marido de quem está se aprontando para ir ver se encontra uma loja aberta? Dá tempo de acrescentar terebintina na lista feita e entregue a ele pelas esposas?

Respirar dói num tempo tão frio, mas sejam quais forem os problemas de se ver preso no inverno da Cidade, eles aguentam porque vale qualquer coisa estar na avenida Lenox a salvo dos brancos e das coisas que eles inventam; onde as calçadas, cobertas de neve ou não, são mais largas que nas ruas principais das cidadezinhas onde eles nasceram, e gente perfeitamente comum pode parar no ponto, entrar no bonde, dar a moedinha para o homem e ir para onde bem quiser, embora não se queira ir a muitos lugares, porque tudo o que se quer está bem onde se está: a igreja, a loja, a festa, as mulheres, os homens, a caixa do correio (mas não escolas secundárias), a loja de móveis, os jornaleiros de rua, as lojas de bebida ilegal (mas nenhum banco), os salões de beleza, as barbearias, os botecos, as barracas de sorvete, os catadores de trapos, os salões de bilhar, as feiras livres, os coletores de apostas e todo clube, organização, grupo, ordem, união, sociedade, irmandade, fraternidade ou associação imagináveis. As linhas de serviço, é claro, estão gastas e há trilhas lisas pelas incursões de membros de um grupo no território de outro onde se acredita que haja alguma coisa curiosa ou emocionante. Alguma coisa brilhante, vibrante, assustadora. Onde se pode tirar a rolha com um pop e levar a boca fria do copo à sua própria. Onde se pode encontrar perigo ou ser o perigo; onde se pode encontrar briga até cair e sorrir quando a faca erra o alvo e quando não. Ver isso faz a gente se sentir ótima. E tão ótimo quanto saber que lá em seu próprio edifício há listas sendo escritas pelas esposas cujos maridos estão caçando um mercado aberto, e que lençóis que não se pode pendurar com a neve que cai enfeitam cozinhas como cortinas de peças de teatro da escola dominical abissínia.

Os jovens aqui não são tão jovens, e não existe uma coisa como meia-idade. Sessenta anos, quarenta até, é o tanto que as pessoas se dão o trabalho de viver. Se chegam até aí ou ficam muito velhas, sentam-se assistindo aos acontecimentos como se fossem uma sessão tripla de cinco centavos aos sábados. Ou então estão se metendo na vida de pessoas cujos nomes não conseguem nem lembrar e com quem não têm nada a ver. Basta ouvir essa gente falando e a alegria de ver as caras aflitas dos que escutam. Conheci umas poucas exceções. Alguns velhos que não batiam nas crianças só porque elas eram batíveis; que poupavam suas forças no caso de serem necessárias para alguma coisa importante. Uma última corte cheia de sorrisos e pequenos presentes. Ou o cuidado dedicado de algum velho amigo que não consegue viver sem eles. Às vezes, eles se concentravam em garantir que a pessoa com quem tinham passado suas longas vidas tivessem companhia alegre e as coisas necessárias para a noite.

Mas lá na Lenox, no apartamento de Violet e Joe Trace, os cômodos são iguais a gaiolas vazias cobertas com pano. E o rosto da moça morta se transformou numa coisa necessária para a noite deles. Eles se alternam no jogar longe as cobertas, levantar-se do colchão afundado e ir na ponta dos pés pelo linóleo frio até a saleta para olhar o que parece ser a única presença viva: a fotografia de uma moça audaciosa, que não sorri espiando de cima do aparador da lareira. Se quem vai na ponta dos pés é Joe Trace, levado pela solidão a sair do lado da mulher, então o rosto olha sem esperança ou arrependimento e é a ausência de acusação que o faz acordar do sono com fome da companhia dela. Nenhum dedo aponta. Os lábios dela não viram para baixo, julgando. Seu rosto é calmo, generoso e doce. Mas se quem vem na ponta dos pés é Violet, a fotografia não é nada assim. O rosto da moça parece ambicioso, arrogante e muito preguiçoso. O rosto cor do creme do leite no balde é o rosto de alguém que nunca vai batalhar por nada; alguém que pega coisas das penteadeiras dos outros e não fica envergonhada quando descobrem. É o rosto de uma pessoa furtiva que se esgueira até sua pia para lavar o garfo que você pôs ao lado do prato dela. Um rosto voltado para dentro — que só enxerga a si mesmo. Você está aí, diz o rosto, porque eu estou olhando para você.

Duas ou três vezes durante a noite, quando se alternam para olhar a foto, um deles dirá o nome dela. Dorcas? Dorcas. A sala escura fica mais escura: a saleta exige que se risque um fósforo para ver o rosto. Adiante, ficam a sala de jantar, dois quartos, a cozinha — todos situados no meio do prédio de forma que as janelas do apartamento não têm acesso à lua nem à luz da rua. O banheiro tem melhor luz, uma vez que se projeta da cozinha e capta os raios da tarde. Violet e Joe arrumaram seus móveis de um jeito que não vai lembrar a ninguém as salas da revista *Modern Homemaker*, mas que serve aos hábitos corporais, ao jeito de a pessoa ir de um cômodo a outro sem bater em nada e ao que ela quer fazer quando se senta. Sabe quando alguém coloca uma poltrona ou uma mesa num canto só porque fica bonito, mas ninguém no mundo jamais vai até ela, muito menos para sentar? Violet não fez isso com sua casa. Tudo está colocado onde uma pessoa gostaria que estivesse, ou usaria, ou precisaria. Então a sala de jantar não tem uma mesa de jantar com cadeiras de sala de funerária. Tem poltronas muito fundas e macias e uma mesa de jogo junto à janela coberta com planta jade, dracena e camomila até eles quererem jogar baralho, jogar rúmi os dois. A cozinha é grande o bastante para acomodar quatro pessoas comendo ou deixar à vontade as pernas de uma cliente quando Violet arruma seu cabelo. A sala da frente, ou saleta, também não é inútil, à espera de uma recepção de casamento que esteja a sua altura. Tem gaiolas e espelhos para os passarinhos se olharem, mas agora, claro, não há passarinhos, uma vez que Violet os soltou no dia em que foi ao funeral de Dorcas com uma faca. Agora só existem as gaiolas vazias, os espelhos solitários olhando para eles. E quanto ao resto, é um sofá, umas poltronas de madeira entalhada com mesinhas ao lado para você poder apoiar seu café ou o prato de sorvete na sua frente, ou se quiser ler o jornal, poder ler com facilidade sem desmanchar as dobras. O aparador em cima da lareira costumava ter conchas e pedras de cores bonitas, mas tudo isso agora sumiu, e só o retrato de Dorcas Manfred fica ali na moldura de prata acordando os dois a noite inteira.

Essas noites inquietas fazem os dois dormirem até tarde, e Violet tem de correr para preparar a comida antes de estar pronta para cuidar das cabeças. Como leva jeito para a coisa, mas não tem nenhum treinamento supervisionado, e portanto não tem licença legal para praticar a profissão, Violet só pode cobrar vinte e cinco ou cinquenta centavos mesmo, mas desde a história do velório de Dorcas muitas de suas clientes regulares encontraram motivos para cuidar do próprio cabelo ou fazer uma filha esquentar os ferros. Violet e Joe Trace não costumavam precisar do troco ganho como cabeleireira, mas, agora que Joe está perdendo dias de trabalho, mais e mais frequentemente Violet leva seus instrumentos e seu trabalho aos apartamentos superaquecidos de mulheres que acordam de tarde, põem gim no chá e não ligam para o que ela fez. Essas mulheres precisam sempre cuidar do cabelo e às vezes seus olhos brilhantes escurecem de pena e lhe dão um dólar de gorjeta.

"Você precisa comer alguma coisa", uma delas lhe diz. "Não quer ficar maior que o seu ferro de alisar?"

"Cale a boca", diz Violet.

"Estou falando sério", diz a mulher. Ela ainda está com sono e apoia a face na mão esquerda enquanto segura a orelha com a direita. "Os homens usam a gente até a gente virar um palito, se você deixar."

“Mulher”, Violet respondeu. “Mulher é que me cansa. Nenhum homem nunca me deu canseira em nada. Só essas menininhas mortas de fome que acham que são mulheres. Não se contentam com os meninos da idade delas, não, querem alguém com idade para ser pai delas. Circulando de batom, meias de seda, vestido curto até você sabe onde...”

“Isso aí é a minha orelha, menina! Vai alisar a orelha também?”

“Desculpe. Me desculpe. Desculpe mesmo.” E Violet se detém para assoar o nariz e enxugar as lágrimas com as costas da mão.

“Ah, que diabo”, a mulher suspira e aproveita a pausa para acender um cigarro. “Agora aposto que você vai me contar uma história horrenda de uma garota que aprontou com você e como *ele* não tem culpa nenhuma porque *ele* só estava andando na rua, cuidando dos interesses *dele*, quando essa putinha pulou em cima dele e o arrastou para a cama dela. Não gaste o seu fôlego. Vai precisar no leito de morte.”

“Preciso de ar agora.” Violet experimenta o pente quente. Ele queima uma longa lista marrom no jornal.

“Ele foi embora? Está com ela?”

“Não. A gente ainda está junto. Ela morreu.”

“Morreu? Então, qual é o seu problema?”

“Ele pensa nela o tempo todo. Não tem mais nada na cabeça, só ela. Não trabalha. Não consegue dormir. Se lamenta o dia inteiro, a noite inteira...”

“Ah”, diz a mulher. Ela arranca a brasa do cigarro, esmaga a ponta e coloca a bagana cuidadosamente no cinzeiro. Recostada na cadeira, aperta a borda da orelha com dois dedos. “Você está encrencada”, diz, bocejando. “Muito, muito encrencada. No amor, não dá para competir com os mortos. A gente sempre perde.”

Violet concorda que deve ser isso; não só está perdendo Joe para a moça morta como se pergunta se não está ficando apaixonada por ela também. Quando não está tentando humilhar Joe, ela admira o cabelo da moça; quando não está xingando

Joe com pragas novas em folha, mantém conversas sussurradas com a morta dentro de sua cabeça; quando não está preocupada com a falta de apetite dele, com a insônia dele, ela se pergunta de que cor eram os olhos de Dorcas. A tia dela disse que eram castanhos; as cabeleireiras disseram que eram pretos, mas Violet nunca viu uma pessoa de pele clara com olhos pretos como carvão. Uma coisa é certa: ela precisava aparar as pontas. Na fotografia, e pelo que Violet consegue lembrar do caixão, a moça precisava aparar as pontas. Cabelo comprido daquele jeito fica com pontas duplas fácil. Uma cortadinha de um centímetro ia ficar uma maravilha, Dorcas. Dorcas.

Violet sai da casa da mulher sonolenta. O lodo de neve na sarjeta está congelando de novo e, embora tenha sete quarteirões gelados pela frente, fica tranquila, porque a cliente que vai à sua cozinha para fazer o cabelo só chega depois das três, então vai dar tempo de cuidar um pouco da casa antes. Alguma coisa que seja preciso fazer, porque é impossível não ter nada para fazer, nenhuma sequência de tarefas, lista de deveres. Sacode as mãos no ar, ou treme se não bota a mão em alguma coisa para fazer logo em seguida à coisa que estava fazendo. Acende o forno para aquecer a cozinha. E enquanto borrifa água no colarinho de uma camisa branca, sua cabeça vai para a cama cuja perna, quebrada e separada do estrado, está rachada demais para pregar de volta. Quando a cliente chega e Violet está lavando o cabelo grisalho, fino, ela murmura: "Ah, nossa"; nas pausas adequadas do fluxo de confidências da velha, Violet está recolocando a corda que prende a porta do fogão à dobradiça e ensaiando o discurso para pedir mais três dias de prazo ao cobrador do aluguel. Pensa que está louca para descansar, para ter uma tarde livre e resolver de repente ir ao cinema, ou só sentar com as gaiolas e ficar ouvindo as crianças brincando na neve.

Essa ideia de descanso é atraente para ela, mas não acho que ela fosse gostar. Elas são todas assim, essas mulheres. À espera de folga, do espaço que não precisa ser preenchido com nada além do vagar de seus próprios pensamentos. Mas elas não gostariam disso. São ocupadas e pensam em jeitos de ficar ainda mais ocupadas, porque um espaço sem nada urgente a fazer acabaria com elas. Nenhum campo de flores silvestres vai se desenrolar dessa abertura, nenhuma manhã livre de moscas e calor em que a luz é tímida. Não. De jeito nenhum. Elas enchem a cabeça e as mãos com sabão, com consertos, e com incertos confrontos porque o que está à espera delas, num súbito momento de ócio, é o vazar da raiva. Derretida. Grossa e lenta. Atenta e seletiva àquilo que resolve enterrar em seu caminho. Ou, então, no bater de um segundo, e debaixo de seus seios, desliza uma tristeza que elas não sabem de onde vem. Uma vizinha devolve o carretel de linha que pegou emprestado e não só a linha, mas também a agulha extra-grande, e ambas ficam um instante paradas no batente da porta enquanto a que pegou emprestado repete para a que emprestou uma conversa engraçada que teve com a mulher do andar de baixo; *é* engraçada e as duas riem — uma alto, segurando a testa, a outra com tanta força que precisa segurar a barriga. A que emprestou fecha a porta e então, ainda sorrindo, encosta a gola do suéter no olho para limpar os traços de riso e despenca no braço do sofá, as lágrimas vindo tão depressa que tem de usar as duas mãos para detê-las.

Então, Violet borrifa colarinhos e punhos. Depois ensaboa com todo empenho aquelas cem gramas de cabelo grisalho, macio e interessante como o de um bebê.

Não o tipo de cabelo de bebê que sua avó tinha ensaboado, com que tinha brincado e de que se lembrava durante quarenta anos. O cabelo do menininho que devia seu nome ao cabelo. Talvez por isso Violet seja cabeleireira — aqueles anos todos ouvindo sua avó salvadora, True Belle, contar histórias de Baltimore. Os anos com miss Vera Louise na linda casa de pedra da rua Edison, onde o lençol era bordado com fio azul e não havia nada para fazer a não ser levantar e adorar o menino loiro que fugiu delas, privando todo mundo de seu cabelo cuidadosamente amado.

As pessoas ficaram furiosas quando Violet invadiu o velório, mas não acredito que tenha sido surpresa para elas. Muito, muito antes disso, antes de Joe ter botado os olhos na moça, Violet sentou no meio da rua. Ela não tropeçou, nem foi empurrada: ela simplesmente sentou. Depois de alguns minutos, dois homens e uma mulher foram até ela, mas ela não conseguiu entender por que ou o quê lhe disseram. Alguém tentou lhe dar água para beber, mas ela jogou longe. Um policial se ajoelhou na frente dela e ela rolou de lado, cobrindo os olhos. Ele a teria levado presa se não fosse a multidão que se juntava, murmurando: "Ah, ela está cansada. Deixe ela descansar". Carregaram-na para os degraus mais próximos. Pouco a pouco ela voltou a si, espanou a poeira da roupa e foi para seu compromisso com uma hora de atraso, o que agradou a putas lentas, que nunca apressavam nada a não ser o amor.

Nunca mais aconteceu de novo que eu saiba — sentar na rua —, mas por mais que não se fale no assunto ela tentou, sim, roubar aquele bebê, embora não se possa provar. O que se sabe é o seguinte: as Dumfrey — mãe e filha — não estavam em casa quando Violet chegou. Ou elas se confundiram com a data, ou resolveram ir a um salão de beleza legalizado — só para passar um xampu, provavelmente, porque não tem jeito de lavar aquele cabelo todo numa pia de banheiro. As cabeleireiras são as melhores quando se trata disso aí: você se curva para trás em vez de se curvar para a frente; não tem de apertar uma toalha nos olhos para evitar a espuma, porque num salão de beleza de verdade ela vai por trás da cabeça para dentro da pia. Então, às vezes, mesmo que a cabeleireira licenciada não seja tão jeitosa quanto Violet, uma cliente regular dá uma escapada para um salão só pelo prazer de um xampu confortável.

Fazer duas cabeças no mesmo lugar era uma sorte e Violet estava contente com o horário das onze. Quando ninguém atendeu a porta, ela esperou, pensando que talvez elas tivessem se demorado no mercado. Experimentou tocar a campainha outra vez, depois de algum tempo, e em seguida debruçou-se no balaústre de concreto para perguntar à mulher que estava saindo da porta vizinha se sabia onde estavam as duas Dumfrey. A mulher negou com a cabeça, mas veio ajudar Violet a espiar pela janela e especular.

"Elas deixam a persiana levantada quando estão em casa", disse. "Abaixada é porque saíram. Devia ser o contrário."

"Quem sabe elas querem ver a rua quando estão em casa", disse Violet.

"Ver o quê?", a mulher perguntou. Ficou instantaneamente zangada.

"A luz do dia", Violet respondeu. "Deixar entrar um pouco de luz do dia."

"Elas deviam era voltar para Memphis se o que elas querem é luz do dia."

"Memphis? Achei que elas tinham nascido aqui."

"Isso é o que elas querem que se pense. Mas não nasceram aqui. Nem em Memphis. Cottown. Lugar de que ninguém ouviu falar."

"Nossa", disse Violet. Ela ficou muito surpresa, porque as Dumfrey eram damas educadas, urbanas, cujo pai tinha tido uma loja na rua Cento e Trinta e Seis, e elas próprias tinham bons empregos com papéis: uma vendia ingressos no Lafayette; a outra trabalhava para um contador.

"Elas não gostam que saibam", a mulher prosseguiu.

"Por quê?", Violet perguntou.

"Porque são metidas, por isso. Ficam contando dinheiro o dia inteiro. Você já reparou? Como as pessoas que trabalham contando dinheiro ficam esnobes? Como se o dinheiro fosse delas e não seu?" Ela estalou a língua para as janelas fechadas. "Luz do dia uma ova."

"Bom, eu faço o cabelo delas toda terça e hoje é terça, não é?"

"Até de noite."

"Onde será que elas foram então?"

A mulher enfiou a mão por baixo da saia para apertar o nó do alto da meia. "Por aí, em algum lugar tentando parecer que elas não são de Cottown."

"De onde você é?" Violet estava impressionada com a habilidade da mulher amarrar a meia com uma mão só.

"De Cottown. Conheço as duas de lá. Vim para cá, a família fez de conta que nunca tinha me visto antes. Por causa de mexer com dinheiro em vez de mexer com a vassoura, coisa que é melhor eu continuar fazendo senão perco esta porcaria de emprego. Ah, meu Deus." Ela deu um suspiro pesado. "Deixe um recado, não acha? Não conte comigo para dizer que você esteve aqui. A gente só se fala quando precisa." Ela abotoou o casaco, depois fez um gesto de faça o que bem entender quando Violet disse que ia esperar mais um pouco.

Violet sentou nos degraus laterais, aninhou a bolsa de instrumentos, óleo e xampu no espaço atrás das batatas das pernas.

Quando o bebê estava em seus braços, ela puxou o cobertor em volta das bochechas para proteger da ameaça do vento frio demais para a carinha dele, doce como mel, cor de manteiga. O olhar alheio dos grandes olhos a fez sorrir. Instalou-se um conforto em seu estômago e uma espécie de luz saltitante correu-lhe as veias.

Joe vai adorar isto, pensou. Adorar. E bem depressa na cabeça percorreu seu quarto e o que havia lá dentro que pudesse usar como berço até arrumar um de verdade. Na caixa de amostra já tinha sabonete suave, então podiam dar um banho nele na cozinha agora mesmo. Ele? Seria um ele? Violet levantou a cabeça para o céu e riu com a excitação que a esperava ao voltar para casa e olhar. Foi o riso — solto e alto — que confirmou o roubo para uns e desmentiu para outros. Será que uma mulher dissimulada roubando um bebê chamaria a atenção para si mesma daquele jeito numa esquina a menos de cem metros do carrinho de vime de onde o tirou? Será que uma mulher inocente de bom coração daria um passeio com um bebê que pediram que vigiasse enquanto a irmã mais velha corria de volta para dentro de casa, e riria daquele jeito?

A irmã estava gritando na frente da casa, chamando os vizinhos e transeuntes enquanto olhava atentamente a calçada, para um lado e para outro, e gritava: "Philly! O Philly sumiu! Ela levou o Philly!". Mantinha as mãos na barra de empurrar o carrinho de bebê, não querendo correr para nenhuma direção onde punha os olhos, como se ao deixar o carrinho — vazio a não ser pelo disco que jogou dentro dele e que correra para buscar dentro de casa e que agora estava em cima do travesseiro onde ficava seu irmãozinho — ele talvez pudesse desaparecer também.

"Ela quem?", alguém perguntou. "Quem levou?"

"Uma mulher! Eu saí um minuto. Nem um minuto! Pedi para ela... eu disse que... e ela disse que tudo bem...!"

"Você deixou uma bebezinho vivo de verdade com uma estranha para ir buscar um disco?" O desprezo na voz do homem trouxe lágrimas aos olhos da garota. "Espero que sua mãe te arrebente."

Opiniões, decisões pipocaram na multidão como fósforos que se acendem.

"Tem menos juízo que uma minhoca."

"Quem te criou mal assim?"

"Chame a polícia."

"Para quê?"

"Eles podem ao menos procurar."

"Só vão olhar é o motivo dela ter largado o bebê."

"Qual é?"

"'The Trombone blues'."*

"Misericórdia."

"Ela vai entender de *blues* mais que qualquer trombone quando a mãe dela voltar."

O grupinho de pessoas, mais ou menos furioso com a irmã tonta, irresponsável, com os policiais, com o disco ali onde o bebê devia estar, já estava para esquecer da sequestradora, quando um homem na calçada falou: "É aquela ali?". Apontou para Violet na esquina, e foi quando todo mundo virou para olhar onde o dedo apontava que Violet, movida pelo prazer da descoberta que logo faria, jogou a cabeça para trás e riu alto.

* Música gravada por Duke Ellington e lançada em compacto em 1925. (N. T.)

A prova de sua inocência estava na bolsa de objetos de cabeleireira que continuava nos degraus onde Violet estivera esperando.

"Acha que eu ia largar minha bolsa com tudo o que eu preciso para ganhar a vida se estivesse roubando o seu bebê? Acha que eu sou louca?" Violet apertou os olhos e fumegando de raiva, encarou a irmã. "Eu teria levado tudo. O carrinho também, se fosse isso que eu estava fazendo mesmo."

Pareceu verdadeiro e provável para a maioria da multidão, principalmente para aqueles que censuravam a irmã. A mulher tinha deixado a bolsa e estava apenas andando com o bebê enquanto a irmã mais velha — tonta demais para cuidar de um bebê — voltou correndo para dentro de casa atrás de um disco para tocar para uma amiga. E quem sabe o que mais se passava na cabeça de uma garota idiota demais para cuidar de um bebê até ele dormir?

A coisa parecia improvável e muito suspeita para uma minoria. Por que ela haveria de se afastar daquele jeito, se estava só brincando, só ninando o bebê? Por que não andar na frente da casa como seria o normal? E que tipo de risada era aquela? De que tipo? Se ela era capaz de rir daquele jeito, era capaz de esquecer não só a bolsa mas o mundo inteiro.

A irmã, punida, levou bebê, carrinho e o *Trombone blues* de volta escada acima.

Violet, triunfante e zangada, agarrou a bolsa, dizendo: "Última vez que eu faço um favor para alguém neste quarteirão. Vocês que cuidem da droga dos seus bebês!". E pensou assim para todo o sempre, relembrando o incidente como um ultraje a seu caráter. O berço improvisado, o sabonete suave saíram de sua cabeça. A lembrança da luz, porém, que tinha saltitado por suas veias voltava ocasionalmente e, vez por outra, num dia encoberto, quando certos cantos da sala resistiam à luz da lâmpada; quando os feijões vermelhos na panela pareciam levar uma eternidade para ficar macios, ela imaginava a luz que podia levar nos braços. Espalhada, se necessário, para lugares escuros como o fundo de um poço.

Joe nunca ficou sabendo da loucura pública de Violet. Pasmos, Gistan e outros amigos homens comunicaram o incidente uns aos outros, mas não conseguiram dizer a ele muito mais que "Como *está* a Violet? Está boa, está?" As falhas privadas dela, porém, eram do conhecimento dele.

Chamo de falhas porque isso é que eram. Não aberturas nem fendas, mas fissuras sombrias no globo luminoso do dia. Ela acorda de manhã e vê com perfeita clareza uma sequência de pequenas cenas bem iluminadas. Em cada uma, algo específico a ser feito: cozinhar coisas, trabalhar coisas; clientes e conhecidos encontrados, lugares frequentados. Mas ela não se vê fazendo essas coisas. Ela vê essas coisas sendo feitas. O globo de luz sustenta e banha cada cena, e pode-se supor que na curva onde a luz se detém exista uma base sólida. Na verdade, não há base nenhuma, mas sempre becos, fendas que se atravessa o tempo todo. Mas o globo de luz também é imperfeito. Examinando de perto, ele revela emendas, rachaduras mal coladas e pontos fracos além dos quais pode existir qualquer coisa. Absolutamente qualquer coisa. Às vezes, quando Violet não está atenta, ela cai dentro de uma dessas falhas, como naquele dia em que, em vez de pôr o calcanhar esquerdo para a frente, ela deu um passo para trás e dobrou as pernas para sentar na rua.

Ela não costumava ser assim. Havia sido uma garota esperta e decidida, e uma jovem trabalhadora, com a língua afiada de uma cabeleireira. Ela gostava, e precisava, que fosse tudo do seu jeito. Tinha escolhido Joe e se recusara a voltar para casa depois de tê-lo visto tomando forma na luz matinal. Ela conseguira abrir caminho para eles do decadente distrito Tenderloin para um espaçoso apartamento em um bairro residencial, prometido a outra família, ficando de plantão na porta do proprietário, assombrando sua porta. Ela arrumava clientes indo até elas e descrevendo seus serviços ("Posso fazer seu cabelo melhor e mais barato e quando e onde você quiser."). Discutia com açougueiros e vendedores ambulantes pelo melhor e pelo extra ("Ponha aquele restinho ali também.

Você está pesando os talos; eu estou comprando as folhas.”). Muito antes de Joe ficar parado na porta da lanchonete olhando uma garota comprar doces, Violet havia caído em uma ou duas falhas. Sentido na boca o começo daquela qualquer coisa. Palavras ligadas apenas a si mesmas abriam um comentário que seria normal.

“Acho que este mês não deu oito”, ela diz, pensando nas combinações numéricas diárias. “Nenhum. Deve sair logo, então estou botando oito em tudo.”

“Isso não é jeito de jogar”, disse Joe. “Escolha uma combinação e fique com ela.”

“Não. O oito vai sair, eu sei. Estava por todo lado em agosto — o verão inteiro, para falar a verdade. Agora está pronto para sair do esconderijo.”

“Você é quem sabe.” Joe examinava um carregamento de produtos Cleopatra.

“Estou pensando em juntar com um zero e dois ou três outros só para garantir quem era aquela moça bonita parada do seu lado?” Ela olha para Joe à espera de uma resposta.

“O quê?” Ele franze a testa. “O que você disse?”

“Ah.” Violet pisca depressa. “Nada. Quer dizer... nada.”

“Moça bonita?”

“Nada, Joe. Nada.”

Ela quer dizer que não se pode fazer nada a respeito, mas era alguma coisa. Alguma coisa leve, mas perturbadora. Como daquela vez em que miss Haywood perguntou para ela a que horas poderia cuidar do cabelo da neta e Violet dissera: “Às duas horas, se o enterro não atrapalhar”.

Remover a si mesma desses colapsos não é difícil demais, porque ninguém a pressiona. Eles fazem a mesma coisa? Talvez. Talvez todo mundo tenha uma língua renegada querendo ser independente. Violet se cala. Fala menos e menos, até “hum” ou “nossa” comporem praticamente toda a sua participação numa conversa. Menos desculpável que uma boca rebelde é a mão independente que consegue encontrar numa gaiola de papagaio a faca perdida há semanas. Violet ainda está praticamente em silêncio. Com o tempo, seus silêncios incomodam o marido, deixam-no intrigado e por fim o deprimem. Está casado com uma mulher que fala principalmente com seus pássaros. Um dos quais responde: “Eu te amo”.

Ou respondia. Quando Violet jogou fora os pássaros, ficou não apenas sem a companhia dos canários e a confissão do papagaio, mas também privada da rotina de cobrir as gaiolas, um hábito que havia se tornado uma daquelas coisas necessárias para a noite. Coisas que ajudam você a dormir a noite inteira. Entortar-se de trabalho funciona também; ou bebida. Com certeza um corpo — amigo, senão conhecido — deitado a seu lado. Alguém cujo toque seja um consolo, não uma afronta ou um incômodo. Cuja respiração pesada não dê nem raiva nem nojo, mas divirta você como a de um bicho de estimação querido. E rituais ajudam também: trancar as portas, arrumar, escovar os dentes, arranjar o cabelo, mas são preliminares para as coisas verdadeiramente necessárias. A maioria das pessoas quer cair no sono. Despencar para dentro dele com um soco de fadiga para evitar uma noite de ruidoso silêncio, gaiolas vazias que não precisam ser cobertas com pano, de moças ousadas que não sorriem olhando de cima do aparador.

Para Violet, que não conheceu a moça, apenas sua fotografia e a personalidade que inventou para ela baseada em cuidadosa investigação, a lembrança da moça é como uma doença na casa — em todo canto e em nenhum canto. Não há nada que Violet possa atacar ou espancar, e quando ela precisa disso, simplesmente tem de bater de alguma forma, não há nada além de palha ou de uma fotografia sépia.

Mas para Joe é diferente. Essa moça lhe foi a coisa necessária durante três meses de noites. Ele se recorda das lembranças que tinha dela; de que pensar nela, deitado na cama ao lado de Violet, era seu jeito de cair no sono. Ele lamenta a morte dela, sente tanta pena disso, mas lamenta mais a possibilidade de sua memória não conseguir evocar o carinho. E sabe que vai continuar a se apagar porque já estava começando a se apagar na tarde em que saiu à caça de Dorcas. Quando ela disse que queria Coney Island e festas com bandas tocando e mais México. Já então ele estava preso à qualidade de sua pele marcada de tanto açúcar, às unhas roídas, ao jeito enternecedor como parava, com os dedos dos pés voltados para dentro. Já então, ao ouvi-la falar, as coisas terríveis que dizia, ele sentia que estava perdendo o timbre da voz dela e o que acontecia com suas pálpebras quando faziam amor.

Agora ele fica na cama relembrando cada detalhe daquela tarde de outubro em que a conheceu, do começo ao fim, e insistentemente. Não só porque é gostoso, mas porque ele está tentando marcá-la a fogo em sua mente, marcá-la ali contra futuros desgastes. De maneira que nem ela nem o amor vivo por ela se apague ou se desmanche como aconteceu com Violet. Porque quando Joe tenta se lembrar de quando ele e Violet eram jovens, quando se casaram, resolveram viver em Vesper County e se mudaram para o norte da cidade, quase nada lhe vem à mente. Ele lembra de datas, claro, de acontecimentos, compras, atividades, até de cenas. Mas é difícil tentar captar a sensação que tinha.

Havia batalhado um longo tempo contra aquela perda, acreditando que se resignara a ela, que tinha se acomodado com o fato de que a velhice seria não lembrar a sensação das coisas. Que você podia dizer: "Fiquei morrendo de medo", mas não conseguia recuperar esse medo. Que você podia repassar na cabeça a cena de êxtase, de assassinato, de ternura, mas ela vinha esvaziada de qualquer coisa que não fosse a linguagem para expressá-la. Achava que tinha se acomodado com isso, mas estava errado. Quando foi à Sheila entregar o pedido de produtos Cleopatra, entrou em uma sala cheia de mulheres que riam e brincavam, e lá estava ela, parada na porta, segurando a porta aberta para ele — a mesma garota que tinha chamado sua atenção na lanchonete; a moça que comprava doces e estragava a pele o tinha comovido a ponto de seus olhos arderem. Então, de repente, ali na porta de Alice Manfred, estava ela parada, as pontas dos pés viradas para dentro, o cabelo trançado, sem nem sorrir, mas recebendo-o bem com certeza. Com certeza. Senão ele não teria tido a audácia, a ousadia, de sussurrar para ela na porta ao sair.

Foi uma agressividade atrevida que ele bem que apreciou, porque nunca havia usado nem precisado dela antes. O chiado de desejo que veio à tona junto com seu sussurro ao passar pela porta que se fechava, ele começou a curtir. Primeiro ele o guardou, sentindo prazer em saber que estava ali escondido. Depois tirou-o da caixa para admirar com calma. Ele não desejava a moça nem sentia falta dela, em vez disso pensava nela, e se decidiu. Assim como havia decidido sobre seu nome, a nogueira em que ele e Victory dormiam, um trecho de barranco, e quando seguir para a Cidade, ele decidira sobre Dorcas. Independentemente de seu casamento com Violet — ele não tinha escolhido aquilo, mas, na verdade, ficava agradecido, de não ter precisado escolher; que Violet tivesse escolhido por ele, ajudando-o a escapar de todos os tordos do condado e do silêncio maduro que vinha junto com eles.

Conheceram-se em Vesper County, Virginia, debaixo de uma nogueira. Ela trabalhava no campo como todo mundo, e ficara até depois do tempo da colheita para morar com uma família a trinta e cinco quilômetros da sua. Conheciam pessoas em comum; e desconfiavam ter ao menos um parente em comum. Eles se aproximaram porque foram colocados juntos, e tudo o que decidiam por si mesmos era quando e onde se encontrar à noite. Violet e Joe tinham deixado Tyrell, uma parada ferroviária em Vesper County, em 1906, e embarcaram no vagão para gente de cor do Southern Sky. Quando o trem estremeceu ao se aproximar da água que cercava a Cidade, eles acharam que estava igual a eles: nervosos por terem chegado lá afinal, mas apavorados pelo que havia do outro lado. Ansiosos, um pouco temerosos, nem cochilaram durante as catorze horas de uma viagem tão macia quanto o embalar de um berço.

O rápido escuro nos vagões quando passaram depressa por um túnel os fez pensar que talvez houvesse um muro à frente contra o qual se chocar ou um rochedo pairando sobre o nada. O trem estremeceu com eles diante dessa ideia, mas seguiu, e com toda a certeza havia chão pela frente e o tremor se transformou em dança debaixo de seus pés. Joe se levantou, os dedos agarrados ao bagageiro acima da cabeça. Sentia a dança melhor daquele jeito e disse a Violet para fazer o mesmo.

Estavam ali pendurados, um jovem casal do campo, rindo e batucando no bagageiro, quando o atendente passou, agradável, mas sem sorrir agora que não precisava sorrir para aquele vagão cheio de gente de cor.

"Café da manhã no vagão-restaurante. Café da manhã no vagão-restaurante. Bom dia. Café da manhã completo no vagão-restaurante." Levava um cobertor do trem no braço e de debaixo dele tirou um vidro de meio litro de leite, que colocou nas mãos de uma moça com um bebê dormindo no colo. "Café da manhã completo."

Ele não conseguiu o que queria, esse atendente. Queria que o vagão inteiro fosse para o vagão-restaurante, agora que podiam. Imediatamente, agora que estavam fora de Delaware e muito longe de Maryland, não haveria nenhuma cortina verde como veneno separando dos outros os negros que fossem comer. Os cozinheiros não se sentiriam obrigados a servir porções extra nos pratos destinados à cortina; três fatias de limão no chá gelado, dois pedaços de bolo de coco arrumados para parecer um — para compensar a ofensa da cortina; abrandá-la com um pouquinho a mais no prato. Agora, contornando a Cidade, não havia cortinas verdes; o carro inteiro podia estar cheio de negros e todo mundo na base do quem chegar primeiro se serve primeiro. Se conseguissem. Se conseguissem enfiar aquelas caixinhas e cestos debaixo do banco; fechar os sacos de papel, para variar, colocar os biscoitos recheados de bacon de volta ao pano com que estavam embrulhados e marchar em fila indiana pelos cinco vagões adiante até o vagão-restaurante, onde a toalha da mesa era ao menos tão branca quanto os lençóis que eles punham para secar nos arbustos de zimbro; onde os guardanapos eram dobrados com um vinco tão nítido quanto os que eles passavam a ferro para o almoço de domingo; onde o molho era tão cremoso quanto o deles mesmo e os biscoitos não ficavam atrás dos recheados com bacon que eles embrulhavam nos panos. De vez em quando acontecia. Alguma mulher bem calçada com duas garotinhas, um homem parecendo pastor com uma corrente de relógio e chapéu de aba revirada podiam se levantar, ajeitar as roupas e seguir pelos vagões até as mesas, brancas como espuma, com facas e garfos de prata pesada. Orientados e servidos por um negro que não precisava enfeitar sua dignidade com um sorriso.

Joe e Violet nem pensariam nisso — gastar dinheiro numa refeição que não lhes fazia falta e que exigia que se sentassem quietos ou, pior ainda, separados por uma mesa. Não agora. Não ao entrarem no perímetro da Cidade dançando o tempo todo. Os ossos do quadril dela roçavam a coxa dele ali de pé no corredor sem conseguir parar de sorrir. Ainda não tinham nem chegado e a Cidade já falava com eles. Estavam dançando. E como milhões de outros, os peitos vibrando, trilhos a controlar seus pés, olhavam pelas janelas a primeira visão da Cidade que dançava com eles, provando já o quanto os amava. Como milhões de outros, eles mal podiam esperar para chegar lá e retribuir esse amor.

Alguns demoravam nisso e viajavam da Georgia para Illinois, para a Cidade, de volta à Georgia, para San Diego e, por fim, sacudindo a cabeça, rendiam-se à Cidade. Outros sabiam imediatamente que aquilo era para eles, aquela Cidade e nenhuma outra. Vinham por um capricho, porque ela estava ali, e por que não? Vinham depois de muito planejar, depois de muito vai e vem de cartas, para ter certeza de como, quanto e onde. Vinham para uma visita e esqueciam de voltar para o algodão alto ou baixo. Dispensados com ou sem mérito, despedidos com ou sem indenização, expulsos com ou sem notificação, eles ficavam um pouco e depois não conseguiam mais se imaginar em nenhum outro lugar. Outros vinham porque um parente ou amigo da cidade havia dito:

Mano, você precisa ver este lugar antes de morrer; ou então: Tem espaço para a gente agora, façam as malas e não tragam as botas.

Viessem como viessem, quando ou por quê, no minuto em que a sola de seus sapatos tocava o chão não havia mais volta. Mesmo que o quarto que alugassem fosse menor que a baia do bezerro e mais escuro que uma privada de manhã, eles ficavam para assistir seu número, para se ouvir na plateia, para se sentir andando na rua em meio a centenas de outros que se moviam como eles e que, quando falavam, qualquer que fosse o sotaque, tratavam a língua como o mesmo brinquedo intrincado e maleável destinado a seu divertimento. Parte da razão de gostarem dali era o espectro que deixavam para trás. As costas curvadas dos veteranos do 27º Batalhão, traído pelo comandante por quem haviam lutado como loucos. Os olhos de milhares, estupidificados de aversão por terem sido importados por Mr. Armour, Mr. Swift, Mr. Montgomery Ward para deter greves e depois dispensados por terem feito isso. Os sapatos rasgados de dois mil estivadores a quem Mr. Mallory jamais pagaria cinquenta centavos por hora como pagava aos brancos. As mãos em prece, a respiração arfante, os filhos calados dos que haviam escapado de Springfield Ohio, Springfield Indiana, Greensburg Indiana, Wilmington Delaware, Nova Orleans Louisiana, depois que brancos furiosos haviam arrasado as ruas e os terreiros de casa.

A onda de negros que fugiam da penúria e da violência atingiu o auge nos anos 1870; nos 80; nos 90, mas era um fluxo uniforme em 1906, quando Joe e Violet a ela se juntaram. Como os outros, eles eram gente do campo, mas como a gente do campo esquece depressa. Quando se apaixonam por uma cidade, é para sempre, e é como sempre. Como se nunca tivesse existido um tempo em que não a amaram. No minuto que chegavam à estação de trens ou desciam do *ferryboat* e viam as ruas largas e o desperdício de luzes a iluminá-las, sabiam que tinham nascido para aquilo. Ali, numa cidade, eles não são tão novos, e sim eles mesmos: mais fortes, mais corajosos em si mesmos. E no começo, quando chegam, e vinte anos depois quando eles e a Cidade cresceram, eles amam aquela parte de si mesmos tanto que esquecem como era amar outras pessoas — quer dizer, se um dia souberam. Não quero dizer que as odeiem, não, apenas que o que começam a amar é o jeito da pessoa ser na Cidade, o jeito da colegial não parar nunca no farol, mas olhar de um lado e outro da rua antes de descer da sarjeta; o jeito dos homens se acomodarem aos altos edifícios e às minúsculas varandas, a aparência de uma mulher andando numa multidão, ou o quanto é chocante seu perfil contra o fundo do East River. A tranquilidade das atividades na cozinha quando ela sabe que o óleo da lamparina ou o mercado estão ali na esquina e não a dez quilômetros de distância; o deslumbramento de abrir a janela e ser hipnotizado durante horas pelas pessoas na rua lá embaixo.

Quase nada disso leva ao amor, mas realmente desperta desejo. A mulher que fazia ferver o sangue de um homem debruçada sozinha numa cerca ao lado de uma estrada campestre não deve esperar nem um simples olhar dele na Cidade. Mas se ela estiver batendo os saltos altos pela rua da cidade grande, balançando a bolsa ou sentada num banquinho com uma cerveja gelada na mão, balançando o sapato na ponta dos dedos do pé, o homem, reagindo a sua postura, à pele macia sobre a pedra, ao peso do edifício que enfatiza a delicadeza do sapato a balançar, cai prisioneiro. E ele pensaria que é a mulher que deseja e não uma combinação de pedra curva e um sapato de salto alto balançando para dentro e para fora da luz do sol. Ele entenderia de imediato o engano, o truque das formas, da luz, do movimento, mas isso não importaria nem um pouco, porque o engano também faz parte da coisa. De qualquer forma, ele poderia sentir seus pulmões indo para dentro e para fora. Não existe ar na Cidade, mas existe alento, que toda manhã corre através dele como gás do riso iluminando seus olhos, sua fala e suas expectativas. Num átimo ele esquece riachinhos pedregosos e as macieiras tão velhas que seus galhos paralelos ao chão só fazem precisar estender a mão ou se abaixar para apanhar a fruta. Ele esquece um sol que costumava subir como a gema de um bom ovo caipira, redondo e vermelho-alaranjado muito baixo no céu, e não sente falta disso, não levanta os olhos para ver o que aconteceu com ele ou com as estrelas tornadas irrelevantes para a luz do desperdício emocionante das luzes da rua.

Esse tipo de fascinação, permanente e fora de controle, toma conta de crianças, mocinhas, homens de todos os tipos, mães, noivas e mulheres de botequim, e se eles encontram seu caminho e chegam à Cidade, todos se sentem mais iguais a si mesmos, mais como as pessoas que sempre acharam que eram. Nada consegue arrancá-las disso; a Cidade é o que elas querem que seja: perdulária, cálida, apavorante e cheia de estranhos amigáveis. Não é de admirar que esqueçam os riachinhos pedregosos, e quando esquecem completamente do céu pensam nele como uma minúscula peça de informação sobre a hora do dia ou da noite.

Mas eu vi a Cidade fazer um céu inacreditável. Carregadores e atendentes de vagão-restaurante, que nunca pensariam em se mudar da Cidade, às vezes falam muito dos céus do campo que viram pela janela dos trens. Mas nada supera o que a Cidade pode fazer com um céu noturno. Pode esvaziar sua superfície, e, mais igual ao oceano do que o próprio oceano, ele pode ficar profundo, sem estrelas. Se fechar sobre o topo dos edifícios, mais e mais perto do que o gorro que você está usando, um céu urbano desses aperta e afasta, aperta e afasta, e me faz pensar no amor livre, mas ilegal, de namorados até serem descobertos. Ao olhar para isso, esse céu noturno se expandindo sobre a cidade coruscante, é possível para mim evitar sonhar com aquilo que sei que existe no oceano e nas baías e afluentes que ele alimenta: os aeroplanos de dois lugares, nariz para baixo, piloto e passageiro observando cardumes de anchovas que passam; dinheiro, encharcado e salgado em bolsas de lona, ou com as bordas esvoaçando delicadamente das tiras de metal feitas para prendê-lo para sempre. Estão lá no fundo, ao lado de flores amarelas que comem baratas-d'água e ovos flutuando a se afastar de nadadeiras que batem; ao lado das crianças que erraram na escolha dos pais; ao lado das placas de Carrara arrancadas de prédios sem graça. Há garrafas também, feitas de vidro, bonitas o bastante para rivalizar com estrelas que não consigo ver acima de mim porque o céu urbano as escondeu. Por outro lado, se quisesse, ele podia me mostrar estrelas recortadas dos vestidos de lamê das coristas ou espelhadas nos olhos de namorados furtivos e felizes sob a pressão de um céu profundo, intocável.

Mas isso não é tudo que o céu urbano pode fazer. Ele pode ficar roxo e conservar um coração alaranjado de forma que as roupas das pessoas na rua brilham como figurinos de salão de baile. Vi mulheres remexerem camisas na goma a ferver ou fazerem pontos minúsculos nas meias de seda enquanto uma garota estica o cabelo da irmã no fogão, e o tempo todo o céu, sem ser notado e bonito feito um iroquês, desliza por suas janelas. Assim como pelas janelas de namorados, livres e ilegais, que dizem coisas um para o outro.

Vinte anos depois da dança de Joe e Violet no trem que entrava na Cidade, eles ainda eram um casal, mas raramente se falavam, muito menos riam juntos ou agiam como se o chão fosse o piso de uma pista de dança. Convencido de que só ele se lembra daqueles dias e que os quer de volta, ciente do aspecto que tinham, mas nem um pouco da sensação que provocavam, ele se emparelhou em outro lugar. Alugou um quarto de uma vizinha que sabe o preço exato da discrição dela. Seis horas por semana ele comprou. Tempo para o céu urbano virar de um fino azul-gelo para roxo com um coração de ouro. E tempo suficiente, quando o sol se põe, para dizer a seu novo amor coisas que nunca disse a sua mulher.

Coisas importantes como o cheiro do hibisco à margem de um riacho ao entardecer; como ele mal conseguir enxergar os próprios joelhos saindo pelos buracos das calças naquela luz, então por que haveria de pensar que poderia ver a mão dela, mesmo que ela realmente resolvesse enfiar a mão entre os arbustos e confirmar, de uma vez por todas, que era sua mãe? E mesmo que a confirmação o envergonhasse, ia fazer dele o menino mais feliz da Virginia. Quer dizer, se ela resolvesse mostrar para ele, escutar de uma vez o que ele estava dizendo para ela e aí agir, dizer algum tipo de sim, mesmo que fosse não, assim ele ficaria sabendo. E como ele estava disposto a arriscar ser humilhado e, ao mesmo tempo, agradecido, porque a confirmação significaria ambas as coisas. A mão dela, os dedos dela passando entre as flores em botão, tocando nele; deixando, talvez, que ele tocasse os dela. Ele não teria agarrado a mão dela, puxado e a arrastado para fora da proteção dos arbustos. Talvez fosse isso que ela temia, mas ele não teria feito uma coisa dessas, e disse isso a ela. Só um sinal, ele disse, só me mostre sua mão, ele disse, e eu fico sabendo, não sabe que eu tenho de saber? Ela não precisava dizer nada, se bem que ninguém nunca tivesse ouvido ela dizer nada; não precisava ser palavras, ele não precisava de palavras, nem queria palavras porque sabia como palavras podem mentir, podem esquentar seu sangue e desaparecer. Ela não teria nem que dizer a palavra "mãe". Nada de nada. Tudo que precisava era lhe dar um sinal, a mão dela enfiada entre as folhas, entre as flores brancas, bastaria para dizer que ela o reconhecia, o filho que tivera catorze anos antes, e do qual fugira, mas não para muito longe. Só longe o bastante para incomodar todo mundo porque não tinha ido embora completamente, e perto o bastante para apavorar todo mundo porque ela se esgueira, se esconde, toca e ri uma risadinha baixa e doce de bebê entre os caniços.

Talvez ela tenha feito isso. Talvez aqueles fossem os dedos dela se mexendo assim no arbusto, não ramos, mas com tão pouca luz ele não conseguia ver seus joelhos saindo pelos buracos da calça, talvez tenha deixado passar o sinal que teria sido uma combinação de vergonha e prazer, ao menos, e não o nada interior com o qual ele viajou desde então, exceto no outono de 1925 quando tinha alguém para quem contar. Alguém chamada Dorcas com marcas como cascos contornando as maçãs do rosto e que sabia melhor que gente da idade dele como era aquele nada interior. E que o preencheu para ele, como ele o preencheu para ela, porque ela também tinha aquilo.

Talvez o nada dela fosse pior, já que ela conhecia a própria mãe e tinha até levado uma bofetada dela no rosto por causa de alguma resposta malcriada de que nem se lembrava. Mas lembrava, sim, e contou para ele, do tapa no rosto, do estalo e do ardor, do quanto queimou. Como queimou, ela disse a ele. E, de todos os tapas que levou, aquele era o que ela lembrava melhor, porque foi o último. Ela se debruçou para fora da janela da casa da melhor amiga porque os gritos não eram parte do que ela estava sonhando. Estavam fora de sua cabeça, do outro lado da rua. Como a corrida. Todo mundo correndo. Por água? Baldes? Pelo carro de bombeiros, brilhando e parado em alguma outra parte da cidade? Não havia como entrar naquela casa onde suas bonequinhas de prendedor de roupa estavam enfileiradas. Dentro de uma caixa de charutos. Mas ela tentou mesmo assim ir buscá-las. Descalça, com o vestido com que tinha dormido, correu para ir buscá-las, e gritou para a mãe que a caixa de bonecas, a caixa de bonecas estava lá em cima da cômoda, dá para a gente ir buscar? Mamãe?

Ela grita de novo e Joe a aperta nos braços. O céu iroquês passa pelas janelas e se eles chegam a vê-lo, o céu colore com creiom o amor deles. Isso seria quando, depois de um silêncio decente, ele pegaria da cadeira a caixa de amostras Cleopatra e a provocaria, antes de abrir, segurando a tampa, para ela não poder ver de imediato o que estava escondido debaixo dos frascos e das caixas perfumadas; o presente que tinha comprado para ela. Esse era o laço que encerrava o dia deles enquanto que o céu urbano ia mudando seu coração alaranjado para negro, a fim de esconder suas estrelas pelo maior tempo possível, antes de passá-las, uma a uma, como presentes.

Nessa hora, ela já afastou as cutículas dele, limpou-lhe as unhas e pintou com esmalte incolor. Ela chorou um pouco ao falar de East St. Louis e se alegra com as unhas dele. Ela gosta de saber que as mãos que a levantam e viram debaixo do cobertor foram feitas por ela. Massageadas por ela com creme de um pote de alguma coisa da caixa de amostras dele. Ela se afasta e, pegando seu rosto nas mãos, beija as pálpebras de cada olho de duas cores. Um para mim, diz ela, e um para você. Um para mim e um para você. Me dá isto, eu te dou aquilo. Me dá. Me dá.

Eles tentam não gritar, mas não conseguem evitar. Às vezes, ele cobre sua boca com a mão para que ninguém que passe no corredor a escute, e se consegue, se pensa nisso a tempo, ele morde o travesseiro para impedir o próprio grito. Se consegue. Às vezes, ele acha que controla o grito, porque a ponta do travesseiro está mesmo em sua boca, mas então ouve a si mesmo aspirando e expirando, aspirando e expirando, e o finzinho de um grito que só pode ter saído de sua garganta cansada.

Ela ri disso, ri e ri, depois monta a cavalo nas costas dele para socá-lo com os punhos. Depois, quando está exausta e ele meio dormindo, ela se deita, a boca junto à orelha dele, e faz planos. México, ela sussurra. Quero que você me leve ao México. Muito barulhento, ele murmura. Não, não, ela diz, é perfeito. Como você sabe?, ele pergunta. Ouvi dizer, as pessoas dizem que as mesas são redondas, com toalhas brancas por cima e abajurzinhos pequenos. Só abre muito depois da hora de você dormir, ele diz, sorrindo. Essa é a hora de eu dormir, ela diz, o pessoal do México dorme de dia, me leve. Ficam lá até a hora do culto na igreja domingo de manhã e não pode entrar branco, e os caras que tocam às vezes levantam e vêm dançar com você. Ah ha, diz ele. Ah ha o quê?, ela pergunta. Só quero dançar com você e depois sentar numa mesa redonda com um abajur em cima. As pessoas podem nos ver, ele diz, esses abajurzinhos de que você está falando são o que basta para mostrar quem está lá. Você sempre diz isso, ela ri, como da última vez e ninguém nem olhou para a gente, estavam se divertindo tanto e o México é até melhor porque ninguém enxerga por baixo da toalha, não é? Não é? Se você não quiser dançar, a gente pode só ficar sentado na mesa e olhar as pessoas. Ninguém pode ver por baixo da toalha. Joe, Joe, me leve, diga que vai me levar. Como você vai sair da casa?, ele pergunta. Eu dou um jeito, ela murmura, como sempre, só diga que leva. Bom, ele diz, bom, não tem por que colher a maçã se você não quer saber que gosto ela tem. Que gosto ela tem, Joe?, ela pergunta. E ele abre os olhos.

A porta está trancada e Malvonne só vai voltar dos escritórios dela, na rua Quarenta, bem depois da meia-noite, uma ideia que os deixa excitados: que se fosse possível eles poderiam quase passar a noite juntos. Se Alice Manfred ou Violet fossem viajar, digamos, então os dois poderiam atrasar o presente que ele lhe dá para a parte mais escura da noite até, cheirando a detergente Oxydol e cera em pasta, Malvonne voltar dos escritórios dela. Na realidade, depois de feitos os planos para o México, Dorcas sai pela porta na ponta dos pés e desce a escada antes de Violet terminar as cabeças do fim da tarde e voltar para casa em torno das sete e descobrir que Joe já trocou a água dos passarinhos e cobriu as gaiolas. Nessas noites, Joe não se importa de ficar deitado sem dormir ao lado da esposa silenciosa, porque seus pensamentos estão com sua jovem, meu Deus, jovem garota que ao mesmo tempo é uma bênção em sua vida e o faz desejar nunca ter nascido.

Malvonne vivia sozinha com jornais e histórias de outras pessoas impressas em livrinhos. Quando não estava fazendo brilharem de limpos seus prédios de escritórios, misturava as histórias impressas com sua aguda observação das pessoas em volta. Muito pouca coisa escapava a essa mulher que tomava o bonde no contrafluxo, às seis da tarde; que examinava os cestos de lixo de homens brancos poderosos, que olhava as fotografias de esposas e filhos em cima de suas mesas. Que escutava a conversa de corredor deles e as risadas do banheiro que penetravam no armário de vassouras como os vapores de um frasco de amoníaco. Ela examinava suas garrafas e recolocava os frascos escondidos debaixo de almofadas e atrás de livros cujas palavras eram impressas em duas colunas. Ela sabia quem tinha uma paixão por justiça e também por calcinhas de mulher, quem amava a esposa e quem repartia a esposa. Quem brigava com o filho e não falava com o pai. Porque eles não cobriam com a mão o bocal quando, ao falar pelo telefone, pediam para ela sair se ela seguia pelo corredor e entrava em seus escritórios, nem baixavam a voz para sussurros confidenciais quando trabalhavam até tarde fazendo o que chamavam de negócios "de verdade".

Mas Malvonne não tinha interesse neles; ela simplesmente notava. Seu interesse estava no pessoal do bairro.

Antes de Benzinho trocar seu nome de William Younger para Little Caesar, ele roubou uma caixa de correio da rua Centro e Trinta. Atrás de vales postais, dinheiro vivo ou de não sei mais o quê, Malvonne não conseguia imaginar. Ela o criou desde que tinha sete anos, e sobrinho mais bem-comportado ninguém poderia desejar. Durante o dia, pelo menos. Mas algumas coisas em que ele se metia durante o turno de escritórios de Malvonne, das seis da tarde à duas e meia da manhã, ela nunca saberia; outras ficou sabendo depois que ele foi para Chicago, ou será que foi San Diego, ou alguma outra cidade terminada em O.

Uma das coisas que ela descobriu explicava onde tinha ido parar sua sacola de compras — o saco de sal de dez quilos que ela levava ao mercado, bem lavadinho e dobrado dentro da bolsa. Quando ela o encontrou, atrás do radiador do quarto do Benzinho, estava cheio de cartas não entregues. Ao examiná-las, seu primeiro impulso foi tentar fechar de novo os envelopes e dobrar os conteúdos para colocá-las depressa em uma caixa de correio. Acabou, porém, lendo cada uma, inclusive as que Benzinho não se dera ao trabalho de abrir. A não ser pelo prazer de identificar as assinaturas, a leitura resultou inteiramente desinteressante.

Cara Helen Moore: perguntas sobre a saúde de Helen; respostas sobre a saúde da missivista. o tempo. decepções. promessas. amor e depois a signatária ou signatário, como se Helen recebesse tanta correspondência, tivesse tantos parentes e amigos que não conseguisse se lembrar de todos, identificava-se com caligrafia graúda, inclinada, sua devotada irmã, sra. fulana de tal; ou seu amoroso pai em Nova York, L. Henderson Woodward.

Algumas exigiram ação da parte de Malvonne. Uma estudante de escola vocacional tinha enviado um formulário de uma carteira de fósforos inscrevendo-se num curso de direito por correspondência e anexado a agora faltante nota de um dólar. Malvonne não tinha um dólar para gastar com a taxa de inscrição de Lila Spencer, mas ficou realmente preocupada com a possibilidade de ela não vir a ser advogada e terminar num emprego de avental. Então acrescentou uma nota escrita a mão, dizendo: "Não tenho a nota de um dólar no momento, mas assim que me informarem que receberam este formulário e concordaram em me aceitar, eu terei o dinheiro, se os senhores me disserem que não têm e que realmente precisam".

O momento triste foi quando leu uma carta de Winsome Clark para o Panamá, reclamando com o marido que trabalhava na Zona do Canal sobre a miséria e a insuficiência do dinheiro que ele lhe mandava — dinheiro que ajudava tão pouco que ela ia largar o emprego, pegar os filhos e voltar para Barbados. Malvonne podia sentir o muro da vida apertada contra as mãos daquela mulher; sentir as mãos delas amolecidas de tanto socar o muro; os quadris apertados no abraço dos filhos pequenos. "Não sei o que fazer", ela escreveu. "Nada que eu faço adianta. A titia arma briga com tudo. Eu acabada por conta. As criança tá tão mal quanto eu. O dinheiro que você manda não chega para o sustento. A gente aqui afundando e podia muito bem estar afundando na nossa terra onde tá a minha mãe, a sua e as árvores grandes."

Ah, pensou Malvonne, ela sonha com as grandes árvores de Barbados? Maiores que as do parque? Deve ser uma selva com certeza.

Winsome dizia "que pena o seu amigo que morreu no incêndio grande e rezo por ele e por você como pode tanta gente de cor morrer onde os brancos faz coisa tão grande. Acho que você está pensando que isso não é pergunta de mulher crescida. Mande o que mais conseguir para a rua Wyndham que é onde eu e as crianças vamo estar para mais dois envelopes de pagamento a partir de agora. Sonny disse que tem o dinheiro que ganhou engraxando sapato para pagar a passagem dele então não preocupe não, só trate de ficar no meio dos espertos. sua amada esposa sra. Winsome Clark".

Malvonne não conhecia Winsome nem ninguém no quarteirão 300 da avenida Edgecombe, embora um prédio lá estivesse cheio de gente rica das Índias Ocidentais, gente muito reservada e de cujas janelas vinha um cheiro de temperos que ela não reconhecia. A questão agora era fazer a notícia de que Winsome tinha ido embora, há já dois envelopes de pagamento, chegar ao Panamá antes que viesse mais dinheiro a Edgecombe, onde a tia podia pegar e, quem sabe, se fosse tão detestável quanto Winsome dizia (em segredo punha água no leite das crianças e bateu com chicote na de cinco anos por não usar direito o ferro de passar quente e pesado), ficar com o dinheiro para si mesma. Malvonne tornou a fechar a carta com cuidado e achou melhor colocar mais um selo de centavo, no caso de ajudar a fazer que chegasse mais depressa ao Panamá.

Só uma carta deu trabalho e a fez se perguntar que tipo de mulher escreveria tais palavras, sem falar no que tinha feito e ainda prometia fazer. A missivista morava no mesmo prédio de seu amante. Malvonne não entendia o que podia levá-la a desperdiçar um selo de três centavos senão pelo prazer de saber que o governo é que ia entregar o cio dela. Transpirando e respirando de leve, Malvonne fez força para ler a carta diversas vezes. O problema era se devia mandar para Mr. M. Sage (era esse o nome no envelope; na folha de papel ele era chamado de "paizinho") a carta da "sempre sua Vapor Quente". Tinha sido escrita um mês antes e Vapor devia estar se perguntando se não teria ido longe demais. Ou será que enquanto isso Paizinho Sage e Vapor tinham feito mais daquelas porcarias? Por fim, resolveu mandar a carta com uma nota sua anexada — alertando para tomarem cuidado e chamando a atenção de paizinho para um recorte da *Opportunity Magazine*.

Quando estava preparando esse conselho anônimo foi que Joe Trace bateu na porta.

"Como vai, Malvonne?"

"Não posso reclamar. E você?"

"Posso entrar? Tenho uma proposta para fazer." Ele deu o seu sorriso fácil, brejeiro.

"Eu não tenho um tostão, Joe."

"Não." Ele estendeu a mão e entrou na sala, passando por

ela. "Não estou vendendo nada. Está vendo? Não estou com a minha caixa."

"Ah, tudo bem então." Malvonne foi atrás dele até o sofá. "Sente."

"Mas se eu estivesse", disse ele, "do que você gostaria? Quer dizer, se você tivesse um tostão."

"Aquele sabonete roxo até que era bom."

"É seu!"

"Mas acabou depressa", disse Malvonne.

"Sabonete fino é fino. Não é para durar."

"Acho que não."

"Ainda tenho dois. Vou buscar agora mesmo."

"O que é isso tudo? Você não está vendendo, está dando de graça por quê?" Malvonne olhou o relógio no aparador, calculando quanto tempo tinha para conversar com Joe e pôr as cartas no correio antes de ir para o trabalho.

"Um favor, pode-se dizer."

"Ou pode-se não dizer."

"Vai aceitar. É um favor para mim, mas um dinheirinho para você."

Malvonne riu. "Fale logo, Joe. É alguma coisa que Violet não está sabendo?"

"Bom. Ela. Quer dizer. Vio é. Não quero que ela se incomode com isso, sabe?"

"Não. Me diga."

"Bom. Eu gostaria de alugar seu apartamento."

"O quê?"

"Só uma ou outra tarde, de vez em quando. Enquanto você está no trabalho. Mas pago pelo mês inteiro."

"O que você está aprontando, Joe? Sabe que eu trabalho de noite." Talvez fosse um nome falso e um endereço falso e Joe fosse "Paizinho" recebendo correspondência em algum outro lugar e dizendo para a Vapor que o nome dele era Sage.

"Sei que seu turno é à noite, mas você sai às quatro."

"Se o tempo está bom para ir a pé, eu saio. Mas quase sempre eu pego o das cinco e meia."

"Não seria todo dia, Malvonne."

"Não seria dia nenhum. Acho que não gosto do que você está propondo."

"Dois dólares por mês, todo mês."

"Acha que eu preciso do seu dinheiro ou do seu sabonete vagabundo?"

"Não, não, Malvonne. Olhe. Me deixe explicar. Não existe muita mulher como você capaz de entender os problemas que um homem tem com a esposa."

"Que tipo de problema?"

"Bom. Violet. Você sabe como ela anda esquisita desde a Mudança."

"Violet sempre foi esquisita muito antes disso. Esquisita em 1920 que eu me lembre."

"É, bom. Mas agora..."

"Joe, você quer alugar o quarto do Benzinho para trazer outra mulher aqui enquanto eu não estou porque Violet não quer mais nada com você. Que tipo de pessoa acha que eu sou? Tudo bem, a Violet e eu, a gente não é muito amiga, mas eu fico do lado dela, não do seu, seu sem-vergonha."

"Escute aqui, Malvonne..."

"Quem é ela?"

"Ninguém. Quer dizer, não sei ainda. Só pensei que..."

"Ha. Se tiver sorte com alguém tem a minha casa? Foi isso que pensou?"

"Mais ou menos. Pode ser que eu nunca use. Mas gostaria de garantir. Eu pago igual, usando ou não usando."

"Em certas casas você arruma a mulher, o piso, as paredes *e* a cama por cinquenta centavos. Por dois dólares uma mulher numa motoneta comprada na loja se você quiser."

"Ah, não, Malvonne. Não. Você está entendendo tudo errado. Não quero ninguém da rua. Deus me livre."

"Não? Quem você acha que vai sair com você por aí senão uma da rua?"

"Malvonne, eu só estou esperando encontrar uma amiga. Alguém para conversar."

"Em cima da cabeça de Violet? Por que você vem pedir uma cama quente para mim, que sou mulher? Acho que devia pedir era para algum homem ruim feito você.

"Pensei nisso, mas não conheço nenhum homem que more sozinho e não seja ruim. Vamos lá, mulher. Está me empurrando para a rua. O que eu estou pedindo é melhor, não é? De vez em quando eu faço uma visita com uma dama respeitável."

"Respeitável?"

"Isso mesmo, respeitável. Quem sabe ela seja sozinha, ou tenha filhos, ou..."

"Ou um marido com um martelo."

"Nada disso."

"E se Violet descobrir, o que é que eu vou dizer?"

"Ela não vai descobrir."

"E se eu contar?"

"Você não vai contar. Por que ia fazer isso? Eu ainda cuido dela. Ninguém vai se machucar. E você recebe duas moedas de vinte e cinco centavos, além de alguém para cuidar da sua casa enquanto você está fora, no caso do Benzinho voltar ou de aparecer alguém aqui procurando por ele, e que não se importe com o que vai quebrar porque você é mulher."

"Violet me mataria."

"Você não tem nada a ver com isso. Nunca vai saber quando eu venho, e não vai ver nada. Vai estar tudo do mesmo jeito de quando você saiu, a não ser que você tenha alguma coisa para consertar e queira que eu conserte. Você não vai ver nada além de uns trocados em cima dessa mesa, que eu deixo por uma razão que você não sabe, entende?"

"Uhm hum."

"Me dê uma chance, Malvonne. Uma semana. Não, duas. Se você mudar de ideia em algum momento, qualquer momento, é só deixar o dinheiro na mesa e eu vou entender que você quer que eu pare, e juro pela minha vida que sua chave vai estar no lugar."

"Uhm hum."

"É a sua casa. Você me diz o que quer que eu faça, o que quer que eu conserte e me diz o que não gosta. Mas acredite, mulher, você não vai ficar sabendo se ou quando eu vim ou fui. A não ser, claro, que a sua torneira não esteja mais pingando."

"Uhm hum."

"Só tem de saber que todo sábado, a começar de agora, você recebe mais duas moedas de vinte e cinco centavos para guardar no açucareiro."

"Preço bem alto para uma conversinha."

"Você não imagina o que se economiza quando se é como eu, que não bebo, não fumo, não jogo nem dou dízimo."

"Talvez devesse."

"Não quero nada complicado e não quero me enfiar em boates, essas coisas. Só quero um pouco de uma boa companhia feminina."

"Parece que você tem muita certeza que vai encontrar."

Joe sorriu. "Se não encontrar, não tem prejuízo. Não tem prejuízo nenhum."

"Nada de recados."

"O quê?"

"Nada de recados para entregar. Nem cartas. Não vou entregar recado nenhum."

"Claro que não. Não quero uma correspondente. A gente conversa aqui ou não conversa em lugar nenhum."

"E se acontecer alguma coisa e você queira, ou ela queira, desmarcar?"

"Não se preocupe com isso."

"Vamos dizer que ela ficou doente e não pode vir e precisa que você saiba disso."

"Eu espero, depois vou embora."

"Vamos dizer que um dos meninos fique doente e ninguém consegue encontrar a mãe porque ela está enfiada em algum lugar com você?"

"Quem disse que ela tem filhos?"

"Não arrume nada com mulher nenhuma se ela tiver filhos pequenos, Joe."

"Tudo bem."

"É pedir demais de mim."

"Você não precisa pensar em nada disso. Não tem nada a ver com isso. Já me viu armar confusão com alguém? Estou neste prédio há mais tempo que você. Já ouviu alguma mulher falar alguma coisa de mim? Eu vendo produtos de beleza na cidade inteira, já ouviu falar que eu ando atrás de alguma mulher? Não. Você nunca ouviu, porque nunca aconteceu. Agora eu estou tentando aliviar um pouco a minha vida com uma mulher boa, como qualquer homem decente faria, só isso. Me diga o que tem de errado nisso?"

"Tem a Violet de errado nisso."

"A Violet cuida melhor do papagaio dela do que de mim. O resto do tempo ela faz comida com carne de porco que eu não posso comer ou estica cabelo e eu não suporto o cheiro. Quem sabe é isso que acontece com as pessoas depois que elas estão casadas há tanto tempo como a gente. Mas o silêncio. Eu não aguento o silêncio. Ela quase não fala mais e eu não posso nem chegar perto dela. Qualquer outro homem já estaria correndo por aí, escapando toda noite, você sabe disso. Eu não sou assim. Não sou."

Claro que não era, mas fazia a mesma coisa. Escapava, tramava e saía toda noite que a moça pedia. Foram ao México, ao Sook e a boates cujos nomes mudavam toda semana — e ele não estava sozinho. Virou um homem da quinta-feira, e homens da quinta-feira vivem satisfeitos. Dá para dizer pela cara deles que algum amor fora da lei está para ser, ou acaba de ser, satisfeito. Fins de semana e outros dias da semana são possibilidades, mas quinta-feira é o dia para se pensar. Eu achava que era porque empregadas domésticas têm folga na quinta-feira e podem ficar na cama de manhã de um jeito que está fora de questão nos fins de semana, quando ou dormem nas casas onde trabalham ou levantam tão cedo para chegar ao serviço que não têm tempo nem para tomar café nem para brincadeira nenhuma. Mas notei que isso era verdade para homens cujas mulheres não eram empregadas domésticas nem diaristas, mas balconistas de bar e cozinheiras de restaurante com o domingo e a segunda livres; professoras, cantoras de boate, datilógrafas de escritório e mulheres de bancas do mercado, todas vivem à espera do sábado de folga. A Cidade pensa e se arruma para o fim de semana: a véspera do dia de pagamento, o dia depois do pagamento, a atividade pré-sabá, a loja fechada e o pátio da escola silencioso; cofres de banco gradeados e escritórios trancados no escuro.

Então por que é na quinta-feira que os homens parecem satisfeitos? Talvez seja o ritmo artificial da semana — talvez haja alguma coisa tão falsa no ciclo de sete dias que o corpo não dá a menor atenção a isso, prefere trios, duetos, quartetos, qualquer coisa que não seja um ciclo de sete que tem de ser interrompido em partes humanas e a interrupção vem na quinta-feira. Irresistível. As expectativas excessivas e as exigências inflexíveis do fim de semana são nulas na quinta-feira. As pessoas aguardam o fim de semana para ligações, revisões e reparações ainda que muitas dessas atividades venham acompanhadas de hematomas e mesmo de uma mancha de sangue, porque a excitação sobe muito na sexta-feira e no sábado.

Mas para satisfação pura e profunda, para equilíbrio no prazer e no conforto, nada bate a quinta-feira — como fica claro nas hábeis expressões das caras dos homens e em seu passo de conquistador pela rua. Eles parecem adquirir algum tipo de completude nesse dia que lhes dá firmeza suficiente nos pés para parecerem atraentes mesmo quando não são. Eles dominam o centro da calçada; assobiam baixinho em portas escuras.

Isso não dura, claro, e vinte e quatro horas depois eles estão assustados de novo e restabelecendo em si mesmos qualquer desamparo que esteja à mão. Então os fins de semana, destinados a decepcionar, são estridentes, mal-humorados, salpicados de hematomas e pingos de sangue. As coisas lamentáveis, as observações rudes ou amargas, as palavras que se transformam em furúnculos ativos no coração — nada disso acontece na quinta-feira. Acho que o homem em honra de que o dia foi batizado ia detestar isto, mas o fato é que o dia dele é um dia de amor na Cidade e na companhia de homens satisfeitos. Eles fazem as mulheres sorrirem. As melodias assobiadas por entre dentes perfeitos são lembradas, retomadas depois e repetidas no fogão da cozinha. Na frente do espelho perto da porta, um deles vai virar a cabeça dela de lado e balançar o corpo, encantado com a cintura e a forma dos quadris.

Lá em cima, naquela parte da Cidade — que é a parte para onde eles foram — a melodia certa assobiada num vão de porta ou subindo dos círculos e sulcos de um disco pode mudar o tempo. De gelado a quente ou fresco.

COMO AQUELE DIA DE JULHO, quase nove anos antes, quando os homens bonitos estavam frios. No clima típico do verão, pegajoso e brilhante, Alice Manfred ficou três horas parada na Quinta Avenida, deslumbrada com as caras negras e frias, ouvindo os tambores que diziam o que as mulheres graciosas e os homens marchando não podiam. O que era possível dizer já estava impresso num estandarte que repetia algumas promessas da Declaração de Independência e voejava acima da cabeça de seu portador. Mas o seu sentido vinha dos tambores. Era julho de 1917 e os rostos bonitos estavam frios e fechados; movendo-se devagar pelo espaço que os tambores construíam para eles.

Durante a marcha, para Alice pareceu que o dia passara, a noite também e ela ainda estava ali, a mão da menininha na dela, olhando cada rosto frio que passava. Os tambores e os rostos gelados a machucavam, mas machucar era melhor que ter medo e Alice tinha medo havia muito tempo — primeiro, tinha medo de Illinois, depois de Springfield, Massachusetts, depois da Décima Primeira Avenida, da Terceira Avenida, da Avenida Park. Recentemente começara a não se sentir segura em lugar nenhum ao sul da rua Cento e Dez, e para ela a Quinta Avenida era a mais assustadora de todas. Era onde homens brancos ficavam debruçados nas janelas de seus automóveis com notas de dólar dobradas aparecendo na mão. Era onde vendedores a tocavam, e só a ela, como se fizesse parte das mercadorias que condescendiam em lhe vender; era o lenço exigido se a gerência fosse generosa a ponto de deixar você experimentar uma blusa (mas não um chapéu) numa loja. Era onde ela, uma mulher de cinquenta anos e recursos próprios, não tinha sobrenome. Onde mulheres que falavam inglês diziam: "Não sente aí, querida, nunca se sabe o que eles têm". E mulheres que não sabiam inglês nenhum e nunca tinham tido meias de seda iam para longe quando ela se sentava ao lado delas no bonde.

Agora, descendo a Quinta Avenida, de calçada a calçada, vinha uma onda de frios rostos negros, mudos e sem piscar, porque o que tinham a dizer, mas não confiavam em si mesmos para dizer, os tambores diziam por eles, e o que tinham visto com seus próprios olhos e através dos olhos de outros, os tambores descreviam perfeitamente. O machucado machucava nela, mas o medo tinha ido embora afinal. A Quinta Avenida agora estava em foco e também a sua proteção à menina que acabara de ficar órfã, posta a seus cuidados.

Desde então ela escondia o cabelo da menina em tranças encobertas, para evitar que homens brancos vissem o cabelo espalhado sobre seus ombros e estendessem dedos embrulhados em dólares para ela. Ensinou surdez e mutismo para a menina — como essas coisas eram valiosas e necessárias na companhia de mulheres brancas que falavam inglês e daquelas que não falavam, assim como na presença de seus filhos. Ensinou-a como se esgueirar junto às paredes dos prédios, a desaparecer em vãos de portas, a atravessar esquinas com trânsito engarrafado — como fazer qualquer coisa, ir a qualquer lugar para evitar um garoto branco acima de onze anos. Grande parte disso ela podia obter com sua roupa, mas à medida que a menina crescia especificações mais elaboradas tiveram de ser colocadas. Sapatos de saltos altos com graciosas tiras sobre o arco, os chapéus de vampe colados na cabeça com bordas atrevidas emoldurando o rosto, maquiagem de qualquer tipo — tudo isso estava proibido na casa de Alice Manfred. Principalmente os casacos descidos nas costas e não abotoados, mas enrolados em torno do corpo, como um roupão de banho ou uma toalha, forçando a mulher que os usava a parecer que tinha acabado de sair da banheira ou já estava pronta para ir para a cama.

Em particular, Alice os admirava, os casacos e as mulheres que os usavam. Ela costurava os forros desses casacos, quando estava a fim de trabalhar, e tinha de olhar duas vezes para trás quando a alegre gente do Nordeste e as beldades urbanas passeavam pela Sétima Avenida, tão bonitos eles eram. Mas esse prazer com laivos de culpa Alice trancava, e nunca deixava a menina perceber o quanto ela admirava aquelas roupas estilo "pronta para ir para a cama na rua". E contou quais eram seus sentimentos às irmãs Miller, que cuidavam de crianças pequenas durante o dia para mães que trabalhavam fora. Elas não precisavam ser convencidas, uma vez que ansiavam pelo Juízo Final havia mais de dez anos e esperavam seu doce alívio para qualquer momento agora. Elas tinham listas de todos os restaurantes, lanchonetes e boates que vendiam bebida alcoólica e não se furtavam a delatar proprietários e clientes à polícia até descobrirem que essas notícias, no Esquadrão da Ordem, eram não só incômodas como redundantes.

Quando Alice Manfred pegava a menininha nas irmãs Miller, naquelas noites dos dias em que sua fina costura era solicitada, as três mulheres sentavam na cozinha para gemer e suspirar com canecas de café de chicória Postum diante dos sinais do Fim Iminente: coisas como não apenas tornozelos mas joelhos inteiramente visíveis; batom vermelho como fogo do inferno, fósforos queimados esfregados nas sobrancelhas; unhas pintadas de sangue — não dava para distinguir as vadias de rua das mães de família. E os homens, sabe, as coisas que não se importavam nada de dizer em voz alta para qualquer mulher que passava não podiam ser repetidas na frente de crianças. Elas não sabiam com certeza, mas desconfiavam que as danças estavam mais que sórdidas, porque a música estava ficando cada vez pior a cada estação que o Senhor esperava para Se revelar. Canções que costumavam começar na cabeça e encher o coração haviam descido, descido abaixo das faixas e dos cintos afivelados. Mais e mais baixo, até a música ser tão sórdida que era preciso fechar as janelas e sufocar no calor do verão quando os homens em mangas de camisa se debruçavam de janelas ou se reuniam em pátios de cobertura, em becos, em sacadas e em apartamentos de parentes para tocar aquela coisa sórdida que era sinal do Fim Iminente. Ou quando uma mulher com um bebê no colo e uma frigideira na mão cantava "*Turn* *to my pillow where my sweetman used to be... how long, how long, how long".** Porque se ouvia por toda parte. Mesmo que você morasse, como moravam Alice Manfred e as irmãs Miller, em Clifton Place, com uma frondosa árvore de quase vinte metros a cada cem metros, uma rua sossegada com nada menos que cinco automóveis parados junto à calçada, dava para ouvir, e não havia como ignorar o que a música fazia com as crianças sob seus cuidados — empinando a cabeça delas e sacudindo ridículos quadris ainda não formados.

Alice pensou que a música sórdida (e em Illinois era pior do que aqui) tinha alguma coisa a ver com os homens e mulheres negros silenciosos que marchavam pela Quinta Avenida para alardear sua raiva por causa dos duzentos mortos em East St. Louis, dois dos quais eram sua irmã e cunhado, mortos nos tumultos. Tantos brancos mortos que os jornais não publicavam o número.

Alguns diziam que os tumultuosos eram veteranos descontentes que tinham lutado na guerra em divisões exclusivamente negras, que foram recusados na ACM de lá e daqui, e que voltaram para uma violência branca mais intensa em sua terra do que quando se alistaram e, que, ao contrário das batalhas que tinham combatido na Europa, a luta americana era impiedosa e totalmente sem honra. Outros diziam que eram brancos aterrorizados com a onda de negros do Sul invadindo as cidades, em busca de trabalho e de lugar para morar. Uns poucos pensavam a respeito e comentavam o quanto era perfeito o controle de trabalhadores, nenhum dos quais (como caranguejos num barril não precisam de tampa nem de vara, nem mesmo de monitoramento) escaparia do barril.

Alice, porém, acreditava que conhecia a verdade melhor do que ninguém. Seu cunhado não era veterano e morava em East St. Louis desde antes da guerra. Nem precisava de um

* "Viro para o meu travesseiro, onde meu doce homem ficava... há quanto, quanto, quanto tempo..." (N. T.)

emprego de homem branco — era proprietário de um salão de bilhar. Na verdade, ele nem mesmo estava no tumulto; não tinha armas, não confrontara ninguém na rua. Foi arrancado de dentro de um bonde e pisoteado até a morte, e a irmã de Alice tinha acabado de receber a notícia e voltara para casa para tentar esquecer a cor das entranhas dele, quando sua casa foi incendiada e ela morreu queimada nas chamas. Sua filha única, uma menininha chamada Dorcas, que estava dormindo do outro lado da rua com sua melhor amiguinha, não ouviu o carro de bombeiro rugindo e tocando o sino pela rua porque, quando foi chamado, o carro não veio. Mas ela deve ter visto as chamas, deve ter visto, porque a rua inteira gritava. Ela nunca disse nada. Nunca disse nada a respeito. Esteve em dois enterros em cinco dias e nunca disse uma palavra.

Alice pensou: Não. Não foi a guerra nem os veteranos descontentes; não foram as multidões e multidões de negros se juntando pelos cheques de pagamento e as ruas cheias deles. Foi a música. A música suja, convidativa, que as mulheres cantavam e os homens tocavam e ambos dançavam, juntos e sem vergonha ou separados e loucos. Alice estava convencida disso e as irmãs Miller também, soprando as canecas de café Postum na cozinha. Levava a pessoa a fazer coisas insensatas, desordeiras. Só ouvir a música era como violar a lei.

Não tinha havido nada disso na marcha da Quinta Avenida. Só os tambores e os Escoteiros de Cor passando, distribuindo panfletos para homens brancos de chapéu de palha que precisavam saber o que os rostos gelados já sabiam. Alice pegara um panfleto que caíra no chão, lera as palavras e mudara o peso sobre as pernas na calçada. Leu as palavras e olhou para Dorcas. Olhou para Dorcas e leu as palavras de novo. O que ela leu parecia louco, fora de foco. Um grande espaço se abriu entre o texto impresso e a criança. Ela olhou entre os dois, lutando para estabelecer uma ligação, alguma coisa para diminuir a distância entre a criança que olhava em silêncio e as escorregadias palavras loucas. Então, de repente, como uma corda atirada para salvar, os tambores atravessaram a distância, reuniu todos e fez a ligação entre eles: Alice, Dorcas, sua irmã e seu cunhado, os Escoteiros e os rostos negros gelados, os espectadores do pavimento e os das janelas acima.

Alice levou com ela essa corda de união para sempre depois desse dia na Quinta Avenida, e concluiu que era confiável, segura e firme — a maior parte das vezes. Menos quando os homens sentavam-se no peitoril das janelas manipulando cornetas e as mulheres pensavam "*how long*". A corda se rompia então, perturbando sua paz, despertando sua consciência da carne e de alguma coisa tão livre que ela podia sentir seu cheiro de sangue; despertava sua consciência da vida abaixo da cintura e seu batom vermelho. Por sermões e editoriais, ela sabia que não era música de verdade — só coisa de negros: nociva, por certo, embaraçosa, claro; mas não real, não séria.

Alice Manfred, porém, jurava escutar uma complexa raiva nessa música; algo hostil que se disfarçava em floreio e ruidosa sedução. Mas a parte que ela mais detestava era seu apetite. Seu desejo de farra, de racha; uma espécie de fome descuidada por uma briga ou por um alfinete de gravata de rubi vermelho — qualquer um dos dois servia. Falsificava a felicidade, falsificava a recepção, mas não a fazia sentir-se generosa, aquela música de gafieira, de cabaré, de espelunca. Fazia com que ela escondesse a mão no bolso do avental para não arrebentar o vidro para agarrar o mundo no punho fechado. E arrancar dele a vida por fazer o que fazia, e fazia, e fazia com ela e com todo mundo que ela conhecia e de que tinha ouvido falar. Melhor fechar as janelas e as persianas, suar no calor do verão num apartamento silencioso de Clifton Place do que arriscar ter uma janela quebrada ou um ganido que podia não saber onde nem como parar.

Eu a vi ao passar diante de um café ou janela sem cortina de onde uma ou outra frase — "*Hit me but don't quit me*"* — escapava e observei enquanto ela esticava a mão para a

* "Me bata, mas não me deixe." (N. T.)

segurança da corda de união lançada a ela oito anos antes na Quinta Avenida, enquanto fechava a outra num punho dentro do bolso do casaco. Não sei como ela fazia isso — se equilibrar com dois gestos de mão diferentes. Mas ela não era a única a tentar e não era a única a sair perdendo. Era impossível manter os tambores da Quinta Avenida separados da sonoridade fivela-de-cinto que vibrava em pianos e girava em toda Victrola. Impossível. Algumas noites são silenciosas; nenhum automóvel virando no campo de escuta; nenhum bêbado, nenhum bebê chorando pela mãe, e Alice abre a janela que quiser e não escuta nada.

Intrigada com essa noite totalmente silenciosa, ela pode voltar para a cama, mas assim que vira o travesseiro para o lado mais macio, mais fresco, uma linha melódica que ela se lembra não sabe de onde soa sozinha, alta e não solicitada, dentro de sua cabeça. "*When I was young and in my prime, I could get my barbecue any old time.*"* São palavras vorazes, atrevidas, soltas e enfurecedoras, mas difíceis de esquecer porque por baixo, sustentando a soltura como uma mão aberta, estão os tambores que colocaram em foco a Quinta Avenida.

A sobrinha dela, claro, não tinha problemas. Alice a estava reeducando e corrigindo desde o verão de 1917 e embora sua lembrança mais antiga ao chegar de East St. Louis seja a parada à qual a tia a levou, uma espécie de parada-funeral para sua mãe e seu pai, a lembrança de Dorcas era diferente. Enquanto a tia se preocupava em como manter o coração ignorando os quadris e a cabeça encarregada de ambos, Dorcas ficava deitada numa colcha de chenile excitada e feliz sabendo que não havia lugar em lugar nenhum, ali por perto, em que alguém não estivesse lambendo sua clarineta, fazendo cócegas no marfim, batendo nas peles, soprando sua corneta enquanto uma mulher vivida cantava ninguém vai me derrubar você tem a chave certa *baby*

* "Quando eu era moça e estava no auge, comia meu churrasco a hora que eu quisesse." (N. T.)

mas a fechadura errada você tem de pegar a chave trazer para cá e colocar bem aqui, senão.

Resistindo à proteção e às mãos repressoras de sua tia, Dorcas achava que aquela vida abaixo da cintura era a única vida que existia. Os tambores que ouviu na parada eram apenas a primeira parte, a primeira palavra, de um comando. Para ela, os tambores não eram a corda que tudo une da camaradagem, da disciplina e da transcendência. Ela se lembrava deles como um começo, o início de alguma coisa que ela queria completar.

Lá em East St. Louis, quando a varandinha caiu, lascas de madeiras — em chamas e fumegando — explodiram no ar. Uma delas devia ter entrado em sua boca aberta de boba e descido por sua garganta, porque ainda fumegava e rebrilhava lá dentro. Dorcas nunca deixou que saísse e nunca a pôs para fora. De início, pensou que, se falasse disso, a coisa a deixaria, ou ela a perderia através da boca. E quando sua tia a levou de trem para a Cidade e esmagou sua mão enquanto assistiam à longa parada, a lasca de madeira brilhante afundou mais e mais até se alojar confortavelmente em algum lugar abaixo de seu umbigo. Ela assistiu aos homens negros que não piscavam, e os tambores lhe deram a certeza de que o fulgor jamais a deixaria, que estaria à espera e junto com ela toda vez que quisesse ser tocada por ele. E toda vez que quisesse libertá-lo para pegar fogo outra vez, o que viesse a acontecer seria rápido. Como as bonecas.

Elas deviam ter acabado depressa. Madeira, afinal de contas, em uma caixa de madeira para charutos. A saia vermelha de papel de seda de Rochelle, imediatamente. Sst, como um fósforo e depois a seda azul de Bernadine e a capa de algodão branco de Faye. O fogo comeria suas pernas, primeiro as deixaria negras com seu bafo quente e seus olhos redondos, com ciliozinhos e sobrancelhas que ela havia pintado com tamanho cuidado, teriam visto a si mesmos desaparecer. Dorcas evitava pensar sobre o grande caixão de defunto bem ali em frente, poucos metros a sua esquerda, e no cheiro medicinal de tia Alice sentada ao lado dela, concentrando em Rochelle, Bernadine e Faye, que não teriam enterro nenhum. Isso a deixou ousada. Mesmo aos nove anos, na escola elementar, ela era ousada. Por mais apertadas e presas as tranças, por mais pesada que fosse a botinha que cobria tornozelos que outras meninas expunham em sapatos de corte mais baixo, por mais pretas e grossas que fossem suas meias, nada ocultava a ousadia que ondulava debaixo da saia de aço fundido. Óculos não conseguiam obscurecer aquilo, nem as espinhas produzidas pelo duro sabão marrom e uma dieta descompensada.

Quando ela era pequena, e Alice Manfred concordava em costurar durante um ou dois meses, Dorcas ficava aos cuidados das irmãs Miller depois da escola. Quase sempre havia quatro outras crianças, às vezes mais uma. A brincadeira delas era tranquila e confinada à pequena área da sala de jantar. A irmã que tinha dois braços, Frances Miller, lhes dava para comer sanduíches de manteiga de maçã; a irmã de um braço só, Neola, lia os Salmos para elas. Por vezes a disciplina estrita era relaxada, quando Frances cochilava na mesa da cozinha. Então, Neola podia se cansar da restrição que os versos impunham a sua voz e escolher uma criança para acender o fósforo para seu cigarro. Dava menos de três baforadas e alguma coisa no gesto agitava alguma coisa dentro dela, e ela contava às crianças a seu cargo histórias conselheiras. Suas histórias, porém, sobre a bondade do bom comportamento, sucumbiam diante da emoção do pecado que deploravam.

A verdade é que a mensagem de seus ensinamentos fracassava, porque uma semana depois de pôr o anel de noivado no dedo de Neola o futuro noivo foi embora do estado. A dor dessa recusa dele era visual, porque sobre seu coração, torta como uma concha, estava a mão em que ele colocara o anel. Como se ela segurasse os pedaços quebrados de seu coração na curva de um braço congelado. Nenhuma outra parte dela foi tocada pela paralisia. Sua mão direita, a que virava as páginas fininhas do Antigo Testamento ou levavam o cigarro Old Gold aos lábios, era direita e firme. Mas as histórias que contava a elas, de decadência moral, de malvados que exploravam os bons, tornavam-se mais pungentes por esse aperto de braço no peito. Ela lhes contava como pessoalmente havia aconselhado uma amiga a dar-se ao respeito e abandonar o homem que não era (bom) para ela. Por fim, a amiga concordou, mas em dois dias, dois!, ela voltou para ele, Deus nos livre e guarde, e Neola nunca mais falou com ela. Contou-lhes como uma garota, não mais de catorze anos, havia abandonado família e amigos para viajar seiscentos quilômetros atrás de um rapaz que tinha se alistado no exército, só para ser passada para trás e vir a ter uma vida completamente dissoluta num quartel. Então elas entendiam, não entendiam?, a força do pecado na companhia de uma cabeça fraca? As crianças coçavam os joelhos e faziam que sim com a cabeça, mas Dorcas, pelo menos, ficava encantada com a tendência frágil, derretida da carne e o Paraíso que podia fazer uma mulher voltar dois dias depois, dois!, ou fazer uma garota viajar seiscentos quilômetros até um quartel, ou dobrar o braço de Neola, para melhor segurar os pedaços de seu coração na mão. Paraíso. Tudo pelo Paraíso.

Quando chegou aos dezessete anos toda a sua vida era insuportável. E quando penso nisso, sei exatamente o que ela sentia. É terrível quando não existe absolutamente nada a fazer ou que valha a pena fazer a não ser ficar deitada e esperar que quando você estiver nua ela não vá rir de você. Ou que ele, segurando seus seios, não vá querer que eles fossem de algum outro jeito. Terrível, mas compensa o risco, porque não há outra coisa a fazer, embora, aos dezessete anos, você faça. Estude, trabalhe, memorize. Mastigue a comida e a reputação de suas amigas. Ria de coisas que estão na sua devida posição e de coisas que estão de ponta-cabeça — não importa, porque você não está fazendo o que vale a pena, que é deitar em algum lugar na penumbra, envolta em braços e sustentada pelo centro do mundo.

Pense como é, se você conseguir, apenas conseguir. A natureza então enlouquece por você. Se transforma em abrigo, trilha. Travesseiros para dois. Espalha os membros de arbustos de lilás tão baixos a ponto de esconder você. E a Cidade, à sua maneira, se abaixa para você, coopera, amacia as calçadas, corrige as pedras do calçamento, oferece seus melões e maçãs verdes na esquina. Prateleiras de lenços de cabeça amarelos; fieiras de contas egípcias. Galinha frita do Kansas e alguma coisa com passas chama a atenção para uma janela aberta onde o aroma parece estar à espreita. E, se isso não basta, portas de bares clandestinos ficam meio abertas e no lugar escuro e fresco uma clarineta toca e pigarreia à espera de que a mulher decida o tom. Ela decide e, quando você passa, informa você que ela é o anjinho do papai. A Cidade é assim de esperta: cheirosa, boa, parece obscena; envia mensagens secretas disfarçadas de sinais públicos; por aqui, abra aqui, perigo para alugar negros só solteiros à venda precisa-se de funcionária privativo stop absolutamente proibido cães no local não pague agora frango fresco entrega grátis rápida. E boa em abrir fechaduras, escurecer escadas. Encobrindo seus gemidos com os dela.

Houve uma noite, nos seus dezesseis anos, em que Dorcas se apossou de seu corpo e o ofereceu a qualquer dos irmãos para uma dança. Os dois rapazes eram mais baixos que ela, mas ambos eram igualmente atraentes. Mais importante, eles dançavam tão melhor que todo mundo que quando precisavam de competição para valer eram forçados a dançar um com o outro. Escapar para aquela festa com sua melhor amiga, Felice, devia ser difícil de conseguir, mas Alice Manfred tinha um negócio para resolver até o dia seguinte em Springfield, e nada podia ser mais fácil. A única dificuldade era arrumar alguma coisa provocante para vestir.

As duas amigas subiram a escada, levadas diretamente para o lugar certo mais pelo piano que se despejava pela porta do que por lembrarem do número do apartamento. Deram uma parada para uma examinar a outra antes de bater. Mesmo no corredor escuro, a amiga de pele escura realça a cor de creme da outra. O cabelo oleoso de Felice realça as ondas secas e macias de Dorcas. A porta se abre e elas entram.

Antes que as luzes se apaguem, e antes que os sanduíches e o refrigerante batizado desapareça, o sujeito que toma conta do toca-discos escolhe música rápida para combinar com a sala muito iluminada, onde a mobília que atrapalhava foi encostada às paredes, empurrada para o corredor, os quartos com pilhas altas de casacos. Debaixo da luz do teto, casais se movem como gêmeos nascidos com, se não para, o outro, sentindo a pulsação do outro como uma segunda jugular. Elas acham que eles sabem antes da música o que suas mãos e pés têm de fazer, mas essa ilusão é o impulso secreto da música: o controle que os leva a pensar que é deles; a expectativa que ela antecipa. No intervalo de troca de discos, enquanto garotas abanam o pescoço da blusa para arejar golas úmidas ou passar a mão ansiosa no estrago que o suor fez no cabelo, os rapazes comprimem lenços na testa. Risos encobrem olhares indiscretos de boas-vindas e promessa, e abrandam as arestas de gestos de traição e abandono.

Dorcas e Felice não são estranhas na festa — ninguém é. Pessoas que nenhuma das duas nunca viu se juntam à alegria com a mesma facilidade daquelas que cresceram no prédio. Mas ambas as garotas têm expectativas muito ampliadas pelo trabalho que tiveram para planejar a roupa da escapada. Dorcas, aos dezesseis anos, ainda não usa meias de seda e seus sapatos são de alguém muito jovem ou muito velho. Felice ajudou-a a soltar duas tranças de trás das orelhas e ela está com a ponta dos dedos manchadas do batom que passou nos lábios. Com a gola virada para dentro, o vestido parece mais adulto, mas a mão dura de um adulto severo aparece em todo o resto: na barra, no cinto na cintura, nas mangas curtas, bufantes. Ela e Felice tentaram arrancar o cinto de uma vez, depois pregaram no umbigo. As duas estratégias revelaram-se detestáveis. Elas sabem que alguém mal vestido não é ninguém e Felice tem de ir repetindo elogios o caminho todo até a Segunda Avenida para fazer Dorcas esquecer da roupa e se concentrar na festa.

Quando entram, a música sobe até o teto e sai pelas janelas abertas para ventilar. Imediatamente as duas garotas são agarradas por mãos masculinas e lançadas ao centro de dança da sala. Dorcas reconhece seu parceiro como Martin, que tinha estado em sua classe de dicção por um minutinho — tempo que levou para o professor se dar conta de que ele nunca ia desistir do "ax" pelo "*ask*". Dorcas dança bem — não tão depressa como algumas, mas ela é graciosa, apesar dos sapatos vergonhosos, e é provocante.

É depois de duas danças que ela nota os irmãos chamando a atenção do pessoal na sala de jantar. Na rua, em festas de salão, assim como em casas, eles são espetaculares, mexendo-se como seda esticada ou metal mole. O aperto no estômago que Dorcas e Felice tinham concordado que era o Sinal de verdadeiro interesse e possível amor vem à tona e se espalha quando Dorcas observa os irmãos. Os sanduíches acabaram agora, a salada de batatas também e todo mundo sabe que está chegando a hora da música de escurinho. A incrível agilidade, o ritmo de fração de segundos que os irmãos estão exibindo anuncia a culminância do trecho de dança rápida da festa.

Dorcas vai para o hall que fica paralelo à sala de estar e a de jantar. De suas sombras, pelo arco, tem uma visão desimpedida dos irmãos quando eles levam a apresentação a seu aplaudido encerramento. Rindo, eles aceitam os elogios que lhes são devidos: olhares de adoração das garotas, socos e tapas congratulatórios dos rapazes. O sorriso deles, mais que de dentes perfeitos, é divertido e provocante. Alguém batalha com a Victrola; baixa o braço, risca o disco, tenta de novo, depois troca o disco por outro. Durante a pausa, os irmãos notam Dorcas. Mais alta que a maioria, ela olha para eles por cima da cabeça da amiga escura. Os olhos dos irmãos lhe parecem grandes e receptivos. Ela avança das sombras e desliza pelo grupo. Os irmãos aumentam a voltagem do sorriso. O disco certo soa agora; ela ouve o chiado preparatório quando a agulha desliza para seu primeiro sulco. Os irmãos sorriem com brilho; um se inclina um milímetro para o outro e, sem perder contato visual com Dorcas, sussurra alguma coisa. O outro examina Dorcas de alto a baixo enquanto ela avança para eles. Então, bem quando a música, lenta e enfumaçada, enche o ar, o sorriso brilhante como sempre, ele franze o nariz e se afasta.

Dorcas foi identificada, avaliada e descartada no tempo que leva para uma agulha encontrar o sulco de abertura. O aperto no estômago de possível amor não é nada comparado à massa de gelo que agora entope suas veias. O corpo que ela habita é indigno. Embora seja um corpo jovem e seja tudo o que ela possui, é como se tivesse se decomposto na videira na hora de brotar. Não era de admirar que Neola tivesse fechado o braço e segurasse os pedaços do coração na mão.

Então, quando Joe Trace sussurrou para ela através da fresta de uma porta a se fechar, sua vida havia se tornado quase insuportável. Quase. A carne, fortemente desprezada pelos irmãos, mantivera em segredo o apetite para o amor que grassava por dentro. Vi peixes inchados, serenamente cegos, flutuando no céu. Sem olhos, mas de alguma forma dirigidos, esses navios aéreos nadam abaixo da espuma das nuvens e ninguém consegue desviar os olhos deles porque é como ver um sonho privado. Era assim a fome dela: hipnotizante, dirigida, flutuava como um segredo público logo abaixo da cobertura de nuvens. Alice Manfred tinha trabalhado duro para privatizar sua sobrinha, mas não era páreo para a música que se infiltrava pela Cidade, que implorava e desafiava todo santo dia. "Venha", dizia. "Venha e faça coisas erradas." Até mesmo avós que varriam as escadas fechavam os olhos e punham a cabeça para trás ao celebrarem sua doce desolação. "*Nobody does me like you do me.*"* No ano que se passou entre a dispensa dos irmãos dançarinos e a reunião do clube de Alice Manfred, o jugo que Alice havia amarrado em volta do pescoço de Dorcas tinha se esfiapado até romper.

Além das mulheres do clube, muito poucas sabiam onde Joe Trace a havia encontrado. Não no balcão de doces da lanchonete onde ele a viu pela primeira vez e se perguntou se aquilo, a bala de hortelã que ela comprou, é que estragava sua pele, toda clara e cremosa menos nas faces. Joe conheceu Dorcas na casa

* "Ninguém me faz como você me faz". (N. T.)

de Alice Manfred bem debaixo do nariz dela e diante de seus olhos.

Ele tinha ido até lá para entregar um pedido à Sheila, prima de Malvonne Edwards, que dissera que se Joe fosse ao número 237 do Clifton Place antes do meio-dia, poderia entregar seu pedido lá mesmo, o número 2 Marrom Noz e o creme de pele, assim ela não teria de esperar até o próximo sábado nem ir a pé até a Lenox à noite para pegar, a menos, claro, que ele preferisse ir ao trabalho dela...

Joe havia decidido esperar até o sábado seguinte, porque não receber um dólar e trinta e cinco centavos não ia deixá-lo sem dinheiro. Mas depois de sair da casa de Miss Ransom e ficar meia hora assistindo Bud e C. T. se ofenderem num jogo de damas, ele resolveu ir logo de uma vez ver Sheila e dar o dia por encerrado. Estava com um pouco de azia no estômago e os pés já doíam. Não queria também ser surpreendido entregando ou anotando pedidos na chuva, chuva que vinha ameaçando cair durante toda aquela manhã quente de outubro. E, apesar de que voltar cedo para casa significaria prolongar a companhia de uma muda Violet enquanto ele mexia no ralo da pia ou na roldana por onde passava o varal de roupas no outro lado do prédio, o almoço de sábado também seria cedo e satisfatório: verduras cozidas com o osso do presunto que sobrara do domingo passado. Joe aguardava as refeições frugais, de restos dos finais de semana, mas detestava as de domingo: um presunto assado, uma pesada torta doce depois. A determinação de Violet em adquirir uma bunda, que ela jurava ter tido um dia, era morte para ele.

Houve tempo em que ele se vangloriava da comida dela. Mal conseguia esperar para voltar para casa e devorá-la. Mas ele agora tinha cinquenta anos, e apetites mudam, nós sabemos. Ele ainda gostava de bala, bala dura — não toffee ou caramelos —, suas favoritas eram as balas amargas. Se Violet se limitasse a sopa e vegetais cozidos (com um pouco de pão para acompanhar) ele ficaria totalmente satisfeito.

Era nisso que estava pensando quando encontrou o 237 e

subiu a escada. A discussão de C.T. e Bud sobre os destino do S. S. *Ethiopia* tinha sido muito boa, muito engraçada: ficara ouvindo mais tempo do que imaginava, porque já passava bastante do meio dia quando chegou lá. Dava para ouvir barulhos de mulher pela porta. Joe tocou a campainha mesmo assim.

A menina da bala de hortelã com a pele ruim atendeu a porta, e, enquanto ele contava a ela quem era e o que tinha vindo fazer, Sheila enfiou a cabeça no vestíbulo e gritou: "CPT! Me faça uma surpresa algum dia, Joe Trace". Ele sorriu e entrou. Ficou ali parado sorrindo e não pôs a maleta de amostras no chão, até a dona da casa, Alice Manfred, convidá-lo para entrar na saleta.

Elas ficaram animadas por ele ter interrompido o encontro social delas. Era uma reunião-almoço da Filhas Cívicas para planejar o levantamento de fundos para o Dia de Ação de Graças da Liga Nacional Negra de Negócios. Tinham resolvido o que podiam, decidido o que fazer e começado o almoço de frango *à la king* que Alice preparara com grande esmero. Satisfeitas, felizes até, com o próprio trabalho e a companhia das outras, elas não sabiam que estavam esperando nada, até Alice mandar Dorcas ir atender a porta e Sheila, ao se lembrar do que tinha dito para Joe, dar um pulo ao ouvir uma voz masculina.

Elas o fizeram sentir-se como aqueles cantores com polainas. Os jovens que se juntavam nos cantos e que usavam gravatas da cor dos lenços aparecendo nos bolsos do paletó. Os jovens galinhos que se punham de pé sem esperar pelas galinhas que estavam esperando — por eles. Diante do olhar de flerte avaliador das mulheres, Joe sentiu o prazer de seu próprio sorriso como se fosse polainas cor de areia cobrindo a parte alta de seus sapatos.

Elas riram, batucaram na toalha da mesa com os dedos e começaram a provocar, ralhar e adorá-lo, tudo ao mesmo tempo. Disseram o que sentiam por homens altos como ele, reclamaram de seu atraso e insolência, perguntaram *o que mais* ele tinha na mala além de fosse lá o que fosse que deixava Sheila tão excitada. Perguntaram por que ele nunca ia tocar a campainha *delas*, por que não subia quatro lances duplos de escada para entregar alguma coisa para elas. Entoaram seus elogios, suas ofensas e só Alice limitou-se, discreta, a um vago sorriso, uma cara fechada, e não acrescentou aos comentários nenhum dela mesma.

Claro que ele ficou para o almoço. Claro. Embora tenha tentado não comer demais para não estragar seu apetite para as verduras que com certeza estavam cozinhando na panela à espera dele. Mas as mulheres tocaram seu cabelo, olharam direto para ele, comentaram seus olhos bicolores e ordenaram: "Ora, vamos, venha cá, homem, sente aqui. Faço um prato para você? Deixe eu fazer um prato para você". Ele protestou; elas insistiram. Ele abriu a maleta; elas propuseram comprar tudo. "Coma, *baby*, coma", disseram. "Não vai sair nesse frio de dar pneumonia sem alguma coisa para fortalecer, não faz sentido, com tudo o que tem aqui, Dorcas, menina, traga um prato para este aqui, para eu poder servir comida para ele. Quieta, Sheila."

Eram mulheres da idade dele, na maioria, com maridos, filhos, netos também. Trabalhadoras para si próprias e para quem precisasse delas. E achavam que os homens eram ridículos, deliciosos e terríveis, e aproveitam todas as oportunidades que tinham de fazer eles saberem como eram. Num grupo daqueles, podiam fazer impunemente o que tinham cautela de fazer sozinhas com qualquer homem, desconhecido ou amigo, que tocasse a campainha da porta com uma maleta de amostras na mão, por mais alto que fosse, por mais brejeiro o sorriso, por mais tristeza que houvesse em seus olhos. Além disso, gostavam de sua voz. Tinha um tom, uma nota que só ouviam quando iam visitar os velhos amigos teimosos que não saíam de suas varandas e campos esgotados para ir para a Cidade. Fazia-as lembrar de homens que usavam chapéu para arar a terra e para comer o jantar. Que sopravam o café no pires e seguravam a faca no punho fechado ao comer. Então olharam diretamente para ele e disseram de todas as maneiras possíveis o quanto ele era ridículo, o quanto era delicioso, o quanto era terrível. Como se ele não soubesse.

Joe Trace contava com mulheres que flertavam e riam para

comprar seus produtos e sabia que não podia ter nada com nenhuma delas. Não se quisesse continuar se debruçando sobre uma mesa de bilhar para dar uma tacada expondo as costas aos maridos. Mas naquele dia, na casa de Alice Manfred, ao ouvir e responder as brincadeiras delas, alguma coisa no jogo de palavras ganhou peso.

Eu me perguntei sobre isso. O que ele pensou na hora e depois, e no que disse a ela. Ele sussurrou alguma coisa a Dorcas quando ela abriu a porta para ele, e ninguém pareceu mais satisfeito e surpreso do que ele.

Se bem me lembro, naquele almoço de outubro na casa de Alice Manfred alguma coisa estava fora de lugar. Alice estava vaga e qualquer um que passasse meia hora a seu lado sabia que aquele não era o seu estilo. Ela era aquela que com um olhar era capaz de reduzir uma boa intriga a um riso quando passava do ponto. E talvez fosse a sua cabeça de costureira que fizesse você pensar que um vestido alegre virava berrante e cafona ao lado do dela. Mas ela sabia arrumar uma mesa. A comida podia parecer um pouquinho parcimoniosa nas porções e acredito que ela via a manteiga com preconceito, porque usava muito pouco em seus bolos. Mas os biscoitos eram leves e os pratos, a louça, brilhante e bem-arrumada. Abra os guardanapos dela inteiros e nenhum desfiado em ponto algum. Ela foi educada no almoço, claro, não muito alheia, mas também sem prestar muita atenção às coisas. Desatenta ela estava. Por causa de Dorcas, provavelmente.

Eu sempre achei que aquela menina era um monte de mentiras. Pelo andar dela dava para dizer que sua roupa de baixo estava além da sua idade, mesmo que o vestido não estivesse. Talvez naquele outubro Alice também começasse a pensar assim. Quando chegou janeiro, ninguém tinha mais de especular. Todo mundo sabia. Me pergunto se ela teve uma premonição de que Joe Trace ia bater na porta. Ou podia ser alguma coisa que havia lido em todos aqueles jornais em pilhas bem arrumadinhas no piso de seu quarto.

Todo mundo precisa de uma pilha de jornais: para cortar

batatas em cima, para usar na privada, para embrulhar lixo. Mas não como Alice Manfred. Ela devia ler os jornais muitas e muitas vezes, senão, para que guardar aquilo? E se ela lia duas vezes alguma coisa no jornal sabia pouco sobre muito. Se você tem segredos que quer guardar ou quer entender os segredos que os outros têm, um jornal pode lhe virar a cabeça. A melhor coisa para descobrir o que está acontecendo é observar como as pessoas se comportam nas ruas. Quais pregadores de rua as detêm em seu caminho. Elas passam direto pelo meio dos meninos que chutam latas pelas calçada ou gritam para eles pararem? Ignoram os homens sentados nos para-choques dos carros ou param para trocar uma palavrinha? Se estoura uma briga entre um homem e uma mulher, elas atravessam no meio do quarteirão para olhar ou correm para a esquina porque pode virar confusão?

Uma coisa é certa, as ruas podem confundir, ensinar ou perturbar a sua cabeça. Mas Alice Manfred não era do tipo que arrumasse razões para estar nas ruas. Passava por elas o mais depressa possível para voltar a sua casa. Se saísse mais, sentasse na sacada ou trocasse mais mexericos na frente do salão de beleza, ela saberia mais sobre o que dizia o jornal. Ela poderia saber o que estava acontecendo debaixo de seu nariz. Quando descobriu o que aconteceu entre aquele dia de outubro e aquele dia horrível de janeiro em que tudo terminou, a última pessoa na terra que ela queria ver era Joe Trace ou qualquer pessoa ligada a ele. Aconteceu, porém. A mulher que evitava a rua deixou entrar em sua sala a mulher que se sentara no meio de uma.

Aí pelo fim de março, Alice Manfred deixou de lado as agulhas para pensar no que ela chamava de *impunidade* do homem que matara sua sobrinha só porque podia. Não tinha sido difícil de fazer; não o tinha nem levado a pensar duas vezes no perigo a que estava se expondo. Ele simplesmente fez aquilo. Um homem. Uma garota indefesa. Morte. Um homem com maleta de amostras. Um bom homem, sociável, que todo mundo conhecia. Do tipo que você deixava entrar em casa porque não era perigoso, porque você o viu com crianças, comprou seus produtos e nunca ouviu nem um mexerico a respeito de alguma coisa que ele tivesse feito de errado. Você se sentia não apenas segura mas bem em sua companhia, porque era o tipo de homem para o qual as mulheres correm quando estão sendo seguidas, ou observadas, ou precisavam que alguém fique com sua chave extra na eventualidade de você se ver trancada para fora. Ele era o homem que a levava até a porta de casa se você perdia o bonde e precisava andar pela rua à noite. Que alertava as garotas a ficarem longe dos botequins e dos homens que os frequentavam. Mulheres brincavam com ele porque confiavam nele. Era um daqueles homens que podiam ter marchado pela Quinta Avenida — frio, silencioso e digno — para dentro do espaço que os tambores abriam. Ele *sabia* que o errado não estava certo, e mesmo assim o fez.

Alice Manfred tinha visto e suportado muita coisa, tinha se apavorado por todo o país, por todas as ruas dele. Só que agora se sentia realmente insegura, porque os homens brutalizantes e suas brutais mulheres não estavam só lá fora, estavam em seu quarteirão, em sua rua. Um homem havia entrado em sua sala e destruído sua sobrinha. A mulher dele tinha ido ao velório para atormentá-la e desonrá-la. Ela teria chamado a polícia para ambos se tudo o que sabia sobre a vida dos negros tornasse isso ao menos possível de considerar. Realmente, de livre e espontânea vontade conversar com alguém, branco ou negro, deixar que entrasse em sua casa, ficar olhando enquanto ele ajusta os quadris na cadeira dela para acomodar o aço azul que fazia dele um homem.

Inativa e introvertida em sua dor e vergonha, ela desfiava os dias fazendo renda para nada, lendo seu jornal, que jogava no chão e pegava de novo. Ela lia o jornal de um jeito diferente agora. Toda semana, desde a morte de Dorcas, durante janeiro e fevereiro inteiros, o jornal expusera algumas mulheres violadas. Homem mata esposa. Oito acusados de estupro liberados. Mulher e menina vítimas de. Mulher comete suicídio.

Atacantes brancos indiciados. Cinco mulheres presas. Mulher diz que homem bate. Num ataque de raiva homem.

Indefesas como patos, ela pensou. Ou não? Lidas com cuidado, as reportagens revelavam que a maioria dessas mulheres, subjugadas e violadas, não tinha estado indefesa. Ou, como Dorcas, não tinham sido presas fáceis. Por todo o país, mulheres negras andavam armadas. Isso, pensou Alice, isso ao menos elas aprenderam. Tudo o que existe na terra de Deus não tem ou adquire defesa? Velocidade, algum veneno na folha, a língua, a cauda? Uma máscara, fuga, números aos milhões produzindo números aos milhões? Um espinho aqui, uma ponta ali.

Presas naturais? Caça fácil? "Acho que não." Em voz alta ela disse: "Acho que não".

Pontos gastos nos lençóis eram consertados com linha forte. Lavados e dobrados, ficavam no cesto que sua mãe havia usado. Alice levantou a tábua de passar e espalhou jornais embaixo, para manter limpas as barras. Estava esperando não só os ferros esquentarem mas também a mulher brutal, negra como carvão, conhecida por andar com uma faca. Esperou com menos hesitação do que antes e sem nenhum dos sentimentos apavorantes de medo que tinha em janeiro, quando uma mulher que dizia ser Violet Trace tentara vê-la, conversar ou alguma coisa. Tinha batido na porta tão cedo que Alice achou que era a polícia.

"Não tenho nada a dizer para você. Nem uma coisa." Dissera num sussurro alto através da abertura com corrente e batera a porta. Não precisava do nome para sentir medo nem saber quem era: a estrela do velório de sua sobrinha. A mulher que estragara o ritual, transformara inteiramente a finalidade e o sentido do velório e era praticamente a única coisa de que todo mundo falava quando falava da morte de Dorcas, e nesse processo tinham mudado o nome da mulher. Violent, chamavam-na agora. Não era de admirar. Alice, sentada no primeiro assento da primeira fila, tinha observado atônita a comoção na igreja. Depois, e pouco a pouco, sentimentos, como lixo de mar jogado numa praia — estranhos e irreconhecíveis, ressecados e turvos — voltaram.

O principal entre eles era medo e — uma coisa nova — raiva. Por Joe Trace, que tinha feito aquilo: seduzido sua sobrinha bem debaixo de seu nariz em sua própria casa. O bonzinho. O homem que vendia produtos de senhoras por baixo do pano; uma figura familiar em praticamente todos os prédios da cidade. Um homem de quem donos de lojas e donos de prédios gostavam porque ele punha os brinquedos das crianças em uma fileira bem-arrumada quando elas os deixavam espalhados na calçada. De quem as crianças gostavam porque ele nunca se zangava com elas. E apreciado entre os homens porque nunca roubava num jogo, nem alimentava uma briga, nem espalhava histórias, e deixava as mulheres em paz. Apreciado entre as mulheres porque as fazia se sentir como garotas; apreciado entre as garotas porque as fazia se sentir como mulheres — coisa que, ela achava, era o que Dorcas estava procurando. Assassino.

Mas Alice não tinha medo dele nem, agora, de sua mulher. Por Joe ela sentia uma trêmula fúria por roubar, traiçoeiro como uma cobra escondida no mato, a garota sob seus cuidados; e vergonha porque o mato onde ele se escondera era exatamente o dela — o ambiente vigiado e protegido onde a gravidez sem casar ou impossível de casar era o fecho e o fim da vida vivível. Depois disso — zip. Só esperar até o bebê que viesse ter idade suficiente para garantir seu próprio ambiente vigiado e protegido.

Esperando por Violet, com menos hesitação do que antes, Alice se perguntava por que era assim. Aos cinquenta e oito anos, sem filhos seus, e a única a que teve acesso e por quem era responsável, morta, ela se questionava sobre a histeria, a violência, a maldição da gravidez sem casamento. Isso havia ocupado a cabeça de seus pais completamente durante todo o tempo de que se lembrava. Eles falaram com ela com firmeza, mas cuidadosos, sobre seu corpo: sentar feio (de pernas abertas); sentar femininamente (pernas cruzadas); respirar pela boca; mãos nos quadris; ficar curvada à mesa; rebolar ao andar. No momento em que seus seios apareceram, eles ficaram constrangidos e ressentidos, um ressentimento que cresceu e se transformou em ódio aberto às possibilidades de gravidez e que nunca cessou até ela se casar com Louis Manfred, quando então, de repente, foi o contrário. Mesmo antes do casamento, seus pais já estavam murmurando sobre netos que pudessem ver e carregar, enquanto ao mesmo tempo e sucessivamente se ofendiam com os bicos que apareciam e cresciam debaixo das camisas das irmãs mais novas de Alice. Ofendiam-se com as manchas de sangue, com os quadris novos, com o cabelo. Isso e a necessidade de roupas novas. "Ah, meu Deus, menina!" A carranca quando não dava mais para baixar a barra, a cintura que recusa mais um ponto. Crescer sob esse controle acalorado, Alice jurou que não passaria isso adiante, mas passou. Fez a mesma coisa com a filhinha única de sua irmã. Ela se perguntava agora se teria feito isso se seu marido tivesse sobrevivido ou ficado, ou se tivesse filhos dela mesma. Se ele estivesse ali, ao lado dela, ajudando a tomar decisões, talvez ela não estivesse ali sentada à espera de uma mulher chamada Violent, alimentando ideias de guerra. Embora fosse guerra. Razão por que havia escolhido a rendição e fizera de Dorcas sua prisioneira de guerra.

Outras mulheres, porém, não se submetiam. Por todo o país andavam armadas. Alice uma vez trabalhou para um alfaiate sueco que tinha uma cicatriz do lóbulo da orelha até o canto da boca. "Uma negra", ele dizia. "Ela me cortou até os dentes, até os dentes." O geleiro de Springfield tinha quatro furos a espaços regulares na lateral do pescoço de quatro estocadas regulares feitas por alguma coisa fina, roliça e pontuda. Homens saíam correndo pelas ruas de Springfield, East St. Louis e da Cidade segurando uma mão molhada de vermelho na outra, uma aba de pele no rosto. Às vezes, chegavam ao hospital com vida porque haviam deixado a navalha onde ela estava cravada.

Mulheres negras andavam armadas; mulheres negras eram perigosas, e quanto menos dinheiro tinham, mais mortal a arma que escolhiam.

Quem eram as desarmadas? As que encontravam proteção na igreja e no Deus zangado, julgador, cuja ira em favor delas era terrível demais para ser levada em conta. Ele não estava apenas vindo, vindo, vindo para endireitar o que faziam de errado contra elas, Ele estava aqui. Já. Está vendo? Está vendo? O que o mundo havia feito com elas estava agora fazendo consigo mesmo. O mundo abusava delas? Sim, mas olhe onde o abuso se originava. Elas eram censuradas e amaldiçoadas? Ah, sim, mas veja como o mundo se censurava e amaldiçoava. As mulheres eram bolinadas em cozinhas e nos fundos de lojas? Uhm hum. A polícia metia os punhos no rosto de mulheres para quebrar a resistência de seus maridos junto com o maxilar das mulheres? Homens (aqueles que as conheciam e também estranhos sentados em automóveis) falavam coisas para elas todos os dias de suas vidas? Uhm hum. Mas aos olhos de Deus e aos delas, cada palavra e gesto odioso era o desejo da Besta por sua própria sujeira. A Besta não fazia o que lhe era feito, mas o que queria que fosse feito a si mesma: estuprava porque queria ser estuprada. Assassinava crianças porque desejava ser crianças assassinadas. Construía cadeias para morar e apegar-se à sua própria decadência. A ira de Deus, tão bela, tão simples. Seus inimigos recebiam o que queriam, se transformavam no que impunham aos outros.

Quem mais eram as desarmadas? Aquelas que achavam que não precisavam de navalhas, de pacotes de soda cáustica, de cacos de vidro presos com fita nas mãos. Aquelas que compravam casas e juntavam dinheiro como proteção e meio de comprá-las. Aquelas que se ligavam a homens armados. Aquelas que não usavam revólveres porque se transformavam em revólveres; não levavam navalhas porque eram navalhas cortando reuniões, atirando em estátuas e apontando o sangue e a carne abusada. Aquelas que inchavam a sua força desarmada juntando sua força à de ligas, clubes, sociedades, irmandades destinadas a aceitar ou recusar, a avançar ou se deter, a abrir caminho, apelar, consolar e facilitar. Pagar fiança, vestir os mortos, pagar o aluguel encontrar novas acomodações, fundar uma escola, atacar um escritório, coletar dinheiro, rondar o bairro e ficar de olho em todas as suas crianças. Qualquer outro tipo de mulher negra desarmada em 1926 estava silenciosa, louca ou morta.

Alice esperou esse momento, no mês de março, pela mulher com a faca. A mulher que as pessoas agora chamavam de Violent porque tinha tentado matar a que estava no caixão. Ela havia deixado recados por baixo da porta de Alice todos os dias desde janeiro — uma semana depois do enterro — e Alice Manfred entendeu que tipo de negro era o casal: o tipo que ela havia treinado Dorcas a evitar. O tipo embaraçoso. Mais que desinteressantes, eles eram perigosos. O marido dava tiro; a mulher esfaqueava. Nada. Nada que sua sobrinha fizesse ou experimentasse igualaria a violência cometida contra ela. E onde havia violência não havia também vício? Jogo. Palavrões. Uma terrível e nociva proximidade. Vestidos vermelhos. Sapatos amarelos. E, é claro, música racial para estimular a todos.

Mas Alice não tinha medo dela agora como tivera em janeiro e como tivera em fevereiro, na primeira vez que a deixou entrar. Achou que a mulher ia acabar na cadeia algum dia — elas todas acabavam. Mas vítimas fáceis? Presas naturais? "Não acho, não. Não acho, não."

No velório, Malvonne deu-lhe os detalhes. Ao menos tentou. Alice afastara-se da mulher e prendera a respiração como para manter ao longe as palavras.

"Agradeço sua preocupação", Alice disse a ela. "Sirva-se." Apontou as mesas cheias de comida e comiserados em torno. "Tem tanta coisa."

"Estou me sentindo tão mal", Malvonne disse. "Como se ela fosse minha."

"Obrigada."

"Você cria os filhos dos outros, e dói do mesmo jeito que se fossem seus. Sabe o que aconteceu com Benzinho, meu sobrinho..."

"Com licença."

"Fiz tudo por ele. Tudo que uma mãe faria."

"Por favor. Sirva-se. Tem tanta coisa. Tanta."

"Esses depravados, eles moram no meu prédio, sabe..."

"Olá, Felice. Bondade sua vir..."

Ela não queria ouvir nem saber muita coisa naquele momento. E não queria também ver aquela mulher que começaram a chamar de Violent. O recado que ela punha por baixo da porta de Alice a ofendia, depois a assustava. Mas depois de algum tempo, tendo sabido o quanto o homem estava dilacerado e ao ler as manchetes do *Age*, do *News*, do *The Messenger*, em fevereiro, ela havia se endurecido e deixou a mulher entrar.

"O que você *poderia* querer de mim?"

"Ah, neste momento eu só quero sentar na sua poltrona", Violet disse.

"Desculpe. Não consigo ver que bem isso pode fazer."

"Estou com problema de cabeça", Violet disse, pondo os dedos na copa do chapéu.

"Procure um médico, não acha?"

Violet passou por ela, atraída como um ímã para uma mesinha. "Essa é ela?"

Alice não precisou virar para saber o que ela estava olhando. "É."

A longa pausa que se seguiu, enquanto Violet examinava o rosto que olhava da moldura, deixou Alice nervosa. Antes de ganhar coragem para pedir que a mulher fosse embora, ela se virou, afastou-se da fotografia e disse: "Não é de mim que você tem de ter medo".

"Não? De quem então?"

"Não sei. É isso que me dá dor de cabeça."

"Você não veio aqui para pedir desculpas. Achei que talvez tivesse vindo. Você veio aqui para aplicar um pouco do seu próprio mal."

"Não tenho mal nenhum em mim."

"Acho melhor você ir embora."

"Deixe eu descansar um minuto. Não consigo encontrar um lugar onde eu possa sentar. É ela ali?"

"Acabei de dizer que é."

"Ela dava muito trabalho?"

"Não. Nenhum. Bom. Um pouco."

"Eu era uma boa menina na idade dela. Nunca dei trabalho

nenhum. Fazia tudo o que me mandavam. Até chegar aqui. A Cidade faz você endurecer."

Atitude estranha, pensou Alice, mas não sanguinária. E antes que pudesse pensar para não deixar acontecer, a pergunta escapou. "Por que ele fez uma coisa dessas?"

"Por que ela fez?"

"Por que você fez?"

"Eu não sei."

Na segunda vez que ela veio, Alice ainda estava pensando sobre aquelas mulheres loucas com seus pacotes de soda, suas navalhas afiadas, os queloides aqui, aqui e ali. Estava puxando a cortina para tapar a luz que batia bem nos olhos da visita quando disse: "Seu marido. Ele machuca você?".

"Me machucar?" Violet pareceu intrigada.

"Quer dizer, ele parecia tão bom, tão sossegado. Ele bate em você?"

"Joe? Não. Ele nunca machuca nada."

"Só Dorcas."

"E esquilos."

"O quê?"

"E coelhos também. Veados. Gambá. Faisão. A gente comia bem na nossa terra."

"Por que tiveram de ir embora?"

"O dono não queria coelho. Queria dinheiro."

"Querem dinheiro aqui também."

"Mas aqui tem jeito de conseguir. Eu trabalhava de diarista quando cheguei. Três casas por dia me davam um bom dinheiro. Joe limpava peixe de noite. Levou um tempo para ele arrumar trabalho em hotel. Eu comecei a trabalhar de cabeleireira e Joe..."

"Não quero saber de nada disso."

Violet calou-se e ficou olhando a fotografia. Alice deu-lhe a foto para conseguir que ela fosse embora.

No dia seguinte, ela voltou e parecia tão mal que Alice sentiu vontade de bater nela. Em vez disso, falou: "Tire esse vestido que eu costuro o punho". Violet usava o mesmo vestido todas as vezes e Alice estava irritada com o fio solto na manga e com o forro do casaco rasgado em pelo menos três lugares que dava para ver.

Violet sentou de combinação e com o casaco vestido, enquanto Alice remendava a manga com pontos minúsculos. Em um segundo, Violet tirou o chapéu.

"No começo, pensei que você vinha aqui para me fazer mal. Aí, achei que você queria me oferecer condolências. Depois pensei que queria me agradecer por eu não ter chamado a polícia. Mas não é nada disso, não é?"

"Eu tinha de sentar em algum lugar. Pensei que podia sentar aqui. Que você ia deixar, e você deixou. Eu sei que não dei ao Joe muitas razões para evitar a rua. Mas eu queria ver que tipo de mulher ele preferia em vez de mim."

"Bobagem. Ele preferia que você tivesse dezoito anos, só isso."

"Não. Tem mais alguma coisa."

"Você não sabe nada sobre o seu próprio marido, não pode esperar que eu ajude."

"Você não sabia que eles estavam se vendo tanto quanto eu e você via ela todo dia como eu via o Joe. Eu sei onde eu estava com a cabeça. Onde estava a sua?"

"Não me castigue. Não vou deixar você fazer isso."

Alice havia terminado os lençóis e começara a primeira camisa de baixo quando Violet bateu na porta. Anos e anos e anos antes, ela havia dirigido a ponta do ferro para dentro das costuras de uma camisa branca de homem. Umedecida para o tecido alisar e endurecida com goma. Essas camisas eram trapos agora. Panos de pó, panos menstruais, trapos amarrados em juntas de canos para evitar o congelamento; pegadores de panelas e pedaços para testar os ferros quentes e enrolar seus cabos. Até pavios de lamparinas a óleo; sacos de sal para esfregar os dentes. Agora suas próprias camisas de baixo ocupavam sua elegante atenção manual.

Dois pares de fronhas de travesseiros, ainda quentes ao toque, estavam empilhados na mesa. Assim como dois lençóis. Na semana seguinte, talvez, as cortinas.

Agora ela reconhecia o toque e não sabia se ficava ansiosa ou zangada quando ouvia. E não se importava.

Quando Violet vinha visitar (e Alice nunca sabia quando poderia ser), alguma coisa se abria.

O chapéu escuro deixava seu rosto ainda mais escuro. Seus olhos eram redondos como dólares de prata, mas podiam se estreitar de repente também.

O negócio era como Alice se sentia e falava em sua companhia. Não como ela agia com outras pessoas. Com Violent, ela era mal-educada. Brusca. Frugal. Nenhum pedido de desculpas ou cortesia parecia exigido ou necessário entre elas. Mas alguma outra coisa, sim — clareza, talvez. O tipo de clareza que loucos exigem de não-loucos.

Violet, o forro do casaco agora consertado também, os punhos presos, precisava apenas prestar atenção a sua meia e ao chapéu para parecer normal. Alice deu um pequeno suspiro, surpresa consigo mesma ao abrir a porta para a única visita que aguardava.

"Você parece congelada."

"Quase", disse Violet.

"Março é capaz de jogar a gente doente na cama."

"Seria um prazer", Violet respondeu. "Meus problemas acabavam todos se eu pudesse fazer meu corpo ficar doente em vez da minha cabeça."

"Aí quem ia fazer o cabelo das mulheres de luxo?"

Violet riu. "Ninguém. Talvez ninguém fizesse e ninguém percebesse a diferença."

"A diferença é mais que um penteado."

"Elas são só mulheres, sabe. Como nós."

"Não", disse Alice. "Não são. Não como eu."

"Não falo da profissão. Falo das mulheres."

"Ah, por favor", disse Alice. "Vamos deixar isso pra lá. Estou fazendo um chá para você."

“Elas foram boas para mim quando ninguém mais era. Eu e o Joe temos o que comer por causa delas.”

“Não me conte.”

“Toda vez que eu chego perto de emprestar dinheiro, ou preciso de um extra, posso trabalhar o dia inteiro, qualquer dia, no cabelo delas.”

“Não me conte, eu disse. Não quero saber disso e de onde vem o dinheiro delas. Quer o chá ou não?”

“Quero. Tudo bem. Por que não? Por que você não pode saber?”

“Ah. Os homens. A vida indecente. Elas não brigam o tempo todo? Quando você faz o cabelo delas, não tem medo de que elas comecem a brigar?”

“Só quando passa a bebedeira.” Violet sorriu.

“Ah, bom.”

“Elas repartem os homens, brigam com eles e brigam por causa deles também.”

“Nenhuma mulher devia viver desse jeito.”

“Não. Nenhuma mulher devia precisar disso.”

“Matar gente.” Alice aspirou com ruído. “Me dá enjoo.” Ela serviu o chá, depois levantou xícara e pires e segurou, olhando para Violet.

“Se você tivesse descoberto antes de ele matar minha sobrinha, você matava?”

“Não sei.”

Alice entregou-lhe o chá. “Não entendo mulher como você. Mulheres com facas.” Ela pegou uma blusa de manga comprida e alisou em cima da tábua de passar.

“Eu não nasci com uma faca.”

“Não, mas pegou uma.”

“Você nunca pegou?” Violet soprou ondinhas no chá.

“Não, nunca peguei. Nem quando meu marido fugiu eu nunca fiz isso. E você. Você nem tinha um inimigo à altura. Alguém que valesse a pena matar. Você pegou uma faca para insultar uma menina morta.”

“Mas isso é melhor, não é? O mal já estava feito.”

"Ela não era o inimigo."

"Ah, ela é, sim. Ela é meu inimigo. Naquela hora, quando eu não sabia e agora também."

"Por quê? Porque era moça e bonita e tirou seu marido de você?"

Violet tomou um gole do chá e não respondeu. Depois de um longo silêncio, depois que a conversa virou para bobagens e depois para as dificuldades da vida, Violet disse para Alice Manfred: "Você não faria a mesma coisa? Não lutaria pelo seu homem?".

Semeado na infância, regado todos os dias desde então, o medo brotara em suas veias a vida toda. Com pensamentos de guerra ele havia se acumulado, florescido em outra coisa. Agora, quando olhava para aquela mulher, Alice ouvia sua pergunta como o estalo de uma arma de brinquedo.

Em algum lugar em Springfield sobraram só os dentes. Talvez o crânio, por que não. Se ela cavasse bem fundo e levantasse a parte de cima, tinha certeza de que os dentes estariam lá, com certeza. Nenhum lábio para repartir com a mulher com quem repartira os dentes. Nada de mãos para levantar seus quadris como ele havia levantado os de outras. Só os dentes expostos agora, nada como o sorriso que a fizera dizer: "Escolha". E ele escolheu.

O que ela disse a Violet era verdade. Nunca havia pego uma faca. O que ela deixou de dizer — que lhe voltou numa onda agora — era verdade também: todo dia e toda noite, durante sete meses, ela, Alice Manfred, tivera sede de sangue. Não dele. Ah, não. Para ele, ela planejara açúcar no motor do carro, tesoura na gravata, ternos queimados, sapatos cortados, meias rasgadas. Perversos, infantis atos de violência para incomodá-lo, para lembrá-lo. Mas nada de sangue. Sua sede era dirigida ao líquido vermelho que corria nas veias da outra mulher. Um picador de gelo enfiado e empurrado para cima faria o serviço. Será que uma corda de varal em volta do pescoço dela e apertada com toda a força de Alice a faria cuspir sangue também? Seu favorito, porém, o sonho que afofava seu travesseiro à noite, era ver a si mesma montada num cavalo, depois cavalgar e encontrar a mulher sozinha numa rua e aí galopar até passar por cima dela com os quatro cascos ferrados; e de novo, e de novo até não restar nada senão a atormentada terra da rua indicando onde a vadia estivera.

Ele tinha escolhido; ela escolheria também. E talvez depois de galopar durante sete meses de noites num cavalo que nem era dela, nem sabia montar, por cima do corpo convulso e carnudo da mulher que usava sapatos brancos no inverno, que ria alto como uma criança e que nunca tinha visto uma certidão de casamento — talvez ela tivesse feito alguma coisa louca. Mas depois de sete meses ela precisou escolher outra coisa. O terno, a gravata, a camisa de que ele mais gostava. Sugeriram que ela não desperdiçasse os sapatos. Ninguém ia ver. Mas meias? Sem dúvida, ele devia usar meias? Claro, disse o agente funerário. Meias, claro. E que diferença fazia que uma das pessoas no velório fosse a sua inimiga jurada e odiada colocando rosas brancas no caixão, pegando uma da cor de seu vestido? Há trinta anos ele estava virando dentes em Springfield e nem ela nem a outra com o vestido inadequado podiam fazer nada a respeito.

Alice bateu na tábua o ferro de passar. "Você não sabe o que é perda", disse, e ouviu bem de perto o que estava dizendo, e assim também ouviu a mulher sentada ao lado de sua tábua de passar que usava chapéu na cabeça de manhã.

O CHAPÉU, afundado na testa, dava a Violet um ar amalucado. O efeito calmante do chá que Alice Manfred lhe dera não durou muito. Depois, ela sentou na lanchonete e enquanto tomava um leite maltado com canudinho pensava quem poderia ser aquela outra Violet que andava pela Cidade na sua pele; que espiava através de seus olhos e via outras coisas. Onde ela via uma cadeira solitária largada como um órgão numa faixa de parque que dá para o rio, aquela outra Violet via como a espuma de gelo dava às estacas pretas do parapeito um brilho de arma. Onde ela, última da fila na parada do carro, notava o pulso frio de uma criança saindo pela manga curta demais de um casaco herdado, *aquela* Violet atropelava uma mulher branca no assento do bonde quatro minutos atrasado. E se ela desviava dos rostos que olhavam além dela através de vitrines de restaurantes, *aquela* Violet ouvia o estralejar do vidro no duro vento de março. Ela esquecia para que lado virar a chave na fechadura; *aquela* Violet sabia não só que a faca estava na gaiola do papagaio e não na gaveta da cozinha, *aquela* Violet lembrava do que ela não lembrava: raspando cascas das patas e do bico do papagaio semanas antes. Fazia um mês que ela estava procurando aquela faca. Não conseguia por nada deste mundo pensar o que havia feito com ela. Mas *aquela* Violet sabia e foi direto pegá-la. Sabia também onde estava sendo o velório, embora só pudesse ser em um de dois lugares, pensando bem. Mesmo assim, *aquela* Violet sabia em qual dos dois era, e a hora certa de chegar lá. Um pouco antes de fecharem o caixão, quando as pessoas que iam desmaiar desmaiavam e as mulheres de vestido branco as abanavam. E reuniam-se os carregadores, jovens da mesma idade da morta — da classe da escola secundária da garota morta, com cabelos recém-cortados e luvas brancas como fantasmas; primeiro num bolo apertado de seis e depois separados em duas filas de três, eles vieram dos fundos onde estavam reunidos, seguiram o corredor e cercaram o esquife. Foram eles que *aquela* Violet teve de empurrar, para abrir caminho a cotoveladas. E eles obedeceram. Saíram de lado, pensando que talvez fosse algum amor de última hora desesperado para se dar a conhecer antes que não pudesse mais e viesse a esquecer o rosto adormecido que adorava. Os carregadores viram a faca antes dela. Antes que ela soubesse o que estava acontecendo, as mãos duras dos rapazes carregadores — nós dos dedos duros de bolinhas de gude e de aço, de bolas de neve compactadas com força até virarem balas, de anos de bastões batendo bolas duras por cima de capôs de automóveis, em terrenos com cercas altas e mesmo para dentro de janelas abertas e fechadas de pessoas que moravam quatro andares acima, mãos que sustentavam o peso do corpo inteiro dos rapazes nos parapeitos de ferro das pontes do trem elevado —, essas mãos estenderam-se para a lâmina que fazia pelo menos um mês que ela não via e ficou surpresa de ver agora voltada para o rosto altivo e secreto da moça.

Ela errou o golpe, fez um pequeno dente debaixo do lóbulo da orelha, como uma dobra de pele que não era nenhum desfiguramento. Podia ter se limitado a isso: a dobra debaixo do lóbulo, mas *aquela* Violet, insatisfeita, lutou com os carregadores de mãos duras e era páreo para eles, quase. Eles tiveram de esquecer de imediato que se tratava de uma mulher de cinquenta anos com um casaco de gola de pele e um chapéu tão puxado sobre o olho direito que era de admirar que tivesse enxergado a porta da igreja, para não falar do lugar certo onde mirar a faca. Eles tiveram de abandonar os ensinamentos que haviam recebido a vida inteira sobre o respeito aos mais velhos. Lições aprendidas com os anciãos cujos olhos leitosos e claros vigiavam tudo o que faziam, comentavam e contavam um para o outro. Lições que aprenderam com idosos mais novos (como ela), que podiam ser tias deles, avó deles, mãe deles, ou mãe do melhor amigo deles, que podiam não só falar deles como falar com eles; que podiam imobilizá-los com uma palavra, com um

"Parem já com essa bagunça!" gritado de qualquer janela, porta ou esquina de rua num raio de duas quadras. E eles paravam, ou desciam de troncos, ou iam para um parque descuidado, ou, melhor ainda, iam para a sombra do elevado onde nenhuma luz iluminava o que aquelas mulheres proibiam, não importasse de quem eles fossem filhos. Mas eles fizeram mesmo assim. Esqueceram as lições de uma vida inteira e se concentraram na lâmina larga, brilhante, porque quem pode saber? Talvez ela estivesse pensando em mais de um corte. Ou talvez eles pudessem se ver envergonhados à mesa de jantar, tentando explicar a essas mesmas mulheres ou até, Nossa!, aos homens, aos pais e tios, aos primos, amigos e vizinhos adultos, por que tinham simplesmente ficado parados lá, feito postes de luz, e deixado essa mulher de casaco com gola de pele fazê-los de bobos e arruinar o trabalho honrado para o qual tinham calçado luvas brancas. Precisaram atirá-la ao chão para ela soltar. E som que veio de sua boca pertencia a alguma coisa que tinha um pelame em vez de um casaco.

Mas então aos rapazes carregadores juntaram-se homens carrancudos, que levaram para fora *aquela* Violet a espernear e uivar enquanto ela olhava, perplexa. Ela não era assim forte desde a Virginia, desde que carregara feno e conduzira as mulas da carroça como um homem adulto. Mas vinte anos arrumando cabelos na Cidade amoleceram seus braços e derreteram a couraça que um dia cobria sua palma e dedos. Como os sapatos que removeram o couro rijo que seus pés haviam desenvolvido, a Cidade tirou a força de costas e braços de que ela costumava se gabar. Uma força que *aquela* Violet não perdeu porque deu muito trabalho aos rapazes carregadores e aos homens adultos também.

Aquela Violet não devia ter soltado o papagaio. Ele esqueceu como voava e só tremia no peitoril da janela, mas quando ela voltou correndo do funeral, tendo sido literalmente atirada para fora pelos rapazes de mãos duras e pelos homens carrancudos, "Eu te amo" era exatamente o que nem ela nem *aquela* Violet suportavam ouvir. Ela tentou não olhar para ele enquanto andava pelos cômodos, mas o papagaio a viu e cacarejou um fraco "Te amo" pelo vidro.

Joe, que estava sumido desde o dia de Ano Novo, não voltou para casa essa noite, nem na seguinte para comer suas ervilhas de pinta preta. Gistan e Stuck passaram para perguntar por ele, para dizer que não podiam jogar cartas na sexta-feira e ficaram parados, envergonhados, no hall enquanto Violet olhava para eles. Então, ela sabia que o papagaio estava lá porque ela ficava subindo e descendo a escada, da porta do apartamento até a porta do prédio, para ver se Joe vinha vindo pela rua. Às duas da manhã, de novo às quatro, ela fez o trajeto, espiou a rua escura, solitária, a não ser pela dupla de policiais e dos gatos mijando na neve. O papagaio, tremendo e mal virando a cabeça verde e amarela, dizia todas as vezes "Te amo".

"Vá embora", ela disse a ele. "Vá embora para algum lugar!"

Na segunda manhã, ele tinha ido. Tudo o que ela viu, no porão bem embaixo da varanda, foi uma pena amarelo-clara com uma ponta verde. E ela nunca tinha lhe dado um nome. Chamara-o de "meu papagaio" esses anos todos. "Meu papagaio." "Te amo." "Te amo." Será que foi pego pelos cachorros? Será que algum caminhante noturno o pegou e levou para uma casa onde não havia espelhos nem dispunha de um suprimento de biscoitos de gengibre para ele? Ou ele teria entendido a mensagem — que ela dizia "Meu papagaio" e ele dizia "Te amo" e ela nunca respondia de volta, nem mesmo se dava ao trabalho de escolher um nome para ele — e conseguido de alguma forma voar, embora com asas que não subiam fazia seis anos. Asas que haviam ficado duras com o desuso e amortecidas na luz elétrica do apartamento sem nenhuma vista.

O leite maltado terminou e, embora seu estômago estivesse a ponto de arrebentar, ela pediu mais um e levou para trás da estante de revistas de segunda mão, a uma das mesinhas que Duggie tinha colocado ali contra a lei que dizia que se ele fizesse isso, transformava o lugar em restaurante. Ali podia ficar sentada e olhar a espuma desaparecer, as bolas de sorvete perderem os ângulos e se transformarem em bolas moles, brilhantes, como sabão deixado numa tigela cheia de água.

Tinha pensado em trazer um pacote do Estimulador de Nervos e Músculos do Dr. Dee para misturar com o *milk-shake* maltado, porque os *milk-shakes* sozinhos pareciam não ter nenhum efeito. Os quadris com que ela chegara ali tinham desaparecido também, igualzinho à força de suas costas e braços. Talvez *aquela* Violet, aquela que sabia onde estava a faca de açougueiro e tinha força para usá-la, tivesse os quadris que ela perdera. Mas se *aquela* Violet era forte e tinha quadris, por que sentia orgulho de ter tentado matar uma moça morta?, e ela sentia orgulho. Sempre que pensava *naquela* Violet e no que *aquela* Violet viu através de seus olhos, ela sabia que não havia vergonha ali, nenhuma repulsa. Isso era só dela, então se escondeu atrás da estante em uma das mesinhas ilegais do Duggie e brincou com o canudinho no chocolate maltado. Ela podia ter dezoito anos, como a garota da estante de revistas, lendo *Collier's* e passando o tempo na lanchonete. Será que Dorcas, quando viva, gostava da *Collier's*? Da *Liberty Magazine*? Será que as loiras de cabelo curtinho a interessavam? E os homens com sapatos de golfe e suéteres com decote em V? Como poderiam, se ela se via presa a um homem com idade para ser seu pai?, um homem que não levava nenhum taco de golfe, e sim uma maleta de amostras de produtos Cleopatra. Um homem cujos lenços não eram de algodão fininho aparecendo no bolso do paletó, mas vermelhos, grandes e cheio de manchas brancas. Será que ele pedia para ela esquentar com o próprio corpo o seu lado da cama nas noites de inverno, antes de se deitar? Ou será que ele fazia isso para ela? Ele provavelmente deixava que ela pusesse a colher no seu sorvete para pegar a parte derretida, e quando sentavam no escuro do Lincoln Theater ele não se importava nem um pouco que ela enfiasse a mão em seu saco de pipocas e pegasse um punhado a filha da puta. E quando tocava

"*Wings over Jordan*"* ele provavelmente baixava o volume para poder ouvir a voz dela cantando junto com o coro, em vez de subir como ele fazia para encobrir a sua versão de "*Lay my body down*"**. Também levantava o queixo para a lâmpada, de forma que ela pudesse espremer com a unha dos polegares a raiz de pelo encravada num poro o cachorro. E mais uma coisa amaldiçoada. (O *milk-shake* tinha virado uma sopa agora, cremoso e frio.) O abajur de quarto de cúpula azul que ele ganhou como prêmio e que custava vinte e cinco dólares ou o roupão de seda sintética cor de orquídea que ele ganhou por ter vendido toda *aquela* mercadoria num mês — ele havia dado para ela a bezerra? Ido com ela ao Indigo no sábado e sentado lá no fundo para poder ouvir bem a música e ao mesmo tempo ficar no escuro, em uma daquelas mesas redondas com tampo preto brilhante e uma toalha de branco puro em cima, bebendo gim vagabundo com aquela coisa doce e vermelha que ficava parecendo refrigerante, que era o que uma garota como ela devia ter pedido em vez de bebida alcoólica para beber numa taça mais larga na boca que na base, com um pezinho igual a uma flor no meio enquanto sua mão, a que não estava segurando a taça em forma de flor, estava embaixo da mesa batucando o ritmo da música na parte interna da coxa dele, a coxa dele, a coxa dele, coxa, coxa, e ele comprava para ela calcinhas com pespontos feitos para parecer rosinhas e violetas, violetas, sabe, e ela usava para ele mesmo fina como era e fria demais para uma sala que não podia contar com um aquecedor funcionando a tarde inteira, enquanto eu estava onde? Escorregando no gelo para tentar chegar à cozinha de alguém para fazer um cabelo? Abrigada num vão de porta me protegendo do vento à espera do bonde? Fosse o que fosse, fazia frio e eu estava fria e ninguém tinha ido para a cama mais cedo para esquentar o meu lado para mim nem passado o braço pelos meus ombros para puxar o acolchoa-

* "Asas sobre o Jordão". (N. T.)

** "Deita o meu corpo". (N. T.)

do para mais perto do meu pescoço até as orelhas. Por isso. Foi por isso que precisaram batalhar tanto para me derrubar, me segurar lá embaixo e longe daquele caixão onde ela estava, a bezerra que tirou o que era meu, o que eu escolhi, peguei e decidi guardar e preservar para mim, não! aquela Violet não é alguém que ande pela cidade, para cima e para baixo pelas ruas, vestida na minha pele e usando meus olhos merda não *aquela* Violet sou eu! O eu que empilhava feno na Virginia e levava uma junta de quatro mulas pelas rédeas. Eu esperei em canaviais no meio da noite quando o som das canas roçando escondia o chiado das cobras e ficava parada esperando por ele sem me mexer um nada para o caso de ele estar perto e eu não ter visto, e malditas cobras meu homem está vindo para mim quem ou o que pode impedir que ele venha até mim? Muitas vezes, muitas vezes levei as cacetadas que me deu um feitor branco mestiço porque eu estava atrasada para o serviço do campo na manhã seguinte. Muitas vezes, muitas, cortei em lenha menor e aparas o dobro da madeira necessária para poder ter certeza de que os brancos iam ter o bastante e não vinham gritando atrás de mim quando eu tinha marcado de encontrar Joe Trace fosse como fosse, e apesar de tudo e todos ele era o meu Joe Trace. Meu. Eu escolhi ele no meio dos outros todos não tinha nenhum como Joe ele fazia qualquer uma esperar no canavial no meio da noite; fazia qualquer mulher sonhar com ele durante o dia e tanto que ela perdia o rumo e tinha de batalhar duro para fazer as mulas voltarem para a trilha. Qualquer mulher, não só eu. Vai ver que foi isso que ela viu. Não o homem de cinquenta anos carregando uma maleta de amostras, mas o meu Joe Trace, o meu Joe Trace da Virginia que levava uma luz dentro dele, cujos ombros eram retos feito navalha e que olhava para mim com olhos de duas cores e nunca olhava para mais ninguém. Ela podia ter olhado para ele e visto isso? Debaixo da mesa no Indigo ela batucava na coxa dele macio feito na de um bebê, mas sentido o tempo todo como era a pele tão esticada que quase rasgava e deixava sair o músculo de ferro? Ela sentia isso, sabia disso? Coisas secretas escondidas de mim ou coisas que eu não notei? Era por isso que ele deixava ela tirar a parte derretida das beiradas da sua taça de sorvete, enfiar a mão na sua pipoca com sal e manteiga. O que ela via, moça nova daquela, mal saída da escola, com cabelo solto, batom pela primeira vez e sapatos de salto alto? E o que ele via? Uma eu jovem com a pele amarelo-clara em vez de preta? Uma eu jovem com cabelo comprido ondulado em vez de curto? Ou uma não-eu em tudo. Uma eu que ele amava na Virginia porque aquela moça Dorcas não estava lá em parte alguma. Era isso? Quem era? Em quem ele estava pensando quando corria no escuro para encontrar comigo no canavial? Alguém dourado, como meu rapaz dourado, que eu nunca jamais vi mas que rasgou a minha mulherice tão certo como se eu fosse a melhor das amantes? Deus me perdoe se era isso, porque eu conhecia ele e amava ele mais do que qualquer outra pessoa a não ser True Belle que foi quem me fez ficar louca por ele. Foi isso que aconteceu? Parado no canavial, ele estava tentando pegar uma garota que ainda ia conhecer, mas o coração dele sabia de tudo, e eu, apegada a ele mas querendo que ele fosse o rapaz dourado que eu nunca vi também. O que quer dizer que desde o começo eu era uma substituta e ele também era.

Fiquei quieta porque as coisas que eu não podia dizer estavam saindo da minha boca mesmo assim. Fiquei quieta porque não sabia o que minhas mãos podiam acabar fazendo quando o trabalho do dia estivesse completo. A coisa que acontecia dentro de mim eu achei que não tinha nada a ver comigo nem com Joe porque eu só tinha de prender Joe do jeito que eu pudesse e ficar louca ia me fazer perder Joe.

Sentada na luz fria e rala da lanchonete, brincando com uma colher comprida dentro de um copo alto, a fez pensar em outra mulher a ocupá-la sentada a uma mesa fingindo beber de uma xícara. Sua mãe. Ela não queria ser daquele jeito. Ah, nunca daquele jeito. Sentar a uma mesa, sozinha ao luar, bebendo café fervido numa xícara de louça branca enquanto estivesse ali e fingindo beber quando havia se acabado; esperar pela manhã quando os homens chegavam, falando baixo como se ninguém estivesse lá além deles, e pegavam nossas coisas, levavam o que queriam — eram deles, diziam, embora a gente cozinhasse nelas, lavasse lençóis nelas, sentasse nelas, comesse nelas. Isso foi depois que eles levaram embora o arado, a foice, a mula, a porca, o batedor e a prensa de manteiga. Então eles entraram na casa e nós todos, crianças, subimos um em cima do outro e espiamos. Quando chegaram à mesa onde nossa mãe estava sentada com uma xícara vazia na mão, eles tiraram a mesa da frente dela e então, com ela lá sentada sozinha, e, assim, solitária, xícara na mão, eles voltaram e levantaram a cadeira onde ela estava sentada. Ela não deu um pulo na hora, então eles sacudiram um pouco e como ela continuou sentada — olhando à frente, para o nada — eles simplesmente a sacudiram para fora da cadeira do jeito que se faz com um gato quando não se quer tocar nele nem pegar no colo. Você inclina a cadeira para a frente e ele cai no chão. Não faz mal nenhum, porque é um gato e tem quatro patas. Mas uma pessoa, uma mulher, pode cair para a frente e só ficar ali um minuto, olhando a xícara, mais forte do que ela, sem quebrar nada e só um pouquinho adiante de sua mão. Fora do alcance.

Eles eram cinco, Violet a terceira, e entraram todos na casa afinal e disseram mamãe; e cada um chegou e disse isso até que ela falou uhm hum. Eles nunca ouviram ela dizer mais nada nos dias que se seguiram, quando, amontoados num barraco abandonado, ficaram totalmente dependentes dos poucos vizinhos que restaram em 1888 — os que não tinham se mudado para Kansas City ou Oklahoma; para Chicago, ao norte, ou Bloomington Indiana. Foi através de uma das últimas famílias a ir embora, na direção da Filadélfia, que a mensagem do sofrimento de Rose Dear chegou a True Belle. Os que ficaram trouxeram coisas: um catre, um pote, um pouco de pão de panela e um balde de leite. Conselho também: "Não deixe isso machucar você, Rose. Você tem a gente, Rose Dear. Pense nos pequenos, Rose. Ele não dá nada que você não possa suportar, Rose". Mas seria mesmo? Talvez dessa vez Ele tivesse dado. Tivesse julgado errado e avaliado errado as costas dela especificamente. Dessa vez. Aquelas costas ali especificamente.

A mãe de Rose, True Belle, veio quando ficou sabendo. Deixou seu trabalho confortável em Baltimore e, com dez dólares de águia costurados separadamente nas saias para ficarem quietos, voltou a um pequeno depósito chamado Rome no condado de Vesper para se encarregar e decidir. As meninas pequenas se apaixonaram na mesma hora e as coisas foram colocadas de volta no lugar. Devagar, mas com constância, durante uns quatro anos, True Belle conseguiu organizar as coisas. E então Rose Dear pulou no poço e perdeu toda a diversão. Duas semanas depois de seu enterro, o marido de Rose chegou carregado com lingotes de ouro para as crianças, moedas de dois dólares para as mulheres e tônico de óleo de cobra para os homens. Para Rose Dear ele trouxe um travesseiro de seda bordada para acomodar suas costas num sofá que ninguém nunca tinha tido, mas que teria ficado muito bonito debaixo da cabeça dela no caixão de pinho — se ele tivesse chegado a tempo. As crianças comeram o chocolate dos lingotes de ouro e trocaram umas com as outras o papel celestial por apitos de caniço e fio de pesca. As mulheres morderam os dólares de prata antes de amarrá-los com força na roupa. Exceto True Belle. Ela girou o dinheiro na mão e olhando da moeda para o genro e de volta para a moeda, sacudiu a cabeça, deu risada.

"Droga", ele disse. "Ah, droga", quando soube o que Rosa havia feito.

Vinte e um dias depois ele tinha ido embora de novo e Violet estava casada com Joe e morando na Cidade, quando soube por uma irmã que ele tinha feito a mesma coisa outra vez: chegara a Rome com tesouros enchendo os bolsos e dobrados debaixo do boné na cabeça. As viagens dele de volta para lá eram ao mesmo tempo ousadas e secretas, porque ele vira-se envolvido com e pelo Partido Reajustador, e quando um alerta verbal dos donos da terra não funcionou, uma medida física teve resultado e ele foi convencido a se transferir para algum lugar, qualquer lugar, senão. Talvez ele planejasse encontrar algum lugar para levar todos eles embora; ao longo dos anos, ele voltou de forma maravilhosa e fabulosamente arriscada, apesar de os intervalos ficarem cada vez mais longos, e à medida que a probabilidade de ele ainda estar vivo ficava mais tênue, a esperança não ficava. Qualquer hora, qualquer hora, qualquer segunda-feira quebradiça de frio ou no calor de rachar de uma noite de domingo, ele pode estar aqui, assobiando feito coruja na estrada, as ousadas notas de dólar de brincadeira espetadas no boné, enfiadas nas barras da calça e dentro do sapato. Doces embolados no bolso do casaco junto com uma lata de Pomada para Cabelo Egípcia Frieda. Garrafas de uísque de centeio, águas purgativas e *eaux* para toda toalete concebível clicando juntas em sua surrada mala de tapete.

Ele devia estar com seus setenta anos agora. Mais lento, com certeza e talvez tivesse perdido os dentes que faziam o sorriso que fazia as irmãs o perdoarem. Mas para Violet (assim como para suas irmãs e aqueles que tinham ficado no campo) ele estava por lá em algum lugar juntando e guardando delícias para distribuir entre as pessoas de sua terra. Pois quem conseguia segurar esse homem desafiador, para quem "todo dia é aniversário", que distribuía presentes e histórias que os mantinham tão fascinados que esqueciam por um momento o guarda-comidas vazio e o solo esgotado; ou acreditavam que a perna de uma criança ia acabar se endireitando sozinha pouco a pouco. Esqueciam por que ele tinha precisado ir embora e era forçado a voltar escondido à sua terra. Em sua companhia o abandono caía como pólen. Mas para Violet o pólen nunca apagou Rose. Em meio à alegre ressurreição de seu pai-fantasma, que sentia prazer em distribuir seu tesouro tanto genuíno como falso, Violet nunca esquecia Rose Dear nem o lugar em que ela havia se atirado — um lugar tão estreito, tão escuro que havia sido um puro e alentador alívio vê-la estendida num caixão de madeira.

"Graças a Deus pela vida", dizia True Belle, "e graças à vida pela morte."

Rose. A querida Rose Dear.

O que terá sido, eu me pergunto, a coisa única e final que ela não foi capaz de suportar ou repetir? Teria a última lavagem rasgado tanto a camisa a ponto de não dar mais para remendar e seu nome mudou para trapo? Talvez ela tenha sabido dos quatro dias de enforcamentos em Rocky Mount: os homens na terça-feira, as mulheres dois dias depois. Ou teria sido a notícia do jovem tenor do coro mutilado e amarrado a um tronco, a avó se recusando a entregar a calça com os restos, que ficou lavando e lavando embora a mancha tivesse desaparecido no terceiro enxágue? Ele foi enterrado com a calça do irmão e a velha bombeou mais um balde de água limpa. Poderia ter sido a manhã depois da noite em que a ansiedade (que costumava ser esperança) passou dos limites? Quando a saudade apertou, depois a jogou antes de fugir com a promessa de voltar a botá-la para pular de novo como uma bola de borracha indiana? Ou seria aquela cadeira de onde a derrubaram? Será que ela caiu no chão e ficou lá resolvendo ali mesmo que ia fazer aquilo? Algum dia. Protelando durante quatro anos até True Belle chegar e assumir o comando, mas lembrando das tábuas do piso como uma porta, fechada e trancada. Terá visto a verdade nua numa xícara de louça inquebrável? Esperando pacientemente até o momento voltar — com toda a sua mágoa contida ou raiva transbordada — e ela poder desviar da porta, da xícara, para dar o passo em direção ao chamado ilimitado do poço. O que poderia ter sido, eu me pergunto?

True Belle estava lá, rindo, competente, costurando à luz do fogo, cuidando da terra e colhendo durante o dia. Passando chá de mostarda nos cortes e batidas das meninas, e fazendo com que cumprissem suas tarefas com histórias fascinantes de seus dias em Baltimore e da criança de quem cuidava lá. Talvez fosse isto: saber que as filhas estavam em boas mãos, mãos melhores que as dela, enfim, e Rose Dear estava livre do tempo que não fluía mais, mas paralisou-se quando a derrubaram de sua cadeira da cozinha. Então ela se lançou ao poço e perdeu toda a diversão.

A coisa importante, a maior coisa que Violet aprendeu com isso foi nunca nunca ter filhos. Acontecesse o que acontecesse, nenhum pezinho escuro ia descansar em cima do outro enquanto uma boca faminta dizia: Mamãe?

Quando ficou mais velha, Violet não podia nem ficar onde estava nem ir embora. O poço sugava seu sono, mas a ideia de ir embora a assustava. Foi True Belle quem a forçou. Havia excelentes colheitas de algodão em Palestine e gente de um raio de trinta quilômetros ia lá colher. Corria o boato de que o pagamento era dez centavos para moças, vinte e cinco para homens. Três temporadas duplas de tempo ruim consecutivas haviam arruinado todas as expectativas, e então chegou o dia em que os botões apareceram gordos e cremosos. Todo mundo prendeu a respiração enquanto o dono da terra apertava os olhos e cuspia. Seus dois lavradores negros percorreram as fileiras, tocaram as flores tenras, sentiram a terra e tentaram desvendar o céu. Então veio um dia de chuva leve e fresca, quatro dias secos, quentes e claros, e toda Palestine estava branca com o algodão mais limpo que já tinham visto. Mais macio que seda e nascido tão depressa que a praga dos gorgulhos, que havia abandonado os campos anos antes, não teve tempo de voltar.

Três semanas. Era preciso fazer tudo em três semanas ou menos. Todo mundo que tinha dedos num raio de trinta quilômetros apareceu e foi contratado na hora. Nove dólares o fardo, diziam alguns, se você plantava o seu próprio; onze dólares para quem tinha um amigo branco que pudesse transportar, para levantar o preço. E para os colhedores, dez centavos por dia para as mulheres e uma moeda de vinte e cinco centavos para os homens.

True Belle mandou Violet e duas irmãs no quarto vagão para lá. Elas viajaram a noite inteira, chegaram ao amanhecer, comeram o que lhes foi dado e repartiram o campo e as estrelas com o pessoal do lugar que não via sentido em voltar até em casa para dormir cinco horas.

Violet não tinha talento para aquilo. Tinha dezessete anos, mas ficava para trás com as de doze anos — era a última da fila ou encontrava as outras já voltando pela fila. Por isso, foi colocada para a raspa, a segunda cata dos arbustos que tinham nos ramos alguns poucos tufos inferiores deixados por mãos mais ágeis que as dela. Humilhada, alvo de gozações que a faziam chorar, ela havia decidido implorar sua volta a Rome, quando um homem caiu da árvore acima de sua cabeça e aterrissou a seu lado. Tinha ido deitar uma noite, chateada e envergonhada, um pouco afastada das irmãs, mas não muito longe. Não longe demais para voltar engatinhando depressa para elas se as árvores se revelassem cheias de espíritos para passar a noite. O ponto em que escolhera estender seu cobertor era debaixo de uma linda nogueira negra que crescia à beira da floresta que cercava os campos de algodão.

O baque não podia ser de um guaxinim porque disse Ai. Violet rolou de lado, apavorada demais para falar, mas se pôs de quatro para sair correndo.

"Nunca me aconteceu antes", disse o homem. "Tenho dormido aí em cima todas as noites. É a primeira vez que eu caio."

Violet podia ver sua silhueta na posição sentada e que ele esfregou o braço, depois a cabeça, depois o braço de novo.

"Você dorme em cima da árvore?"

"Se encontro uma boa."

"Ninguém dorme em cima de árvore."

"Eu durmo."

"Parece coisa de miolo mole. Pode ter cobra lá em cima."

"As cobras aqui andam no chão durante a noite. Quem é miolo mole agora?"

"Podia ter me matado."

"Ainda posso, se meu braço não estiver quebrado."

"Espero que esteja. Não vai colher nada de manhã nem trepar nas árvores das pessoas."

"Eu não colho algodão. Trabalho na casa de gim."

"O que está fazendo aqui fora então, Míster Todo-Poderoso, dormindo na árvore feito um morcego?"

"Você não tem nem uma palavra gentil para um homem machucado?"

"Tenho: procure outra árvore."

"Você fala como se fosse dona desta."

"Você fala como se você fosse."

“Então, vamos repartir.”

“Eu não.”

Ele se levantou e sacudiu as pernas antes de experimentar seu peso nelas, depois foi mancando até a árvore.

“Você não vai voltar lá para cima da minha cabeça.”

“Pegar meu encerado”, ele disse. “A corda quebrou. Foi por isso.” Ele examinou a noite até os galhos mais distantes. “Está vendo? Olhe lá. Pendurado bem ali. É.” Sentou-se, então, as costas contra o tronco. “Mas tem de esperar até clarear”, disse, e Violet sempre acreditou que porque a primeira conversa deles começou no escuro (quando nenhum dos dois podia ver mais que a silhueta do outro) e terminou num amanhecer verde e branco, a noite nunca mais foi a mesma coisa para ela. Nunca mais ela acordaria lutando contra a atração de um poço estreito. Nem veria a primeira luz do dia com a tristeza que restara de encontrar Rose Dear de manhã retorcida na água rasa demais.

O nome dele era Joseph e mesmo antes de o sol nascer, quando ainda estava escondido na floresta, mas refrescando os campos verdes e deslumbrantes de algodão branco do mundo contra um rasgo de rubi no horizonte, Violet tomou posse dele. Não tinha caído praticamente no seu colo? Não tinha ficado? A noite inteira aceitou suas ofensas, reclamou, brincou, explicou, mas conversando, conversando com ela no escuro. E com a luz do dia vieram os traços dele: o sorriso e os grandes olhos observadores. A camisa sem botões aberta até um nó na cintura expunha um peito do qual ela se apossava como seu travesseiro macio. As colunas de suas pernas, o reto dos ombros, o maxilar e os dedos longos — de tudo ela se apossou. Ela sabia que devia estar olhando muito e tentou desviar os olhos, mas a cor contrastante dos dois olhos dele atraía de volta o seu olhar todas as vezes. Ela foi ficando ansiosa ao ouvir os trabalhadores começando a se mexer, à espera do chamado para o café da manhã, indo para trás das árvores para se aliviar, resmungando sons matinais — mas então ele disse: “Vou estar na árvore de novo esta noite. Onde você vai estar?”.

"Debaixo dela", ela respondeu e levantou dos trevos como uma mulher cheia de coisas importantes para fazer.

Ela nem se preocupou com o que ia acontecer dentro de três semanas, quando se esperava que ela levasse seus dois dólares e dez centavos para True Belle. Afinal, ela mandou o dinheiro por suas irmãs e ficou por ali, procurando trabalho. O supervisor não acreditava nela, tendo visto o quanto ela suava para encher seu saco tão depressa quanto as crianças, mas ela estava, de repente, muito articulada em sua determinação.

Mudou para a casa de uma família de seis pessoas em Tyrell e trabalhava em qualquer coisa para estar com Joe sempre que podia. Foi lá que ela se transformou na moça forte capaz de conduzir mulas, empilhar feno e cortar lenha tão bem como qualquer homem. Foi lá que a palma de suas mãos e a sola de seus pés desenvolveram escudos que não se comparam com nenhuma luva ou sapato. Tudo por Joe Trace, um rapaz de olhos de duas cores, de dezenove anos, que vivia com uma família adotada, que trabalhava com a descaroçadora, com madeira, cana, algodão, milho, que matava gado quando necessário, arava, pescava, vendia peles e caça — e que era disposto. Ele adorava a floresta. Adorava. Então foi chocante para sua família e amigos não quando ele concordou em se casar com Violet, mas que, treze anos depois, ele concordasse em levá-la para Baltimore, onde ela dizia que todas as casas tinham quartos separados e água que vinha até você, não você até ela. Onde negros trabalhavam nos portos por dois dólares e meio por dia, descarregando navios maiores que igrejas e outros vinham de carro até a porta da sua casa para levar você aonde você precisasse ir. Ela estava descrevendo uma Baltimore de vinte e cinco anos antes e um bairro onde nem ela nem Joe poderiam alugar nada, mas ela não sabia disso, e nunca soube, porque eles foram para a Cidade. Seus sonhos de Baltimore acabaram sendo substituídos por outros mais poderosos. Joe conhecia gente que vivia na Cidade e alguns que tinham estado lá e voltado com histórias que fariam Baltimore chorar. O dinheiro que se ganhava com trabalho leve — ficar parado na frente de uma porta, levar comida numa bandeja, até limpar sapatos de estranhos — rendia em um dia mais dinheiro do que qualquer um deles ganhava numa colheita inteira. Os brancos literalmente jogavam dinheiro para você — só por você ser gentil: abrir uma porta de táxi, carregar um pacote. E qualquer coisa que você tivesse, fizesse ou encontrasse podia ir vender nas ruas. Na verdade, havia ruas onde os negros eram donos de todas as lojas; quarteirões inteiros de lindos homens e mulheres negros rindo a noite inteira e ganhando dinheiro o dia inteiro. Carros de aço rodavam pelas ruas, e se você economizasse, diziam, podia comprar um também e dirigir, contanto que houvesse rua.

Durante catorze anos, Joe ouviu essas histórias e riu. Mas também resistiu a elas, até que, abruptamente, mudou de ideia. Ninguém, nem mesmo Violet, sabia o que o fizera deixar os campos, as florestas e os solitários vales secretos. Desistir de sua vara de pescar, de sua faca de pelar — de todas as peças de seu equipamento, menos uma, e arrumar uma mala emprestada para as coisas deles. Violet nunca soube o que foi que se acendeu nele e o fez querer — de repente, mas depois da maioria das pessoas — se mudar para a Cidade. Ela achou que o jantar que motivou todo mundo devia ter tido alguma influência em fazer Joe mudar de ideia. Se Booker T. tinha sentado à mesa para comer um sanduíche de frango na casa do presidente numa cidade chamada capital, perto do lugar onde True Belle tinha se divertido tanto, então as coisas deviam estar bem, muito bem. Ele levou sua noiva numa viagem de trem tão elétrico que fazia os olhos saltarem e eles entrarem dançando na Cidade.

Violet achou que ela ia decepcioná-los; que seria menos interessante que Baltimore. Joe achava que seria perfeita. Quando chegaram, carregando todos os seus pertences em uma mala, os dois perceberam de imediato que perfeita não era a palavra. A Cidade era mais que isso.

Joe não queria filhos também, então todos aqueles abortos — dois no campo, só um na cama dela — foram mais inconveniências do que perda. E a vida na cidade seria muito melhor sem eles. Ao chegarem à estação de trens em 1906, os sorrisos que deram à mulher cheia de filhos pequenos, pendurados como colares em cima das malas, tinham um toque de piedade. Gostavam de crianças. Adoravam mesmo. Principalmente Joe, que tinha jeito com elas. Mas nenhum dos dois queria esse trabalho. Tempos depois, porém, quando Violet tinha quarenta anos, ela já começou a olhar parar os bebês, hesitando diante dos brinquedos expostos para o Natal. Zangava-se depressa quando lançavam uma palavra áspera a uma criança ou o colo de alguma mulher parecia desajeitado ou descuidado. A pior queimadura que ela produziu foi na têmpora de uma cliente que estava com o filho nos joelhos. Violet, perdida no carinho e no embalo do menino pequeno nos joelhos da mulher, descuidou da própria mão que segurava o ferro de alisar. A cliente se encolheu e a pele descoloriu de imediato. Violet gemeu suas desculpas e a mulher se deu por satisfeita até descobrir que toda a mecha havia sido queimada. A pele curada, mas uma falha na linha dos cabelos... Violet teve de esquecer o pagamento para calar a sua boca.

Aos poucos esse anseio ficou mais importante que o sexo: uma carência ofegante, incontrolável. Sob seu domínio, ela amolecia ou se enrijecia num esforço de se libertar. Foi quando comprou para si um presente; que escondeu embaixo da cama para tirar em segredo quando não conseguisse evitar. Começou a imaginar que idade seu último bebê abortado teria agora. Uma menina, provavelmente. Com certeza uma menina. De que ela iria gostar mais? Como seria sua voz? Depois do desmame, Violet sopraria a comida da menina, esfriando-a para a boca delicada. Depois, cantariam juntas, Violet fazendo o agudo, a menina o soprano de mel. "Você não lembra, há muito tempo atrás, duas criancinhas, o nome delas eu não sei, levadas embora num belo dia de verão, perdidas na floresta ouvi dizer que o sol se pôs e as estrelas brilharam. Pobres criancinhas na floresta ela deitaram e morreram. Quando morreram um tordo bem vermelho cobriu a cabeça delas com folhas de morango." Ah. Ah. Depois, Violet pentearia o cabelo dela do jeito que as meninas usavam agora: curto, franjas retas como papel acima das sobrancelhas? Cachos nas orelhas? Repartido fino como corte de navalha do lado? Cabelo deslizando em ondas cuidadosas marcadas em forma de T com o ferro?

Violet estava se afogando nisso, sonhando profundamente. Bem no momento em que seus seios por fim estavam tão chatos que não precisava mais das faixas que as moças usavam para ficar com peito de menino novo, bem quando seus mamilos perderam a função, a fome de maternidade atingiu-a como um martelo. Tirou-a do ar. Quando ela acordou, o marido tinha dado um tiro numa garota tão jovem que podia ser aquela filha cujo cabelo ela havia arrumado para matar. Quem estava deitada ali naquele caixão? Quem posou ali desperta na fotografia? A puta ladina que não havia pensado nem um momento nos sentimentos de Violet, que entrava numa vida, pegava o que queria e danem-se as consequências? Ou a filhinha querida da mamãe? Era a mulher que roubou o homem ou a filha que fugiu de seu útero? Lavada numa onda de sabão, sal e óleo de rícino. Aterrorizada, talvez por um lar tão violento. Sem saber que, se tivesse falhado, se tivesse enfrentado os venenos preparados por mamãe e os punhos urgentes de mamãe, ela podia ter tido o cabelo mais bem penteado da Cidade. Em vez disso, ela ficava rodeando crianças no joelhos de uma estranha. Vitrines de lojas e carrinhos de bebê deixados ao sol por um momento. Sem saber disso, puta ou garotinha, as duas, mãe e filha, podiam passear pela Broadway juntas e olhar as roupas. Podiam sentar juntas, confortáveis na cozinha, enquanto Violet fazia seu cabelo.

"Houve tempo", ela disse a Alice Manfred, "houve tempo em que eu também podia gostar dela. Como você gostou. Como Joe." Estava segurando abaixadas as lapelas do casaco, envergonhada demais de que sua anfitriã pudesse levantá-las e ver o forro.

"Talvez", disse Alice. "Talvez. Agora não dá mais para saber, não é?"

"Achei que ela ia ser bonita. Bonita mesmo. Ela não era."

"Era bonitinha, eu diria."

"Você fala do cabelo. Da cor da pele."

"Não me diga o que eu quero dizer."

"Então o quê? O que ele via nela?"

"Que vergonha. Uma mulher adulta como você me perguntar isso."

"Preciso saber."

"Então pergunte para quem sabe. Você está com ele todo dia."

"Não fique brava."

"Fico se eu quiser."

"Tudo bem. Mas para ele eu não pergunto. Não quero ouvir o que ele tem a dizer. Você sabe o que eu estou perguntando."

"Perdão é o que você está querendo, e isso não posso te dar. Não está em meu poder."

"Não, isso não. Não é isso, perdão."

"O quê, então? Não se faça de coitada. Não vou aguentar você se fazer de coitada, está ouvindo?"

"Nós nascemos mais ou menos na mesma época, você e eu", disse Violet. "Nós mulheres, você e eu. Me diga uma coisa de verdade. Não me diga só que eu sou adulta e devia saber. Não sei. Tenho cinquenta anos e não sei nada. E então? Fico com ele? Eu quero, acho. Eu quero... bom, nem sempre... agora eu quero. Quero uma vida mais gorda."

"Acorde. Gorda ou magra, você só tem uma. Esta."

"Você também não sabe, não é?"

"Sei o bastante para saber como me comportar."

"É isso? É só isso?"

"É só isso o quê?"

"Ah, deixe. Cadê as adultas? Somos nós?"

"Ah, mamãe", Alice Manfred deixou escapar e cobriu a boca com a mão.

Violet teve a mesma ideia: mamãe. Mamãe? É para aí que você tem de ir e não dá mais para ir? O lugar de sombra sem árvores onde você sabe que não é nem nunca mais será amada por ninguém que escolha amar você? Onde tudo se acabou, menos a conversa?

As duas então não se olharam. O silêncio se prolongou e prolongou até que Alice Manfred disse: “Me dê esse casaco. Não consigo olhar para esse forro nem um minuto mais”.

Violet se pôs de pé e tirou o casaco, puxando com cuidado os braços presos na seda esgarçada. Então sentou-se e ficou olhando a costureira trabalhar.

“Eu só pensava era em largar dele como ele tinha largado de mim.”

“Idiota”, disse Alice e partiu a linha.

“Não consigo chamar ele disso nem morta.”

“Mas ele chama você disso.”

“Ele que chame.”

“O que você achou que isso ia resolver?”

Violet não respondeu.

“Conseguiu chamar a atenção de seu marido?”

“Não.”

“Abrir o túmulo da minha sobrinha?”

“Não.”

“Preciso dizer de novo?”

“Idiota? Não. Não, mas me diga, quer dizer, escute. Todo mundo que eu conheço está lá na minha terra. Nós não temos filhos. Eu só tenho ele. Eu só tenho ele.”

“Não parece”, disse Alice. Os pontos dela eram invisíveis.

No fim de março, sentada na lanchonete do Duggie, Violet brincava com a colher, lembrando a visita que tinha feito a Alice naquela manhã. Tinha chegado cedo. Hora de trabalhar e Violet não estava fazendo nada.

“É diferente do que eu pensava”, ela disse. “Diferente.”

Violet queria dizer vinte anos de vida numa Cidade mais do que perfeita, mas Alice não perguntou o que ela queria dizer. Não perguntou se a Cidade, com suas ruas todas despertava ciúmes tardios demais para fazer qualquer coisa além de uma idiotice. Ou se era a Cidade que produzia um tipo de luto torto por uma rival tão jovem que podia ser uma filha.

Tinham conversado sobre prostitutas e mulheres que brigam — Alice exasperada; Violet indiferente. Depois, silêncio, enquanto Violet bebia o chá e ouvia o chiado do ferro. Já então as mulheres estavam tão à vontade uma com a outra que não era mais preciso falar. Alice passava a ferro e Violet observava. De quando em quando, uma murmurava alguma coisa — para si mesma ou para a outra.

"Eu adorava isso", disse Violet.

Alice sorriu, sabendo sem olhar que Violet estava falando da goma. "Eu também", disse. "Deixava meu marido louco."

"Por causa do barulhinho nos dentes? Ou pelo gosto?"

Alice deu de ombros. "Só o corpo sabe."

O ferro chiou no tecido úmido. Violet apoiou o rosto na mão. "Você passa igual a minha avó. A pala por último."

"Essa é a prova de uma boa passadeira."

"Algumas passam a pala primeiro."

"E têm de fazer de novo. Detesto passadeira preguiçosa."

"Onde você aprendeu a costurar assim?"

"Quando criança eles faziam a gente estar sempre ocupada. Mãos vadias, sabe como é."

"A gente colhia algodão, cortava lenha, arava. Eu nunca soube o que era cruzar os dedos. Isto aqui é o mais perto que eu cheguei de ver minhas mãos sem fazer nada."

Comer goma, escolher quando passar a pala, costurar, colher, cozinhar, cortar lenha. Violet pensou nisso tudo e suspirou. "Achei que ia ser maior que isso. Sabia que não ia durar, mas achei que ia ser maior."

Alice redobrou o pano em torno do cabo do ferro de passar. "Ele vai fazer de novo, você sabe. E de novo, e de novo, e de novo."

"Nesse caso, melhor eu mandar ele embora agora."

"E depois?"

Violet sacudiu a cabeça. "Fico olhando para os tacos do chão, acho."

"Quer uma coisa de verdade?", Alice perguntou. "Vou dizer uma coisa de verdade. Se sobrou alguma coisa para você amar, alguma coisa que seja, ame."

Violet levantou a cabeça. "E quando ele fizer isso de novo? Não ligo para o que as pessoas disserem?"

"Ligue para o que sobrou para você."

"Está dizendo aceite? Não lute?"

Alice bateu o ferro de passar com força. "Lutar contra o quê, contra quem? Contra uma criança maltratada que viu os pais morrerem queimados? Que sabia melhor que você, que eu, que qualquer um como esta vida é pequena e como passa depressa? Ou quem sabe você quer pisotear alguém com três filhos e um par de sapatos? Alguém com um vestido esfarrapado, a barra arrastando na lama? Alguém que quer braços do mesmo jeito que você e você quer ir lá e abraçar ela, mas o vestido dela está com lama na barra, as pessoas que estão em volta não iam entender como os olhos de uma pessoa podem ficar tão apagados, como podiam entender? Ninguém está dizendo para você aceitar. Estou dizendo faça, faça!"

Levou um momento para ela notar que Violet estava com o olhar fixo. Seguindo aquele olhar, Alice levantou o ferro e viu o que Violet tinha visto: o navio preto e fumegante queimado num contorno nítido atravessando a pala.

"Merda!", Alice gritou. "Ah, merda!"

Violet foi a primeira a sorrir. Depois Alice. Num segundo, as duas estavam se sacudindo de tanto rir. Violet lembrou-se de True Belle, que entrou no único cômodo do barraco deles e se acabou de tanto rir. Eles estavam agachados como ratos em volta de um fogo na lata, nem mesmo um fogão, no chão, famintos e impacientes. True Belle olhou para eles e teve de encostar na parede para não cair no chão de tanto dar risada deles. Deveriam tê-la odiado por isso. Levantado do chão e odiado True Belle por isso. Mas o que sentiram foi melhor. Nem espancados nem perdidos. Melhor. Eles riram também, até Rose Dear sacudiu a cabeça e sorriu, e de repente o mundo estava direito outra vez. Violet aprendeu então o que havia esquecido até aquele momento: que o riso é sério. Mais complicado, mais sério que lágrimas.

Curvada para a frente, ombros sacudindo, Violet pensou

como ela devia ter parecido no velório, em qual era a sua missão. A visão dela tentando fazer alguma coisa igual nos *blues*, alguma coisa moderna, com a faca na mão, e tarde demais de qualquer forma... Ela riu até tossir e Alice teve de fazer para as duas uma xícara de chá calmante.

Comprometida como estava com a aquisição de um quadril, nem ela conseguia beber o que restava do *milk-shake* — aguado, quente e sem gosto. Abotoou o casaco, saiu da lanchonete e notou, no mesmo momento que *aquela* Violet, que era primavera. Na Cidade.

E QUANDO a primavera chega à Cidade as pessoas se notam na rua; notam os estranhos ao lado de quem ocupam corredores, mesas e o espaço onde roupas íntimas são lavadas. Entrando e saindo, entrando e saindo pela mesma porta, eles manejam a maçaneta; em bondes e bancos de parque eles pousam as coxas no assento em que centenas fizeram a mesma coisa. Moedas de cobre colocadas na palma da mão foram engolidas por crianças e testadas por ciganos, mas ainda são dinheiro e as pessoas riem disso. É o momento do ano em que a Cidade mais estimula a contradição, encorajando você a comprar comida na rua quando você não está com nenhum apetite; dando vontade de ter um quarto de solteiro ocupado só por você e também um desejo de repartir o quarto com alguém que cruzou com você na rua. Realmente não há contradição — é mais uma condição: o âmbito daquilo que uma Cidade cheia de artes pode fazer. O que pode superar tijolos esquentando ao sol? A volta dos toldos. Os cobertores tirados do lombo dos cavalos. O asfalto amolece debaixo dos saltos dos sapatos e o escuro debaixo das pontes de tristonho se transforma em sombra refrescante. Depois de uma chuva leve, quando as folhas vieram, os galhos das árvores são como dedos úmidos brincando na lã de cabelo verde. Automóveis viram caixas pretas como azeviche deslizando atrás de faróis enfraquecidos pela névoa. Nas calçadas transformadas cetim, movem-se figuras, ombros primeiro, as cabeças inclinadas como escudos contra a artilharia ligeira dos pingos da chuva. O rosto de crianças vislumbrados nas janelas parecem estar chorando, mas é o vidro escorrendo que dá essa impressão.

Na primavera de 1926, numa tarde chuvosa, qualquer pessoa que passasse num beco vizinho a um certo prédio de apartamento na Lenox podia olhar para cima e ver não um rosto de criança, mas o de um homem adulto chorando junto com o vidro. Uma cena estranha que poucas vezes se vê: homens chorando tão abertamente. Não é coisa que eles façam. Por mais estranho que fosse, as pessoas acabaram se acostumando com ele, a enxugar o rosto e o nariz num lenço vermelho de maquinista de locomotiva sentado mês após mês junto à janela sem vista ou na sacada, primeiro na neve, depois ao sol. Eu diria que Violet lavava e passava aqueles lenços porque, louca como era, esfarrapada como se tornou, ela não suportava roupa suja. Mas todo mundo se cansou de esperar para ver o que mais Violet ia fazer além de tentar matar uma moça morta e manter o marido com lenços limpos. Minha opinião era que um dia ela empilharia aqueles lenços, guardaria todos na gaveta de uma cômoda, bem-arrumados, e depois iria acender um fósforo no cabelo dele. Ela não fez isso, mas talvez tivesse sido melhor do que aquilo que ela tentou fazer. Intencionalmente ou não, Violet o fez passar por aquilo de novo — na primavera, quando fica mais claro do que em qualquer outro momento que a vida da cidade é a vida da rua.

Cegos arranham seus instrumentos e cantarolam no ar macio avançando firmes pela calçada. Eles não querem parar perto nem competir com os tios velhos que se colocam no meio do quarteirão para tocar um violão de seis cordas.

Blues man. Hematoma *bluesman*. Negroportanto *blue man*.

Todo mundo sabe seu nome.

O homem pra-onde-ela-foi-e-por-quê. O homem tão--sozinho-que-eu-podia-morrer.

Todo mundo sabe seu nome.

Não dá para não notar o cantor, sentado como está num caixote de frutas no centro da calçada. A perna de pau esticada confortável; a de verdade sustentando o ritmo e o peso do violão. Provavelmente Joe acha que a canção é sobre ele. Ele gostaria de acreditar nisso. Eu o conheço muito bem. Eu o vi alimentar pequenos animais aos quais ninguém prestava atenção, mas nunca me deixei enganar. Me lembro do jeito de ele arrumar o chapéu quando saía do prédio de apartamentos:

puxava para a frente e um pouquinho para a esquerda. Fosse para se curvar e remover um monte de esterco de cavalo, fosse para caminhar até seu hotel de luxo, o chapéu precisava estar daquele jeitinho. Não inclinado exatamente, mas sem dúvida de lado, qualquer um diria. O suéter embaixo do paletó do terno estaria abotoado até em cima, mas sei que seus pensamentos não — eles estão soltos. Ele passa os olhos pelos bacanas vagabundeando na esquina. Eles têm uma coisa que ele quer. Pouquíssima coisa em sua maleta de Cleopatra os homens iam querer comprar — a não ser talco pós-barba, a maior parte das coisas é para mulheres. Mulheres com quem ele consegue conversar, flertar, e sabe-se lá o quê mais ele tem na cabeça. E mesmo que ela lhe dê bola com um olhar, os olhos vigilantes dos bacanas são mais satisfatórios que os dela.

Ou então ele sente pena de si mesmo por ter sido fiel um dia. E se essa virtude não é considerada e ninguém dá pulos para lhe dar os parabéns por ela, sua autopiedade vira ressentimento que ele tem dificuldade para entender, mas nenhuma dificuldade para dirigir aos gostosões, radiantes e brutais, parados nas esquinas. Cuidado. Cuidado com um homem fiel beirando os cinquenta anos. Porque ele nunca mexeu com outra mulher; porque escolheu uma mocinha nova para amar, ele pensa que é livre. Ele não é livre para repartir o pão ou alimentar o mundo com um peixe. Não para reviver os mortos de guerra, mas livre para fazer algo louco.

Pode crer, ele é atraído para essa trilha. Ela o atrai como a agulha no sulco de um disco Bluebird. Roda e roda pela cidade. É assim que a Cidade faz você girar. Força você a fazer o que ela quer, ir aonde as ruas dizem para ir. O tempo todo deixando você pensar que é livre; que você pode pular na moita se tiver vontade. Não há muitas aqui e, se for permitido pisar na grama aparada, a Cidade o informará. Você não escapa da trilha que a Cidade traça para você. Aconteça o que acontecer, quer você fique rico ou continue pobre, arruine sua saúde ou viva até uma idade avançada, vai sempre terminar onde começou: faminto pela coisa que todo mundo perde — o amor jovem.

Isso foi Dorcas, sim. Jovem, porém esperta. Ela era o doce particular de Joe — como uma bala. Era a melhor coisa, se você era jovem e tinha acabado de chegar à Cidade. Isso e as clarinetas, e mesmo elas eram chamadas de pirulitos de alcaçuz. Mas Joe está na Cidade há vinte anos e não é mais jovem. Eu o imagino como um desses homens que param em algum ponto por volta dos dezesseis anos. Por dentro. Então, mesmo que use suéteres de abotoar na frente e sapatos de bico redondo, ele é um rapaz, um broto, e um doce ainda é capaz de fazê-lo sorrir. Ele gosta daquelas coisas de hortelã que duram o dia inteiro e acha que todo mundo gosta. Dá para os meninos de Gistan que ficam fazendo palhaçada na rua. Dá para ver que eles preferiam chocolate ou alguma coisa com amendoim.

Isso me intriga em Joe. Todas aquelas coisas boas que ele traz do hotel Windemere e gasta em hortelãs velhas e pegajosas quase tanto dinheiro quanto gasta no aluguel do quarto para trepar. Onde sua caixa de doces particular se abre para ele.

Droga. Não é de admirar que tenha terminado como terminou. Mas não precisava ter sido assim, e se ele parasse de andar atrás daquela coisinha rápida por toda a cidade a tempo de contar a Stuck ou Gistan ou para algum vizinho que estivesse interessado, quem sabe como iria terminar?

"Não é coisa que se conte para outro homem. Sei que a maioria dos homens mal pode esperar para contar para outro o que anda aprontando por baixo do pano. Botam a coisa toda na rua. Fazem isso porque a mulher não interessa tanto assim e eles não ligam para o que as pessoas vão pensar dela. O máximo que fiz foi meio contar para Malvonne, e não tinha jeito de não contar. Mas contar para outro homem? Não. Gistan ia mesmo só dar risada e tentar escapar de ouvir. Stuck ia olhar os pés, jurar que eu estava ferrado e me dizer quanta bebida eu ia precisar para me curar. Eu não falaria dela para nenhum dos dois. Não é uma coisa para se contar a não ser talvez para um amigo chegado, alguém que você conhece de antes, de muito tempo atrás como Victory, mas mesmo que eu tivesse a chance acho que eu não conseguiria contar para ele e se não conseguisse contar para Victory era porque não podia contar nem para mim mesmo, porque eu não sabia de nada. Eu só sabia era que eu vi a menina comprando doce e a coisa toda era doce. Não só o doce — a coisa toda e a imagem daquilo. Doce é uma coisa que você lambe, chupa e então engole e acaba. Não. Aquilo era outra coisa. Mais como água azul e flores brancas, e açúcar no ar. Eu precisava estar lá, onde estava tudo misturado direitinho, e onde isso estava era em Dorcas.

"Quando voltei para o apartamento, eu não tinha nome para colocar no rosto que eu tinha visto na lanchonete, e o rosto dela não estava na minha cabeça naquela hora. Mas ela abriu a porta, abriu direto para mim. Eu senti cheiro de bolo inglês e galinha com molho. As mulheres me cercaram, mostrei para elas o que eu tinha enquanto elas riam e faziam as coisas que as mulheres fazem: tiravam fiozinhos do meu paletó, apertavam meu ombro para me fazer sentar. É o jeito que elas têm de remendar você, de consertar o que elas acham que precisa ser arrumado.

"Ela não olhou para mim nem disse nada. Mas eu sabia onde e como ela estava parada a cada minuto. Ela apoiou o quadril nas costas de uma cadeira na saleta, enquanto as mulheres saíam da sala de jantar para me consertar e fazer piada comigo. Então alguém chamou o nome dela. Dorcas. Não ouvi muito mais, mas fiquei lá e mostrei para elas todo meu material, sorrindo, sem vender, deixando que elas mesmas se vendessem.

"Eu vendo em confiança; facilito as coisas. É o melhor jeito. Nunca forço. Como no Windemere, quando sirvo as mesas. Só apareço quando você me quer. Ou quando trabalho nos quartos, levando o uísque escondido para parecer café. Presente quando você precisa de mim e em cima da hora. Você tem de conhecer a mulher que quer quatro copos de alguma coisa, mas não quer pedir quatro vezes; então você espera o copo dela esvaziar dois terços e enche de novo. Assim, ela está bebendo um copo só enquanto ele está pagando quatro. O dinheiro silencioso cochicha duas vezes: uma vez quando escorrega para dentro do seu bolso; outra vez quando escorrega para fora.

"Eu estava pronto para esperar, deixar ela me ignorar. Eu não tinha um plano e não podia ter executado um plano se tivesse. Fiquei tonto, com um vazio na cabeça que achei que era por causa do aroma forte de limão, do pó de arroz e daquele leve suor de mulher. Salgado. Não amargo como de homem. Não sei até hoje o que me fez falar com ela quando estava saindo.

"Sou capaz de imaginar o que as pessoas dizem. Que eu tratei Violet como uma peça de mobília que você escolhe, mas que precisava de alguma coisa todo dia para continuar firme e em pé. Não sei. Mas desde Victory nunca fiquei muito chegado de ninguém. Gistan e Stuck, a gente é chegado, mas não do jeito que é com alguém que conhece você desde que você nasceu e que vocês viraram homens juntos. Eu teria contado para Victory como era. Gistan, Stuck, qualquer coisa que eu dissesse para eles ia ser alguma coisa aproximada, mas não do jeito que era de verdade. Eu não podia conversar com ninguém além de Dorcas e contei para ela coisas que não tinha contado nem para mim mesmo. Com ela eu era jovem, novo outra vez. Antes de conhecer Dorcas eu tinha ficado novo sete vezes. A primeira vez foi quando eu botei nome em mim mesmo, já que ninguém tinha botado um para mim, já que ninguém sabia que nome podia ou devia ser.

"Nasci e cresci em Vesper County, Virginia, em 1873. Num lugarzinho chamado Vienna. Rhoda e Frank Williams me pegaram na mesma hora e me criaram junto com os seis filhos deles. O último filho dela tinha três meses quando Mrs. Rhoda me pegou e ele e eu a gente era mais chegado que muitos irmãos que eu já vi. Victory era o nome dele. Victory Williams. Mrs. Rhoda me chamou de Joseph em honra do meu pai, mas nem ela nem Mr. Frank também pensaram em me dar um sobrenome. Ela nunca fingiu que eu era filho carnal dela. Quando ela dividia tarefas ou favores, dizia: "Você é como se fosse meu mesmo". Aquele "é como", eu acho, foi que me fez perguntar para ela — acho que eu não tinha nem três anos ainda — onde estavam os meus pais de verdade. Ela me olhou lá do alto, por cima do ombro, e me deu o sorriso mais doce, só que triste de algum jeito e me disse: Ah, querido, eles desapareceram, sem nenhum traço. Do jeito que eu ouvi, achei que ela queria dizer que "nenhum traço" era eu.

"No primeiro dia que eu fui para a escola, tinha de ter dois nomes. Falei para a professora: Joseph Trace. Victory se virou inteiro no banco.

"'Por que você disse isso para ela?', me perguntou.

"'Não sei', respondi. 'Porque sim.'

"'Mamãe vai ficar louca. Papai também.'

"A gente estava fora, no pátio da escola. Era bonito, de terra batida, mas tinha uma porção de pregos e coisas nele. Nós dois descalços. Eu estava batalhando para tirar um caco de vidro da sola do meu pé, então não tive de olhar para ele. 'Não vão não', respondi. 'Sua mãe não é minha mãe.'

"'Se ela não é, quem que é?'

"'Outra mulher. Ela vai voltar. Ela vai voltar pra me buscar. Meu pai também.' Foi a primeira vez que entendi que eu pensava isso, ou que queria isso.

"Victory disse: 'Eles sabem onde deixaram você. Eles voltam para a nossa casa. A casa dos Williams é onde eles sabem que você está'. Ele estava tentando andar com o joelho bambo igual à irmã dele. Ela era boa naquilo e se gabava tanto que Victory praticava toda vez que podia. Me lembro da sombra dele correndo na terra na minha frente. 'Eles sabem que você está na casa dos Williams. Williams é que você devia se chamar.'

"Eu disse: 'Eles vêm me buscar. De todos vocês todos, eles vêm buscar eu. Eu sou Trace, que eles foram embora sem nenhum'.

"'Não é uma merda?'

"Victory riu de mim e passou o braço em volta do meu pescoço, me derrubou no chão. Não sei o que aconteceu com o caco de vidro. Nunca tirei. E ninguém foi me buscar também. Nunca conheci meu pai. E minha mãe, bom, ouvi uma mulher no salão de jantar do hotel dizer a coisa mais perturbadora. Ela estava conversando com outras duas mulheres enquanto eu servia o café. 'Eu sou ruim para os meus filhos', ela disse. 'Não quero ser, mas tem alguma coisa em mim que me faz ser. Sou boa mãe, mas eles ficariam melhor sem mim; enquanto estiverem ao meu lado nada de bom vai acontecer com eles. Os que vão embora parecem florescer; os que ficam padecem tanto. Vocês podem imaginar como eu me sinto mal com isso, não podem?'

"Eu tive de arriscar dar uma olhada nela. Precisa ter coragem para dizer isso. Admita.

"A segunda mudança veio quando fui escolhido e treinado para ser homem. Para viver com independência e eu mesmo me alimentar, não importa com o quê. Eu não senti falta de ter pai porque em primeiro lugar tinha o Mr. Frank. Firme feito uma rocha, e não fazia nenhuma diferença entre nós crianças. Mas o grande negócio foi que fui escolhido, Victory também, pelo melhor homem em Vesper County para ir caçar com ele. Imagine só que orgulho. Ele era o melhor do condado e escolheu o Victory e eu para ensinar e caçar com ele. Ele era tão bom que diziam que só levava o rifle por levar, porque sabia muito antes o que a presa ia fazer, sabia enganar cobras, dobrar galhos e barbante para pegar coelhos, marmotas; fazer um som que as aves da água não resistiam. Os brancos diziam que ele era feiticeiro, mas diziam isso para não ter de dizer que ele era sabido. O caçador dos caçadores, isso é o que ele era. Esperto o quanto dá para ser. Me ensinou duas lições que me guiaram a vida inteira. Uma era o segredo da gentileza com os brancos — eles tinham de sentir pena de alguma coisa para gostar dela. A outra — bom, esqueci.

"Foi por causa dele, do que eu aprendi com ele, que eu me sentia mais confortável na floresta que numa cidade. Eu ficava nervoso se tinha uma cerca ou um trilho em qualquer lugar perto. O pessoal achava que eu era aquele que se podia contar que nunca ia aguentar uma cidade. Prédios empilhados? Caminhos de cimento? Eu? Eu não.

"Mil oitocentos e noventa e três foi a terceira vez que eu mudei. Foi quando Vienna queimou até o fim. Fogo vermelho fazendo depressa o que lençóis brancos demoraram demais para terminar: anular todos os documentos; desocupar todos e cada campo; nos despejar de nossos lugares tão depressa que fomos correndo de uma parte do condado para outra — ou para lugar nenhum. Eu andei e trabalhei, trabalhei e andei, eu e Victory, mais de vinte quilômetros até Palestine. Foi lá que eu conheci Violet. A gente casou e foi morar na casa de Harlon Ricks, perto de Tyrell. Ele era dono da pior terra do condado. Violet e eu trabalhamos na plantação dois anos. Quando o solo se esgotou, quando a colheita maior era de pedras, a gente comia o que eu matava. Aí, o velho Ricks se encheu e vendeu o lugar junto com a nossa dívida para um homem chamado Clayton Bede. Na mão dele, nossa dívida subiu de cento e oitenta dólares para oitocentos. Juros, ele falou, e todo o adubo e coisas que a gente comprou no armazém — coisas que ele pagou —, os preços, ele disse, subiram. Violet teve de cuidar da nossa terra e passar o arado na dele também, enquanto eu ia de Bear a Crossland e Goshen trabalhando. Derrubar pinheiro parte do tempo, serraria no mais das vezes. Levou cinco anos, mas a gente conseguiu.

"Aí, eu arrumei um emprego assentando trilho para a Southern Sky. Eu tinha vinte e oito anos e estava acostumado a mudar, então em 1901, quando Booker T. foi comer um sanduíche na casa do presidente, eu tive a coragem de fazer a mesma coisa de novo: resolvi comprar um terreno para mim. Como um bobo, achei que iam me deixar ficar com ele. Nos botaram para correr com dois pedaços de papel que eu nunca vi nem assinei.

"Mudei de novo uma quarta vez, em 1906 quando levei minha mulher para Rome, um terminal ferroviário perto de onde ela nasceu, e tomamos o Southern Sky para o norte. Eles mudaram a gente cinco vezes para quatro vagões diferentes para cumprir a lei Jim Crow.

"Moramos num apartamento da ferrovia no Tenderloin. Violet foi ser empregada e eu trabalhei em tudo, desde couro de sapato de branco até charutos numa sala onde liam para a gente enquanto a gente enrolava o tabaco. Limpava peixe de noite e privadas de dia, até ir trabalhar com os garçons de mesa. E achei que tinha assentado na minha pessoa permanente, a quinta, quando largamos o fedor da rua Mulberry e da Pequena África, depois os ratos comedores de gente na Cinquenta e Três Oeste e mudamos para a parte alta da cidade.

"Naquela época todos os porcos e vacas tinham desaparecido, e o que antes eram umas fazendinhas caindo aos pedaços, nem de longe o tamanho daquela que eu tentei comprar, agora eram mais e mais e mais casas. Antigamente um homem de cor podia levar um tiro só de andar por lá. Construíram fileiras de casas e casas isoladas com grandes jardins e hortas. Depois, um pouco antes da guerra, quarteirões inteiros foram alugados para os negros. Bom. Não como o centro da cidade. Tinham cinco, seis cômodos, algumas dez, e se você conseguisse cinquenta, sessenta dólares por mês, podia arrumar uma. Quando nós mudamos da rua Cento e Quarenta para um lugar maior em Lenox, foram os moradores de pele clara que tentaram impedir a gente. Eu e Violet brigamos com eles, como se eles fossem brancos. Nós vencemos. Então veio um tempo ruim e os proprietários brancos e negros disputavam os negros, já que a gente concordava em pagar aluguel caro porque conseguia viver em cinco cômodos, mesmo que alguns de nós alugassem dois para fora. Os prédios eram como castelos de retrato e a gente, que tinha limpado a sujeira de todo mundo desde o começo, sabia melhor do que ninguém como conservar aquilo bem. A gente tinha passarinhos e plantas por toda parte, eu e a Violet. Eu mesmo catava esterco na rua para adubar as plantas. E cuidava para a frente ficar tão arrumada quanto dentro. Estava trabalhando no hotel então. Melhor que servir mesas num restaurante, porque num hotel tem mais jeitos de ganhar gorjetas. A paga era fraca, mas as gorjetas caíam na minha mão feito nozes-pecãs em novembro.

"Quando os aluguéis subiram, e subiram de novo, e as lojas dobraram o preço da carne lá no bairro e deixaram a carne dos brancos no mesmo preço, eu consegui um bico para vender produtos Cleopatra no bairro. E com a Violet deixando o serviço de doméstica e só fazendo cabelo, a gente se deu bem.

"Aí, veio o verão de 1917 e depois que aqueles brancos tiraram aquela barrica da minha cabeça eu estava novo em folha, decerto porque quase me mataram. Junto com muitos outros. Um desses brancos tinha bom coração e não deixou os outros acabarem comigo ali mesmo.

"Não sei exatamente o que começou o tumulto. Pode ter sido o que os jornais disseram, o que os garçons com quem eu trabalhava disseram ou o que o Gistan disse — aquela festa, ele disse, onde mandaram convites para brancos irem ver um homem de cor ser queimado vivo. Gistan disse que milhares de brancos apareceram. Gistan disse que aquilo estava dentro do peito de todo mundo, e se a morte do homem não tivesse provocado aquilo, outra coisa teria. Estavam trazendo enxames de negros para trabalhar durante a guerra. Os brancos do Sul loucos porque os negros estavam indo embora; os brancos do Norte loucos porque eles estavam chegando.

"Já vi muita coisa na vida. Na Virginia. Dois irmãos de criação meus. Muito machucados. Muito. Quiseram matar Mrs. Rhoda. Tinha uma garota também. Visitando a família lá em Crossland. Só uma garota. Então, aqui, se você parte para a ação mais de cem partem junto com você.

"Eu vi uns meninos pequenos correndo na rua. Um caiu e não levantou na hora, então eu fui até ele. Foi o que bastou. O tumulto aconteceu sem mim enquanto eu e Violet cuidávamos da minha cabeça. Mas eu sobrevivi e vai ver foi isso que me fez mudar de novo pela sétima vez dois anos depois, em 1919, quando fiz o trajeto todo, cada passo do trajeto, com o três seis nove. Não lembro de ter dançado na rua nenhuma vez, só dessa quando todo mundo dançou. Achei que essa mudança era a última e decerto foi a melhor porque a guerra tinha começado e acabado e as tropas negras do três seis nove que lutaram me deixaram tão orgulhoso que meu coração se partia em dois. Gistan me arrumou um emprego em outro hotel onde a gorjeta era dinheiro de papel mais do que moedas. Eu estava com tudo.

Em 1925 todo mundo estava com tudo. Então Violet começou a dormir com uma boneca no colo. Tarde demais. Eu entendi de certa forma. De certa forma.

"Não me entenda mal. Não era culpa da Violet. É toda minha. Toda. Nunca vou superar o que eu fiz para aquela menina. Nunca. Mudei vezes demais. Me refiz vezes demais. Você pode até dizer que eu fui um negro novo a minha vida inteira. Mas tudo o que eu vivi, tudo o que eu vi e nenhuma mudança dessas me preparou para ela. Para Dorcas. Você podia pensar que eu tinha vinte anos, chegando de Palestine para satisfazer meu apetite pela primeira vez debaixo de uma nogueira.

"Surpreendeu todo mundo quando fomos embora, eu e a Violet. Disseram que a Cidade deixa a gente solitário, mas como eu fui treinado pelo homem que mais conhecia a floresta, a solidão era uma coisa que não chegava nem perto de mim. Poxa. Menino do campo; homem do campo. Como eu ia saber o que uma moça de dezoito anos podia provocar num homem adulto cuja esposa está dormindo com uma boneca? Me fez conhecer uma solidão que eu nunca podia imaginar numa floresta cheia de gente em mais de vinte quilômetros em torno, ou numa margem de rio sem nada além de iscas vivas como companhia. Me convenceu de que eu não conheci nunca o lado doce de nada até provar o mel dela. Dizem que as cobras ficam cegas um tempo antes de trocar de pele pela última vez.

"Ela tinha cabelo comprido e pele ruim. Um litro de água duas vezes por dia teria limpado de uma vez a pele dela, mas eu não sugeri porque gostava daquele jeito. Pequenas meias-luas desenhadas debaixo das maçãs do rosto dela, como leves marcas de cascos. Ali e na testa dela. Comprei o negócio que ela me mandou comprar, mas fiquei contente de nenhum nunca funcionar. Tirar minhas marquinhas de cascos? Me deixar sem rastro nenhum? Neste mundo a melhor coisa, a única coisa, é encontrar a trilha e ficar nela. Fui atrás da minha mãe na Virginia e cheguei direto nela, e fui atrás de Dorcas de bairro em bairro. Não tive nem de trabalhar por isso. Não tive nem de pensar. Alguma outra coisa assume o comando quando a trilha começa a falar com você, dá seus sinais tão fortes que você quase nem precisa olhar. Se a trilha não está falando com você, você pode levantar da sua cadeira e ir comprar dois ou três cigarros, ter uma moeda no bolso e simplesmente começar a andar, depois correr, e terminar em algum lugar em Staten Island, para gritar alto, Long Island, quem sabe, olhando as cabras. Mas se a trilha fala, independentemente do que está no caminho, você consegue se encontrar numa sala lotada mirando uma bala no coração dela, mesmo sendo o coração sem o qual você não pode viver.

"Eu queria ficar lá. Logo depois que a arma disparou thuh! e ninguém lá ouviu, só eu, por isso que o pessoal não se espalhou como o bando de passarinhos que parecia ser, mas continuou apertado, todo mundo ligado pelo vapor da dança e da música, que não largava deles. Eu queria ficar bem ali. Carregar Dorcas antes que ela caísse e se machucasse.

"Eu não estava olhando para a trilha. A trilha estava olhando para mim e quando começou a falar eu primeiro não consegui ouvir. Estava resmungando, só resmungando pela Cidade inteira. Eu com a arma, mas não era a arma — era minha mão com a qual eu queria tocar você. Cinco dias vagando. Primeiro na High Fashion da rua Cento e Trinta e Um, porque achei que você tinha um compromisso de cabelo na terça-feira. Era toda primeira terça-feira do mês. Mas você não estava lá. Umas mulheres entraram com uns pratos de peixe do Salem Baptist e os gêmeos cegos estavam tocando violão na loja, e é bem como você disse — só um deles é cego; o outro só acompanha o programa. Vai ver não são nem irmãos, muito menos gêmeos. Alguma coisa que a mãe deles inventou para ganhar um troco extra. Mas eles estavam tocando alguma coisa tisnada; não tipo gospel como faziam sempre, e as mulheres que vendiam os pratos de peixe fecharam a carranca e falaram duro com a mãe deles, mas não disseram uma palavra para os gêmeos e eu sabia que elas estavam se divertindo de ouvir, porque uma das que falavam mais não conseguia evitar de aspirar o ar com ruído e bater o pé. Não olharam para mim. Levei um tempo para conseguir que elas me dissessem que você não estava marcada para aquele dia. Minnie disse que você tinha um retoque no sábado e o quanto ela não gostava de retoques não só porque custavam cinquenta centavos em vez do dólar e vinte e cinco do penteado completo, mas porque fazia mal para o cabelo, esquentar sujeira, ela disse, fazia mais mal para o cabelo do que qualquer outra coisa. A não ser, claro, não passar o ferro quente. Para que você precisava fazer o retoque? Foi a primeira coisa que eu pensei. Sábado passado? Você me disse que ia para o Brooklin com o coro cantar em Shiloh, e tinha de sair às nove da manhã e só voltava de noite, por isso. E que você não tinha ido na última viagem, e sua tia descobriu, portanto você tinha de ir nessa, por isso. Então eu não esperei Violet sair e destranquei o apartamento de Malvonne. Não precisava. Mas como você podia ter feito um retoque no sábado anterior e ainda ter conseguido chegar à estação às nove e meia quando a Minnie nunca abre antes do meio-dia no sábado porque trabalha até meia-noite aprontando todo mundo para o domingo? E você não precisou manter o compromisso normal da terça-feira, não é? Eu afastei a maldade do meu pensamento porque não tinha certeza se a música tisnada que os gêmeos estavam tocando não era a causa. É capaz de fazer isso com a pessoa, um certo tipo de música de violão. Não como a clarineta, eu saberia na mesma hora. Mas os violões — eles me confundiram, me fizeram duvidar de mim mesmo e eu perdi a trilha. Voltei para casa e não peguei a trilha de novo até o dia seguinte, quando Malvonne olhou para mim e cobriu a boca com a mão. Mas não podia cobrir os olhos; a risada saiu voando deles.

"Eu sei que você não estava falando a sério aquelas coisas para mim. Depois que eu encontrei você e levei de volta para o nosso quarto mais uma vez. O que você disse eu sei que não foi a sério. Mas machucou e no dia seguinte eu fiquei congelando na sacada, doente de preocupação com aquilo. Ninguém lá, a não ser Malvonne jogando cinzas nas poças de gelo. Do outro lado da rua, encostados no peitoril de ferro, eu vi três bacanas. Abaixo de zero, nem dez da manhã e eles brilhavam feito um sapato engraxado. Lustrosos. Não podiam ter mais que vinte, vinte e dois anos. Moços. Essa é a Cidade para você. Um usava polainas e o outro tinha no bolso um lenço da mesma cor da gravata. Estava com o casaco em volta dos ombros. Só encostados ali, rindo e tal, e aí começaram a cantarolar, corpo para a frente, as cabeças juntas, estalando os dedos. Homens da Cidade, sabe como é. Fechados em si mesmos, galinhos espertos, jovens. Não precisavam fazer nada — só esperar as garotas passarem e ir encontrar com eles. Paletós cinturados, lenços da cor da gravata. Acha que Malvonne teria coberto a boca na frente deles? Ou teria feito os galinhos pagarem adiantado pelo uso da casa dela numa quinta-feira? Não ia acontecer nunca, porque os galinhos não precisam de Malvonne. As galinhas encontram os galinhos e encontram seu lugar também, e se é preciso seguir a trilha, elas seguem. Elas olham; calculam. Os galinhos esperam porque eles são os esperados. Não têm de ir atrás de ninguém, fazer papel de bobo num salão de beleza perguntando por uma moça na frente de mulheres que mal podiam esperar eu sair para baterem o pé no ritmo da música tisnada e perguntar que diabo eu queria saber de uma menina que ainda nem tinha terminado a escola, e se eu não era casado com a velha louca da Violet. Só galos velhos como eu têm de levantar da varanda, interromper Malvonne no meio de uma frase e tentar andar, não sair correndo, até Inwood, onde a gente se sentou pela primeira vez e você cruzou as pernas nos joelhos para eu ver o sapato verde que você levava de casa num saco de papel para sua tia não saber que você andava pela Lenox e pela Oitava com ele em vez do sapato baixo com que tinha saído da casa. Enquanto você balançava o pé, girava o tornozelo para eu admirar os saltos, eu olhava seus joelhos, mas não toquei. Repeti para você que você era a razão de Adão ter comido a maçã e a semente. Que quando ele saiu do Éden, saiu como homem rico. Ele não só tinha a Eva como tinha na boca, para o resto da vida, o gosto da primeira maçã do mundo. O primeiro a saber como era. A morder, morder fundo. Ouvir ela crepitar e deixar a casca vermelha lhe partir o coração.

"Você me olhou então como se me conhecesse, e eu achei que realmente era o Éden e não pude gravar os seus olhos porque estava adorando as marcas de cascos no seu rosto.

"Voltei lá, naquele mesmo lugar. A neve velha deixava o céu macio e pretejava a casca das árvores. Pegadas de cachorro e de coelho também espalhadas na neve feito a estampa de uma gravata de domingo. Um daqueles cachorros devia pesar uns quarenta quilos. Os outros eram pequenos; um mancava. As minhas pegadas misturaram tudo. E quando olhei para trás, de onde eu tinha vindo, e me vi parado ali com sapatos de rua, sem galochas, molhado até os tornozelos, eu entendi. Mas eu não sentia o frio, não, porque estava lembrando do jeito que estava na nossa época. Aquele outubro quente, lembra? A rosa de Sarom ainda estava pesada de flores. Os lilases, os pinheiros. Aquele tulipeiro onde os indianos se reuniam parecia um rei. A primeira vez que a gente se encontrou lá eu cheguei primeiro que você. Dois brancos estavam sentados numa pedra. Sentei no chão do lado de um deles até eles ficarem chateados e irem embora. Você precisava trabalhar ou parece que precisava estar em algum lugar lá perto. Foi por isso que eu levei a minha maleta de amostras. Para parecer que eu estava entregando alguma coisa importante. É, era proibido, sim, mas ninguém gritou com a gente aquela vez. E deixava a coisa mais emocionante estar lá, um perigo que era mais do que você e eu estarmos juntos. Eu risquei as nossas iniciais na pedra de onde aqueles homens tinham saído. D. e J. Depois, quando o lugar era nosso e virou uma rotina, eu trazia presentes para você, me preocupando toda vez com o que trazer que fizesse você sorrir e voltar da próxima vez. Quantos discos de fonógrafo? Quantas meias de seda? O aparelhinho para remendar os desfiados, lembra? A caixa roxa de metal com flores em cima, cheia de chocolates Schrafft. Água-de-colônia num frasco azul que tinha cheiro de puta. Flores uma vez, mas você ficou decepcionada com essa ameaça, então eu te dei um dólar para comprar o que quisesse.

Pagamento de um dia inteiro na minha terra quando eu era moço. Só para você. Tudo só para você. Para morder forte, mastigar até a semente e ficar com o gosto da casca vermelha da maçã para o resto da vida. No quarto do sobrinho de Malvonne com o cartaz do homem de gelo na janela. Sua primeira vez. E a minha, por assim dizer. Pela qual, e eu digo isto de novo, eu sairia de cabeça erguida do Jardim, de cabeça erguida! contanto que você segurasse na minha mão, menina. Dorcas, menina, sua primeira vez e minha. Eu *escolhi* você. Ninguém deu você para mim. Ninguém disse essa é para você. Eu colhi você. Na hora errada, sim, e era errado com a minha mulher. Mas o colher, o escolher. Não pense nunca que eu caí por você, ou caí em cima de você. Eu não caí de amores, eu levantei de amores. Vi você e tomei a decisão. A decisão. E decidi ir atrás de você também. Isso é uma coisa que eu sei fazer desde muito tempo atrás. Talvez eu não tenha contado essa parte a meu respeito. Meu dom com a floresta que até ele respeitava, e ele era o melhor de todos. De todos os tempos. Aqueles velhos, eles sabiam de tudo. Falo que eu me fiz de novo sete vezes antes de encontrar você, mas naquele tempo, naquele tempo, se você era ou dizia que era negro, tinha de ser novo e continuar igual todos os dias em que o sol nascia e todas as noites quando ele caía. E deixe eu te dizer, *baby*, naquele tempo isso era mais que um estado de espírito."

ARRISCADO, EU DIRIA, tentar entender o estado de espírito de alguém. Mas vale a pena se você for como eu — uma pessoa curiosa, inventiva e bem informada. Joe age como se soubesse tudo o que o pessoal de antigamente fazia para seguir em frente, mas ele não podia saber muita coisa sobre True Belle, por exemplo, porque duvido que Violet falasse com ele sobre sua avó — e nunca sobre sua mãe. Então ele não sabia. Nem eu, embora não seja difícil de imaginar como devia ser.

O estado de espírito dela quando voltou de Baltimore para Vesper County devia merecer um estudo. Ela saiu de Wordsworth, sede do condado, como uma escrava e voltou em 1888 como uma mulher livre. A filha e a neta moravam num lugarzinho chamado Rome, dezenove quilômetros ao norte da cidade que ela havia deixado. Os netos variavam de idade entre quatro e catorze anos, e um deles, Violet, tinha doze anos quando True Belle chegou. Isso foi depois que os homens levaram tudo, as panelas e a cadeira onde sua filha Rose Dear estava sentada. Quando ela chegou lá, tudo o que restava, a não ser uns catres emprestados e a roupa do corpo deles, era o papel que o marido de Rose tinha assinado dizendo que eles podiam, que os homens tinham o direito de fazer aquilo e, acho, que o dever de fazer aquilo, se a chuva se recusasse a chover ou se pedras de gelo caíssem do céu em vez da chuva e arrasassem a colheita até o chão. Nada no papel sobre o fato de o marido se filiar a um partido que era a favor do voto dos negros. Destituída de casa e terra, a triste familiazinha que True Belle encontrou vivia escondida num barraco abandonado que os vizinhos tinham emprestado para eles e comendo a comida que esses vizinhos podiam repartir e as meninas surrupiar. Muito quiabo e feijão seco e, como era setembro, frutinhas silvestres de todo tipo. Duas vezes, porém, o filho do ministro trouxe para eles um esquilo novo para se banquetearem. Rose dizia ao pessoal que seu marido, atordoado e farto da inutilidade de suas costas e mãos, cansado de tomates verdes fritos e aveia, com uma fome inacreditável de carne de alguma carne e não só o couro, furioso com o preço do café e com a forma das pernas de sua filha mais velha, tinha simplesmente desistido. Levantado e desistido. Ido embora para algum lugar, para sentar e pensar a respeito, ou sentar e não pensar. Era melhor inventar história do que contar o que ela sabia. Podiam voltar procurando por ela da próxima vez, e não só pelos potes, panelas, pela casa. Para sorte dela, True Belle estava morrendo e querendo morrer em Vesper County, depois de dedicar sua vida inteira a Miss Vera Louise, em Baltimore.

A morte que True Belle estava morrendo levou onze anos, tempo suficiente para ela resgatar Rose, enterrá-la, ver o marido dela voltar quatro vezes, fazer seis colchas de retalhos, treze mudanças e encher a cabeça de Violet com histórias sobre a sua patroa branca e a luz da vida de ambas — um lindo rapaz cujo nome, por razões óbvias, era Golden Gray [Dourado Cinza]. Gray porque era o sobrenome de Vera Louise (muito, muito depois era também a cor dos olhos dele), e Golden porque quando a pele rosada de recém-nascido desapareceu junto com o cabelo da cabeça, a pele dele ficou radiosamente dourada, e macias ondas amarelas cobriam sua cabeça e os lóbulos das orelhas. Não chegava nem perto do loiro que havia sido o cabelo de Vela Louise, mas sua cor de sol, seu crespo decidido o tornavam querido para ela. Não de imediato. Levou algum tempo. Mas True Belle riu alto no minuto em que pousou os olhos nele e depois todos os dias durante dezoito anos.

Quando os três moravam numa linda casa de arenito na rua Edison, em Baltimore, longe de Vesper County, onde tanto Vera Louise Gray como True Belle haviam nascido, o que a mulher branca contava a vizinhos e amigos era em parte verdade: que ela não aguentava a estreiteza de seu condado natal. E que havia trazido sua criada e um bebê órfão de quem gostara para Baltimore a fim de experimentarem um jeito mais sofisticado de viver.

Era uma coisa renegada, quase sufragista de se fazer, e os vizinhos e as pretensas amigas cercavam Vera Louise com a distância mais polida que conseguiam manter. Se pensavam que isso a obrigaria a mudar seus modos, a admitir que precisava procurar um marido — estavam errados. A recém-chegada de fora do estado, rica e obstinada, se contentava com luxo e bem menos com a companhia deles. Além disso, parecia absolutamente ocupada em ler livros, escrever panfletos e em adorar seu órfão.

Desde o começo, ele foi como uma luz naquela casa quieta e sombreada. Simplesmente perplexas a cada manhã com o aspecto dele, elas disputavam uma com a outra a luz que ele emitia. Ele recebia mimos exagerados de Vera Louise e completa indulgência de True Belle, que, rindo, rindo, o alimentava com bolos para ele provar e retirava cada sementinha da melancia antes de dar para ele comer. Vera Louise o vestia como se fosse o príncipe de Gales e lia histórias emocionantes para ele.

True Belle, claro, sabia de tudo imediatamente porque, em primeiro lugar, ninguém conseguia esconder muita coisa em Wordsworth e nada podia ser escondido nas Grandes Casas de seus proprietários de terras. Com certeza ninguém conseguia deixar de notar quantas vezes por semana um rapaz negro dos lados de Vienna era chamado para cavalgar junto com Miss Vera e em que parte da floresta ela preferia montar. True Belle sabia o que todos os escravos sabiam, e sabia ainda mais porque era aquela cujo único trabalho era atender a tudo o que Miss Vera Louise quisesse ou precisasse, inclusive lavar sua roupa, parte da qual precisava passar uma noite de molho no vinagre uma vez por mês. Então, se não precisasse, se as roupas pessoais pudessem ser lavadas junto com o resto, True Belle sabia por quê, e Vera Louise sabia que ela sabia. Nunca houve necessidade de falar disso. As únicas pessoas que não sabiam eram os pais. O futuro pai — rapaz negro — nunca descobriu, pelo que

True Belle soubesse, porque Vera Louise nunca mencionou o nome dele nem nunca mais chegou perto dele. O velho pai, coronel Wordsworth Gray, não sabia de nada. De nada.

Foi preciso sua mulher finalmente lhe contar. Finalmente. Embora ela nunca tivesse falado disso com a filha ou, depois que descobriu, nunca mais sequer ter falado com a filha, foi ela quem teve de informar o coronel, e quando ele descobriu pôs-se de pé, depois sentou e se pôs de pé de novo. A mão direita tateando o ar em busca de alguma coisa: um trago de uísque, o cachimbo, um chicote, uma arma, a plataforma do partido Democrata, seu coração — Vera Louise nunca soube. Ele pareceu magoado, profunda, profundamente magoado por alguns segundos. Depois sua raiva verteu para a sala, enevoando o cristal e amolecendo a toalha de mesa engomada. Descobrir a coisa terrível que tinha acontecido com sua filha o fez suar, porque havia sete crianças mulatas em sua terra. O suor brotava de suas têmporas e pingava do queixo; encharcou suas axilas e as costas da camisa enquanto a raiva inundava, alagava a sala. A hera sobre a mesa ficou viçosa e a prata escorregadia na mão, quando ele enxugou a testa e se controlou para fazer o que era adequado: esbofetear Vera Louise por cima da mesa de servir.

A mãe, porém, deu o toque final: as sobrancelhas perfeitamente imóveis, mas o olhar que lançou a Vera Louise quando a moça se levantou com esforço do chão era tão cheio de repulsa que a filha conseguia sentir o gosto da saliva amarga que se acumulava debaixo da língua da mãe, enchendo a parte interna das faces. Só a boa educação, a cuidadosa educação a impediram de cuspir. Nenhuma palavra, nesse minuto nem nunca mais, foi trocada entre elas. E a caixa de lingerie cheia de dinheiro que estava em cima do travesseiro de Vera na quarta-feira seguinte era, em sua generosidade, pesada de desprezo. Mais dinheiro do que qualquer um no mundo precisaria para passar sete meses ou quase longe de casa. Tanto dinheiro que o recado era inquestionável: morra ou viva se quiser, mas em outro lugar.

True Belle foi quem ela quis e quem ela levou. Não sei o quanto foi difícil para uma mulher escrava deixar um marido que trabalhava e que a distância a impedia de ver muito de qualquer maneira, e deixar para trás duas filhas aos cuidados de uma velha tia. Rose Dear e May tinham oito e dez anos na época. Uma boa ajuda para qualquer um que fosse dono delas e ajuda nenhuma para uma mãe que vivia em Wordsworth, a quilômetros de distância de seu marido, na casa de um homem rico, tomando conta da filha dele dia e noite. Talvez não fosse tão difícil pedir a uma irmã mais velha para cuidar de um marido e das meninas porque ela estava indo para Baltimore com miss Vera Louise por um tempo. True Belle tinha vinte e sete anos e quando ia ter a chance de ver uma cidade grande se não fosse?

Mais importante, miss Vera Louise poderia ajudá-la a comprá-los todos com dinheiro de papel, porque ela com certeza tinha recebido um monte de dinheiro. Por outro lado, talvez não. Talvez ela franzisse a testa sentada no vagão de bagagem, sacudindo ao lado das caixas e baús, sem poder ver a terra por onde estava viajando. Talvez se sentisse mal. De qualquer forma, sem escolha, ela foi, deixando marido, irmã, Rose Dear e May para trás e, se ela se preocupava, o bebê loiro ajudou a tranquilizá-la e a mantê-la entretida durante dezoito anos, até ele sair de casa.

Então, em 1888, com vinte e dois anos de salários que miss Vera começou a pagar logo que a Guerra acabou (mas conservou com ela para evitar que sua empregada tivesse alguma ideia), True Belle convenceu a si mesma e a sua patroa de que estava morrendo, conseguiu o dinheiro — dez dólares de águia — e pôde atender aos pedidos de Rose May, voltando a Vesper com histórias de Baltimore para os netos que nunca tinha visto. Alugou uma casinha, comprou um fogão e deliciou as meninas com descrições da vida com o maravilhoso Golden Gray. Como davam-lhe banho três vezes ao dia e como G usava roupa de baixo bordada com linha azul. A forma da banheira e o que punham na água para deixá-lo com cheiro de madressilva às vezes e, às vezes, de lavanda. Como ele era inteligente e que cavalheiro perfeito. Os hilariantes comentários de adulto que fazia quando criança e a cavalheiresca coragem que demonstrou quando rapaz e foi encontrar, para então, com sorte, matar seu pai.

True Belle nunca mais o viu desde que partiu a cavalo, e não sabia se Vera Louise tivera melhor sorte. Suas lembranças do menino eram mais que suficientes.

Pensei muito sobre ele, me perguntando se ele era o que True Belle amava e Violet também. Ou o vaidoso e metido nariz-empinado preocupado com seu casaco e os botões de marfim do colete? Tanta coisa para insultar não seu pai, mas sua raça.

Cabelo bonito não dura muito, Vera Louise disse a ele uma vez, e como ela parecia entender dessas coisas, ele acreditou. Quase todas as outras coisas que ela disse eram falsas, mas esta última informação ele gravou como uma verdade. Então os cachos amarelos cobriam a gola de seu paletó como os de um fazendeiro, embora a correção de seu comprimento na exigente Baltimore viesse da mulher que mentia para ele a respeito de praticamente tudo, inclusive sobre ser sua dona, sua mãe ou uma vizinha bondosa. A outra coisa sobre a qual ela não mentiu (embora tenha levado dezoito anos para isso) foi que o pai dele era um negro de pele preta.

Eu o vejo numa charrete de dois lugares. O cavalo é muito bom — preto. Amarrado atrás da charrete está o seu baú: grande e cheio de lindas camisas, toalhas de mesa, lençóis e fronhas bordados; uma caixa de charutos e objetos de prata para toalete. A seu lado, um casaco comprido, cor de baunilha com punhos e lapela marrom-escuros, cuidadosamente dobrado. Ele está muito longe de casa e começa a chover furiosamente, mas como é agosto ele não sente frio.

A roda esquerda bate numa pedra e ele escuta, ou julga escutar, um baque que pode ser o baú que se soltou. Detém o cavalo e desce para ver se houve algum dano a suas coisas. Descobre que o baú está solto — a corda escorregou e ele está inclinado. Desamarra tudo e prende a corda mais apertado.

Satisfeito com seus esforços, mas incomodado com a chuva pesada, com o estrago que está fazendo em suas roupas e na velocidade da viagem, ele olha em torno. No meio das árvores à esquerda, vê uma mulher nua, negra como uma amora. Está coberta de lama e tem folhas no cabelo. Seus olhos são grandes e terríveis. Assim que o vê, ela se assusta, vira-se de repente para correr, mas, ao se virar sem olhar, bate a cabeça na árvore onde estava encostada. O terror é tão grande que seu corpo foge antes que os olhos estejam prontos para encontrar uma rota de fuga. A pancada a derruba, desacordada.

Ele olha para ela, segura a aba do chapéu e volta depressa para a charrete. Não quer nada com o que acabou de ver — na verdade, tem certeza de que está fugindo não de uma mulher real, mas de uma "visão". Quando pega as rédeas, não pode deixar de notar que seu cavalo também é preto, nu e brilha molhado, e seus sentimentos pelo cavalo são de segurança e afeição. Ocorre-lhe que aquilo é um pouco esquisito: o orgulho que sente por seu cavalo; a náusea que a mulher provocou. Fica um pouco envergonhado e decide se certificar de que se trata de uma visão, de que não existe nenhuma mulher nua caída no mato.

Amarra o cavalo numa planta e vai chapinhando na chuva torrencial até o lugar onde a mulher caiu. Ela ainda está estendida lá. A boca e as pernas abertas. Um pequeno galo está se formando em sua testa. A barriga está grande e esticada. Ele se abaixa, prende a respiração para evitar contaminação, cheiro ou alguma coisa. Alguma coisa que possa tocá-lo ou penetrar nele. Ela parece morta ou profundamente inconsciente. E é jovem. Não há nada que ele possa fazer por ela e sente-se aliviado por isso. Então, nota um movimento ondulante em sua barriga. Alguma coisa está se mexendo dentro dela.

Ele não consegue se ver tocando nela, mas o quadro que realmente imagina é ele próprio se afastando dela uma segunda vez, subindo em sua charrete e deixando-a uma segunda vez. Inquieta-se com essa imagem de si mesmo e não quer empregar nenhum momento do tempo futuro lembrando que fez algo assim. Além disso, há alguma coisa sobre o lugar de onde ele veio e por quê, o lugar para onde está indo e o porquê disso que estimulam nele uma inquietude insistente e determinada. A cena se transforma em um episódio, uma ação que iria irritar Vera Louise e protegê-lo do parricídio. Talvez.

Ele desdobra o casaco comprido que estava dobrado no assento a seu lado e o joga sobre a mulher. Depois a levanta nos braços e, tropeçando, porque ela é mais pesada do que ele imaginava, a leva para a charrete. Com grande dificuldade, consegue colocá-la sentada na charrete. A cabeça dela está pendendo na direção oposta a ele e seus pés tocam uma de suas botas esplêndidas mas enlameadas. Ele espera que ela não mude a inclinação do corpo, embora nada possa fazer a respeito dos pés nus e sujos em suas botas, porque se ela mudar de posição outra vez poderá cair para o lado dele e não dela na charrete. Ao tocar o cavalo, ele é cuidadoso, temendo que os sulcos e a lama da estrada possam fazê-la cair para a frente ou roçar nele de alguma forma.

Está se dirigindo a uma casa um pouco adiante de uma cidade chamada Vienna. É a casa onde mora seu pai. E agora ele pensa que é uma ideia interessante, até cômica, encontrar esse negro que ele nunca viu (e que nunca tentou vê-lo) levando uma braçada de mulher negra e líquida. Contanto, claro, que ela não acorde e que a ondulação da barriga continue leve. Isto o incomoda — que ela possa recobrar a consciência e se transformar em alguma coisa mais que a sombria determinação dele.

Ele não olhou para ela durante algum tempo. Então olha e nota um fio de sangue descendo pelo queixo até o pescoço. O galo que subiu quando ela bateu a cabeça na árvore não é a causa de seu desmaio; ela deve ter batido a cabeça numa pedra ou em alguma coisa ao cair. Mas ainda está respirando. Ele espera que ela não morra — não ainda, não enquanto não chegar à casa descrita e mapeada para ele em imagens claras, infantis por True Belle.

A chuva parece estar indo atrás dele; toda vez que pensa que ela está para parar, uns metros à frente ela piora. Está viajando há seis horas no mínimo e o dono da pousada lhe garantiu que a viagem terminaria antes do escurecer. Agora não tem mais tanta certeza. Não gosta da ideia de a noite chegar com aquela passageira. Ele se acalma com o vale que se abre à frente — aquele que levaria uma hora para atravessar antes de chegar à casa, a dois ou três quilômetros de Vienna. Repentinamente, a chuva para. É a hora mais longa, cheia de rememorações de luxo e dor. Quando chega à casa, para no pátio e encontra um abrigo com duas baias nos fundos. Leva seu cavalo para uma delas e o enxuga com todo o cuidado. Então, joga um cobertor sobre ele e vai procurar água e forragem. Leva nisso um longo tempo. É importante para ele e não tem certeza de não estar sendo observado por alguém da casa. Na verdade, espera que sim; espera que o negro o esteja observando de boca aberta por uma fresta das tábuas que servem de parede.

Mas ninguém sai para falar com ele, então talvez não haja ninguém. Depois de cuidar do cavalo (e ele notou que precisa consertar uma das ferraduras), ele volta à charrete para pegar o baú. Solta-o e carrega-o no ombro. O que suja ainda mais o colete e a camisa de seda ao levá-lo para dentro da casa. Na varandinha, não tenta bater, e a porta está fechada, mas não trancada. Ele entra e olha em torno em busca de um lugar para o baú. Coloca-o no chão de terra batida e examina a casa. Tem dois cômodos; um catre em cada um, mesa, cadeira, lareira, fogão em um deles. Modesta, habitada, masculina, mas sem nenhuma outra indicação da personalidade do dono. O fogão está frio e a lareira tem um monte de cinzas, mas nenhuma brasa. O ocupante deve estar fora há, talvez, um dia, quem sabe dois.

Depois de cuidar da colocação do baú, volta à charrete para buscar a mulher. A remoção do baú deslocou o peso e a charrete está um pouco inclinada em seu eixo. Ele abre a portinhola e a puxa para fora. Sua pele está quase quente demais para tocar. O casaco comprido enrolado nela arrasta na lama quando a leva para dentro da casa. Ele a põe num dos catres e depois zanga-se consigo mesmo por não ter primeiro tirado o cobertor. Agora ela está em cima dele e o casaco parece ser tudo o que há para cobri-la. O estrago poderá ser permanente. Vai ao outro quarto, examina uma caixa de madeira e encontra um vestido de mulher. Desajeitadamente, remove seu casaco e cobre a mulher com o vestido de cheiro estranho. Então abre seu baú e escolhe uma camisa branca de algodão e colete de flanela. Arruma a camisa nas costas da única cadeira em vez de arriscar pendurá-la no prego da parede. Examina com cuidado as coisas secas. Então começa a tentar acender a lareira. Há lenha na caixa de lenha e na lareira, e no canto mais escuro do quarto uma lata de querosene que ele borrifa em cima da lenha. Mas não há fósforos. Durante um longo tempo, procura fósforos e por fim encontra alguns numa lata, embrulhados num trapo de lona. Cinco fósforos, para ser exato. O querosene evaporou da lenha quando ele encontra os fósforos. Ele não é hábil nisso. As lareiras de sua vida sempre foram acesas por outras pessoas. Mas insiste e por fim consegue um bom fogo alto. Agora pode sentar, fumar um charuto e se preparar para a volta do homem que mora ali. Um homem que ele acredita chamar-se Henry LesTroy, embora pela pronúncia de True Belle possa ser alguma outra coisa. Um homem sem importância, a não ser uma pequena fama de mateiro nascida de uma ou duas escapadas que indicam sua perícia em ler trilhas. Muito tempo atrás, segundo True Belle, que lhe deu todos os detalhes, uma vez que Vera Louise se trancava no quarto ou virava a cabeça sempre que ele tentava tirar dela alguma informação. Henry Lestory ou LesTroy, ou algo assim, mas quem se importa com o nome do negro. A não ser a mulher que lamentava tê-lo conhecido e que trancava sua porta para não dizê-lo em voz alta. E que teria lamentado o bebê que ele lhe deu, entregado para adoção, se ele não fosse dourado, e ela nunca vira essa cor a não ser no céu da manhã e em garrafas de champanhe. True Belle contou que Vera Louise tinha dado um sorriso e dito: “Mas ele é dourado. Completamente dourado!”. Então pôs esse nome nele e não o levou para o Hospital Católico para Enjeitados, que era onde as moças brancas depositavam sua mortificação.

Ele sabe disso tudo há sete dias, oito agora. E há dois sabe o nome do pai e a localização da casa onde morou um dia.

Informação que veio da mulher que cozinhava e lavava para Vera Louise; que mandava cestos de conservas de ameixa, presunto e pães toda semana quando ele estava no colégio interno; que dava suas camisas que esgarçavam para os catadores de trapos, em vez de deixar que ele as usasse; a mulher que sorria e sacudia a cabeça toda vez que olhava para ele. Mesmo quando era pequenininho, com a cabeça coberta de gordos cachos cor de champanhe e comia os pedaços de bolo que ela lhe dava, o sorriso dela era mais de diversão que de prazer. Quando as duas, a mulher branca e a cozinheira, davam banho nele, elas às vezes olhavam ansiosamente a palma de suas mãos, a textura do cabelo a secar. Bem, Vera Louise sempre ansiosa; True Belle apenas sorria, e agora ele sabia de que ela sorria, a negra. Mas ele também. Ele sempre pensara que só havia um tipo — o tipo de True Belle. Preto e pronto. Como Henry LesTroy. Como a mulher imunda que roncava no catre. Mas havia um outro tipo — como ele.

A chuva parece ter parado de vez. Ele olha em torno à procura de alguma coisa para comer que não precise ser cozida — já pronta. Não encontra nada além de uma jarra de bebida. Ele então experimenta e senta-se diante do fogo.

No silêncio deixado pela chuva que parou, escuta cascos no chão. Pela porta, vê alguém a cavalo olhando sua carroça. Aproxima-se. Olá. Você será parente de Lestory? Henry LesTroy ou algo assim?

O cavaleiro não pisca.

“Não, senhor. Vienna. Não demora volta.”

Ele não entendeu nada. E, de qualquer forma, estava bêbado agora. Felizmente. Talvez conseguisse dormir. Mas não devia. O dono da casa podia voltar, ou a mulher preta e líquida podia acordar, ou morrer, ou dar à luz, ou...

Quando ele parou a charrete, desceu para amarrar o cavalo e voltou na chuva, talvez tenha sido porque aquela coisa horrível caída no mato molhado fosse tudo que ele não era, além de ser uma proteção adequada e anódina contra o que ele acreditava que seu pai fosse, e portanto (se pudesse ao menos ser contido, identificado) — contra ele mesmo. Ou seria a figura, a visão como ele havia pensado, uma coisa que o tocara antes de cair? A coisa que ele via no olhar que os criados desviavam dele no colégio interno; no engraxate que dançava por uma moedinha. Uma visão que, naquele momento em que seu terror era mais agudo, parecia também tão confortavelmente doméstica para mergulhar nela? Talvez. Mas quem podia viver naquele cabelo farto? naquela pele inexplicável? Mas ele já havia vivido nela e com ela: True Belle havia sido seu primeiro e maior amor, e talvez por isso, dois passos adiante, aquele cabelo aquela pele, a ausência deles era impensável. E se ele tremeu diante da possibilidade de ela apoiar nele, de ela escorregar um pouco para a esquerda e efetivamente dormir no ombro dele, é verdade também que ele superou o estremecimento. Engoliu, talvez, e estalou a língua para o cavalo.

Gosto de pensar nele assim. Sentado ereto na charrete. A chuva grudando seu cabelo na gola, formando uma pocinha no espaço entre suas botas. Ele aperta os olhos cinzentos ao tentar enxergar através das cortinas de água. Depois, sem aviso, quando a estrada entra num vale, a chuva para e abre-se uma mancha branca de sol cozinhando lá no céu. Agora ele consegue ouvir coisas fora de si mesmo. Folhas ensopadas se desemaranhando umas das outras. O plop de nozes e o adejar de perdizes tirando o bico de debaixo das asas. Esquilos que correram para o alto dos galhos, imóveis, avaliando o perigo. O cavalo sacode a cabeça e espalha uma nuvem flutuante de mosquitos. Tão atento ele está no ouvir que não vê o marco de dois quilômetros até vienna gravado verticalmente na pedra. Ele segue em frente e então vê o teto de um barracão menos de um quilômetro adiante. Podia pertencer a qualquer um, a qualquer um mesmo. Mas talvez, junto ao estado penoso da cerca em torno de um quintal de terra no qual se vê uma cadeira de balanço sem braços caída de lado, a porta amarrada com um pedaço de corda em vez de trinco e solta nas dobradiças, talvez ele abrigue seu pai.

Golden Gray puxa as rédeas do cavalo. É uma coisa que ele faz bem. A outra é tocar piano. Ele desmonta e leva o cavalo perto o bastante para olhar. Há animais em algum lugar; dá para sentir o cheiro deles, mas a casinha parece vazia, se não abandonada de vez. Decerto o dono nunca esperou a chegada de um cavalo com charrete — o portão da cerca é largo o bastante para uma mulher gorda passar, mas não mais. Ele desarreia o cavalo, leva-o um pouco adiante, à direita, e descobre, atrás do barraco e debaixo de uma árvore cujo nome não sabe, duas baias abertas, uma delas cheia de formas. Ao levar o cavalo, ouve atrás de si um gemido da mulher, mas não se detém para ver se ela está acordando, ou morrendo, ou caindo do banco. Perto das baias, vê que as formas são barricas, sacos, madeira, rodas, um arado quebrado, uma prensa de manteiga e um baú de metal. Há uma estaca também e ele amarra nela o cavalo. Água, pensa. Água para o cavalo. O que ele pensa ser uma bomba à distância é um cabo de machado ainda cravado num toco. Houve uma chuvarada, porém, e uma boa quantidade de água se acumulou numa tina perto do toco de cortar lenha. Então seu cavalo poderá beber, mas onde estão os outros animais cujo cheiro ele sente, mas não consegue ver nem ouvir? Livre do varal, o cavalo bebe com avidez e a charrete se inclina perigosamente com a distribuição desigual do baú e da mulher. Golden Gray confere se o baú está amarrado antes de ir até a porta da casinha fechada com corda.

Isso é o que me deixa preocupada por ele. Ele pensar primeiro em suas roupas, e não na mulher. Ele conferir as amarras, mas não a respiração dela. É difícil engolir isso, mas aí ele limpa o barro das solas de suas botas antes de entrar no piso de terra do barraco e não sinto mais tanta raiva dele.

Lá dentro, a luz chega devagar, e, cansada de abrir passagem pelo papel oleado preso com percevejos em volta de uma janela da parede dos fundos, pousa no chão de terra incapaz de subir além da cintura de Golden Gray. A coisa mais grandiosa da sala é a lareira. Limpa, pronta para um novo fogo, emoldurada por pedras queimadas, das quais se projetam dois braços de metal para pendurar chaleiras. Quanto ao resto: um catre, de madeira, um cobertor de lã cor de ferrugem bem-arrumado em cima de um colchão fino e encaroçado. Não de sabugos, decerto não de penas, nem de folhas. De trapos. Restos de tecidos realmente inúteis enfiados dentro de um forro que pinica. Isso faz Golden Gray lembrar da almofada que True Belle fez para King dormir a seus pés. Ela lhe dera o nome de um poderoso cachorro macho, mas era uma gata sem personalidade, razão por que True Belle gostava dela e a queria por perto. Duas camas e uma cadeira, foi o que descobriu. A pessoa que morava ali sentava-se sozinha à mesa, mas tinha duas camas: uma num segundo quarto, ao qual se entrava por uma porta mais forte e mais benfeita do que a da própria casa. E nesse quarto, no segundo, há uma caixa e um vestido verde de mulher dobrado lá dentro, por cima. Ele olha, com a maior casualidade. Levanta a tampa e vê o vestido. Procuraria mais fundo, mas o vestido o faz lembrar do que deveria estar em primeiro lugar em sua cabeça: a mulher que respira pela boca no outro quarto. Será que pensa que ela vai acordar e fugir, aliviando-o de sua escolha, se a deixar sozinha? Ou que ela vai estar morta, o que é a mesma coisa.

Ele está evitando a mulher, eu sei. Depois de fazer a coisa grande, a coisa difícil, que foi voltar e carregar a moça do mato que se agarrava a sua calça, de não olhar o que desse para ver de suas intimidades, o choque de saber que o cabelo lá, uma vez seco, seria denso o suficiente para repartir com a unha. Ele tentou não olhar o cabelo da cabeça dela também, ou seu rosto, virado de lado entre as folhas de relva. Já tinha visto os olhos de corça que se fixaram nele na chuva, se fixaram nele quando ela recuou, se fixaram nele quando o corpo dela virou-se para fugir. Pena ela não ter a orientação de uma corça e não ter olhado para onde ia a tempo de ver o tronco gigantesco do bordo. A tempo. Quando ele voltou até ela, não sabia se ela ainda estava lá — ela podia ter se levantado e fugido —, mas ele acreditou, esperou, que os olhos de corça estivessem fechados. De repente, não estava mais seguro. Eles poderiam se abrir. A gratidão por não terem se aberto deu-lhe a força de que precisava para carregá-la.

Depois de mexer no baú, ele sai para o pátio. O sol o força a fechar os olhos e ele os protege com a mão, espia por entre os dedos até não haver mais perigo. O suspiro que solta é profundo, uma faminta aspiração pela força e perseverança que toda vida, mas principalmente a sua, exige. Você pode ver os campos lá adiante, rachados, ressecados pelo vento? O brandir da lâmina de pássaros negros surgidos de lugar nenhum que logo desaparece? O cheiro dos animais invisíveis, acentuado pelo calor, mistura-se então a um cheiro de menta descontrolado e a algo frutífero que precisa ser colhido. Não há ninguém olhando para ele, mas ele se comporta como se houvesse. É assim que deve ser. Comportar-se do jeito que se comportaria se estivesse sempre sob o olhar perscrutador de um conhecido impressionável mas não cerimonioso.

Ela ainda está lá. Mal perceptível à sombra da capota da charrete onde dorme. Tudo nela é violento, ou parece ser, mas isso porque ela está exposta debaixo do casacão, e não há nada para impedir que Golden Gray acredite que uma mulher exposta vá explodir em seus braços ou, pior ainda, que ele explodirá nos dela. Ela devia ser enfiada no colchão junto com os restos de trapos, costurada ali dentro para esconder seus visíveis caroços e partes em movimento. Mas ela está ali e ele olha para a sombra a fim de encontrar seu rosto, e seus olhos de corça também, se for preciso. Os olhos de corça estão fechados, e graças a Deus não vão se abrir tão fácil, porque estão lacrados por sangue. Na testa há uma fatia de pele pendurada e o sangue dela recobriu seus olhos, nariz e uma face, antes de coagular. Mais escuros que o sangue, porém, são seus lábios, grossos a ponto de despertar seu riso e lhe dar pena.

Eu sei que ele é um hipócrita; que está montando uma história sobre si mesmo para contar a alguém, para contar a seu pai, naturalmente. Que estava passando, viu e salvou aquela negra selvagem: sem reservas. Não tive nenhuma reserva. Veja, olhe aqui, como estragou meu casaco e sujou irrecuperavelmente uma camisa como você nunca mais vai ver igual. Eu tenho luvas feitas com o couro de uma vaca muito nova, mas não usei para levantar a mulher, para carregar. Toquei nela com minhas mãos nuas. Da touceira até a charrete; da charrete até este barraco que podia ser de qualquer um. Qualquer um. E ela, eu coloquei logo no catre de madeira, porque era mais pesada do que parecia. E na pressa esqueci de levantar primeiro o cobertor para estender sobre ela. Acho que pensei que o sangue ia sujar o colchão. Mas quem poderia dizer se já estava sujo ou não? Não quis levantar o corpo dela de novo, então fui para o outro quarto e peguei o vestido que encontrei lá, enrolei nela o melhor que pude. Ela ficou parecendo mais nua do que antes de eu cobrir, mas eu não podia fazer mais nada.

Ele estava mentindo, o hipócrita. Podia ter aberto seu gordo baú, pegado um dos lençóis bordados a mão, ou mesmo seu roupão, e coberto a moça. Ele é jovem. Tão jovem. Pensa que sua história é maravilhosa e que, contada direito, vai impressionar seu pai com sua determinação, sua honra. Mas eu estou sabendo. Ele quer se gabar desse encontro, como um cavaleiro errante se gaba de sua calma ao arrancar a lança do coração de um monstro e soprar vida de volta em suas narinas de fogo. Só que esse monstro sem escamas nem hálito de chamas é mais perigoso, porque ela é uma jovem de rosto ensanguentado e com membros em movimento, de olhos luminosos e lábios de partir o coração.

Eu me pergunto por que ele não limpa o rosto dela. Ela fica, talvez, mais selvagem assim. Mais graficamente resgatada. Se ela se levantasse e o atacasse com as unhas, seria ainda mais satisfatório para ele e confirmaria o alerta de True Belle sobre o homem que salvou a cascavel, aninhou a cascavel, alimentou a cascavel, só para chegar à conclusão de que a última informação que teria na terra seria a inexorável natureza da cascavel. Ah, mas ele é jovem, jovem e está magoado, então perdoem esse autoengano e seus gestos grandiloquentes, falsos, e quando olho para ele bebendo depressa demais a bebida de cana que encontrou, preocupado com o casaco e não atendendo a moça, eu não o odeio nem um pouco. Ele tem um revólver no baú e uma caixa de charutos de prata, mas é um menino afinal, e senta-se à mesa na cadeira única, pensando em trocar de roupa, porque a que está usando, ainda úmida nas costuras e nos punhos, está imunda de suor, sangue e lama. Será que devia pegar a cadeira de balanço quebrada do pátio da frente? ir dar uma olhada no cavalo? Está pensando nisso, em seu próximo passo, quando escuta ruído de cascos lentos, abafados. Olha a moça para se certificar de que o vestido e o sangue estão intactos, abre a porta e espia o pátio. Flutuando em sua direção paralelo à cerca, há um menino negro montado numa mula.

Ele diria " 'mdia", embora não fosse, mas pensou que o homem que descia a escada era branco e não devia se dirigir a ele sem permissão. E bêbado, pensou, porque a roupa era como as de um cavalheiro que dorme no próprio jardim depois de uma grande festa em vez de dormir na cama da mulher e acorda quando os cachorros vêm lamber-lhe a cara. Pensou que aquele branco, aquele cavalheiro bêbado, estava procurando Mr. Henry, esperando por ele, porque precisava dos perus selvagens agora, agora, droga — ou das colchas, ou seja lá o que Mr. Henry prometera, devia ou vendera.

"Olá", disse o cavalheiro bêbado e se o menino negro duvidara por um minuto de ele ser branco, o sorriso sem sorrir que veio com a saudação o convenceu.

"Sim si'or."

"Mora por aqui?"

"Não, si'or."

"Não? Onde então?"

"Pros lados de Vienna."

"É mesmo? Para onde está indo?"

Quase sempre era melhor quando eles faziam perguntas. Se diziam alguma coisa direta, era alguma coisa que ninguém queria ouvir. O menino levantou a aniagem do saco. "Cuidar do gado. Mr. Henry falou pra mim cuidar."

Cuidar do quê? O sorriso desapareceu. "Henry?", o homem perguntou. O rosto estava de outra cor agora. Com mais sangue. "Você disse Henry?"

"Sim si'or."

"Onde ele está? Perto?"

"Sei não si'or. Saiu."

"Onde ele mora? Qual casa?"

Ah, pensou o menino, ele não conhece Mr. Henry mas está procurando por ele. "Essa uma aí."

"O quê?"

"Essa casa aí é dele."

"Esta? Isto é dele? Ele mora aqui?"

O sangue fugiu-lhe do rosto e mostrou melhor seus olhos. "Sim si'or. Quando tá em casa. Não tá em casa agora."

Golden Gray franziu a testa. Achou que saberia de imediato, sem que ninguém lhe dissesse, e, surpreso de ter sabido, virou-se para olhar. "Tem certeza? Tem certeza que é aqui que ele mora? Henry Lestroy?"

"Sim si'or."

"Quando ele volta?"

"Qualquer dia."

Golden Gray passou o polegar pelo lábio inferior. Desviou os olhos do rosto do menino e olhou os campos ainda secando ao vento. "O que você disse que veio fazer aqui?"

"Cuidar do gado."

"Que gado? Não tem nada aqui além do meu cavalo."

"Lá atrás." Ele apontou com os olhos e com um gesto de mão. "Fica solto de vez em quando. Mr. Henry ele falou para mim fazer eles voltar se eles sai."

Golden Gray não ouviu o orgulho na voz do menino: "Mr. Henry falou para *mim*..." porque está tão aterrorizado que riu.

Então era isso. O lugar aonde ele queria ir e agora, qualquer dia desses, o homem mais negro do mundo estaria ali também. "Tudo bem então. Vá cuidar disso."

O menino estalou a língua para a mula — à toa, aparentemente, porque teve de cutucar a barriga dela com os calcanhares brancos para o animal obedecer.

"Olhe!" Golden Gray levantou a mão. "Quando terminar, volte aqui. Quero que me ajude com uma coisa. Ouviu?"

"Sim, si'or. Volto, sim."

Golden Gray foi ao segundo quarto para trocar de roupa — dessa vez, escolheu alguma coisa formal, elegante. Era a hora certa para isso. Escolher uma camisa muito boa; desdobrar a calça azul-marinho que caía perfeitamente. A hora certa e a única hora, porque todo mundo que o conhecia em Vienna o conhecia com as roupas que ia vestir naquele momento. Quando tirou as peças e as estendeu cuidadosamente no catre — a camisa amarela, a calça com botões de osso na braguilha, o colete cor de manteiga —, o arranjo, deitado na cama, parecia um homem vazio com um braço dobrado por baixo do corpo. Ele se sentou no colchão áspero perto da barra da calça, e quando manchas escuras apareceram no tecido descobriu que estava chorando.

Só agora, ele pensou, agora que sei que tenho um pai, é que sinto a ausência dele: o lugar em que ele devia estar e não estava. Antes, eu achava que todo mundo era maneta, como eu. Agora sinto a cirurgia. O triturar do osso quando foi separado, a carne cortada e os tubos de sangue seccionados, o choque do derramamento de sangue e a perturbação dos nervos. Pendurados e convulsos. Dor gritante. Me acordando com o som de si mesma, soando quando eu durmo, tão profunda que estrangula meus sonhos. Não resta outra coisa senão ir embora de onde ele não está para onde ele costumava estar e pode ainda estar. Que os espasmos vejam o que está faltando; que a dor cante na terra onde ele pisou no lugar onde ele costumava estar e podia ainda estar. Não vou me curar nem encontrar o braço que foi removido de mim. Vou renovar a dor, apontá-la, para nós dois sabermos para que serve.

E não, não estou zangado. Não preciso do braço. Mas preciso, sim, saber como poderia ter sido ter um braço. É um fantasma que tem de me encarar e ser encarado, seja lá qual for a fissura em que se encontre, debaixo de seja lá que galho for. Ou talvez ele vagueie por espaços abertos e sem árvores, iluminado por um sol oleoso. Essa parte de mim que não me conhece, que nunca me tocou nem ficou ao meu lado. Essa mão fugitiva que nunca me ajudou a ultrapassar obstáculos, nem me guiou diante dos dragões, nem me puxou do buraco em que caí. Nem alisou meu cabelo, nem me deu comida; nem levantou a ponta da carga, para me facilitar carregá-la. Esse braço que nunca se estendeu de meu corpo, para me equilibrar quando eu andava em cima de parapeitos estreitos e de troncos roliços, escorregadios e perigosos. Quando eu encontrar esse braço, ele vai acenar para mim? Gesticular, me convidar a ir com ele? Ou nem sequer saberá quem ou o que eu sou? Não importa. Vou localizá-lo para que a parte seccionada possa se lembrar do corte, do talho de seu desfiguramento. Talvez então o braço não seja mais um fantasma, mas assuma sua própria forma, desenvolva seus próprios músculos e ossos, e seu sangue circule a partir do alto canto que encontrou o propósito de sua serenata. Amém.

Quem vai ficar do meu lado? Lavar minha vergonha? Ensaboar até que caia lodo aos meus pés, para ser pisado? Ele? Me redimir como um recibo de penhor que vale pouco no mercado, mas não tem preço quando se trata de recuperar o real valor? Que me importa qual seja a cor de sua pele ou seu contato com minha mãe? Quando estiver na frente dele, ou do que resta dele, vou falar tudo sobre a parte que falta em mim e ouvir sua chorosa vergonha. Vou trocar então; deixar que ele fique com a minha e assumir a dele e nós dois estaremos livres, de braços dados e inteiros.

Ele havia se abalado ao saber quem e o quê era seu pai. Ficou solto, perdido. Ele roubara, depois rasgara algumas roupas da mãe e sentou na grama olhando as coisas espalhadas no gramado igual na sua cabeça. Pequenas luzes que se mexiam como vermes brincavam diante de seus olhos, e o hálito do desespero tinha um cheiro ruim. Foi True Belle quem o ajudou a se levantar da grama, ensaboou o cabelo emaranhado e disse-lhe o que tinha de fazer.

"Vá", ela disse. "Eu ensino como faz para encontrar ele ou o que resta dele. Não importa se você encontra mesmo ele ou não; o importante é ir."

Ele então pegou o que ela disse que devia pegar, embalou tudo e partiu. Durante a viagem, preocupou-se bastante com a própria aparência, a que armadura podia recorrer. Não havia nada além do baú e da postura do maxilar. Mas ele estava pronto, pronto para conhecer o homem negro e selvagem que o incomodava e maltratara seu braço.

Em vez disso, encontrou, topou, com uma moça negra e selvagem que arrebentou a própria cabeça num susto, que jazia agora no outro quarto enquanto o rapaz negro recolhia o gado lá fora. Pensou que ela fosse ser sua lança e escudo, agora ele teria de ser isso ele próprio. Olhar dentro dos olhos de corça com o cinza-madrugada dos olhos dele. Ele precisa de coragem para isso, mas tem. Tem a coragem de fazer o que duquesas de Marlborough fazem o tempo todo: desistir de ser um broto adorado agarrado a seu futuro e ousar abrir-se bem, deixar as camadas de suas pétalas ficarem planas, mostrar o feixe de estames morto no centro para todo mundo ver.

O que eu estava pensando? Como podia imaginá-lo tão simploriamente? Não notar a dor que não se ligava à cor de sua pele ou ao sangue por baixo dela. Mas a alguma outra coisa que ansiava por autenticidade, por um direito de estar nesse lugar, sem esforço, sem precisar adquirir um rosto falso, um sorriso sem alegria, uma pose para falar. Fui descuidada e burra e fico furiosa ao descobrir (de novo) como sou pouco confiável. Até o cavalo dele entendeu e levou Golden Gray com apenas um ou dois toques do chicote. Com firmeza atravessou vales sem trilhas, riachos sem pontes ou barcos para travessia. O olhar só na estrada, sem se distrair com a vidinha que vinha em direção a seus cascos, projetando o grande peito, marchando para manter sua força e obter mais. Ele não sabia aonde estava indo e não conhecia nada do caminho, mas conhecia a natureza de seu trabalho. Chegue lá, diziam seus cascos. Se pudermos ao menos chegar lá.

Agora preciso repensar isso, com cuidado, mesmo que esteja fadada a outro equívoco. Preciso fazer isso e não sucumbir. Não odiá-lo não é o bastante; gostar dele, amá-lo não é útil. Preciso modificar as coisas. Preciso ser uma sombra que lhe deseja bem, como os sorrisos dos mortos que sobram da vida deles. Quero sonhar um sonho bom para ele, e outro com ele. Deitar ao lado dele, uma dobra no lençol, e contemplar sua dor, e ao fazer isso abrandá-la, diminuí-la. Quero ser a linguagem que lhe deseja bem, que fala seu nome, que o desperta quando seus olhos precisam estar abertos. Quero vê-lo ao lado de um poço cavado bem longe das árvores de forma que ramos e folhas não caiam na água profunda, e enquanto ele estiver ali numa boa luz, os dedos na borda de pedra, os olhos sobre nada em particular, a cabeça encharcada, saturada de tristeza, ou seca e quebradiça com a desesperança que vem de saber tão pouco e sentir tanto (tão quebradiça, tão seca que ele corre o risco do oposto: de não sentir nada e saber tudo). Ali então, sem nada à mão além do encharcado ou da secura, sem nem mesmo olhar para o poço, inconsciente de seu odor mofado, desagradável, ou da vidinha que paira à sua borda, apenas ali parado ao lado e no fundo dele, onde a luz não chega, uma coleção de restos de sorriso se move, algum breve e benevolente amor sobe da escuridão e não há nada para ele ver ou ouvir, e não há razão para ficar, mas ele fica. Pela segurança primeiro, depois pela companhia. Depois por si mesmo — com uma espécie de força confiante, reconfortante, serena, que cintila como uma lâmina e depois se esconde. Mas ele sentiu isso agora e isso pode voltar. Sem dúvida uma porção de outras coisas voltará: dúvidas virão e as coisas poderão parecer pouco claras de quando em quando. Mas uma vez que a lâmina cintilou — ele se lembrará dela, e se se lembrar pode evocá-la. Quer dizer, ele a terá à sua disposição.

O menino tinha treze anos e já vira tanta gente curvada sobre um arado, ou imóvel depois do parto, e tantas crianças afogadas, para saber a diferença entre vivo e morto. O que ele viu no catre debaixo de um vestido verde brilhante ele acreditou estar vivo. O menino não levantou os olhos para o rosto da moça (a não ser quando Golden Gray disse: "Encontrei esse vestido ali e pus em cima dela".). Ele olhou o segundo quarto e de novo o homem que acreditava ser branco. O menino levantou a manga do vestido e tocou o corte na testa da moça. O rosto dela estava quente como fogo. O sangue, seco como pele.

"Água", ele disse, e saiu do barraco.

Golden Gray foi atrás dele, mas parou na porta incapaz de prosseguir ou de voltar. O menino regressou com um balde de água de poço e um saco de aniagem vazio. Mergulhou uma xícara na água, verteu um pouco entre os lábios dela. Ela não engoliu nem se mexeu.

"Quanto tempo faz que ela está desmaiada?"

"Menos de uma hora", disse Golden Gray.

O menino se ajoelhou para limpar o rosto dela, levantando devagar grandes placas de sangue da face, do nariz, de um olho, depois do outro. Golden Gray observou e pensou que estava pronto para aqueles olhos de corça se abrirem.

UMA COISA DAQUELAS podia fazer mal. Treze anos depois de Golden Gray se enrijecer para olhar para aquela moça, o mal que ela podia fazer ainda estava vivo. Moças grávidas eram as mais suscetíveis, mas os avós também eram. Qualquer desejo podia marcar o recém-nascido: melões, coelhos, glicínias, corda e, mais que uma pele de cobra, uma mulher selvagem é o pior de tudo. Então os alertas que as moças escutavam eram parte de um conjunto de coisas a evitar para que o bebê não chegasse desejando ou favorecendo o capricho da mãe. Quem haveria de pensar que velhos também precisassem de alerta; avisos e alertas para não olhar, não sentir o cheiro, nem mesmo escutar a moça?

Ela morava perto, disseram, não lá para dentro da floresta ou perto do rio, mas em algum lugar no canavial — na beira, disseram alguns, ou talvez em volta dele. Perto. Cortar cana podia às vezes ficar uma loucura quando os rapazes sentiam que ela estava logo adiante, escondida, e talvez olhando para eles. Um golpe da foice podia cortar fora a cabeça dela se ela se atrevesse muito ou chegasse perto demais, e seria culpa dela mesma. Seria quando cortavam mal — quando a haste de cana voava e batia no rosto, ou a foice escorregava e cortava um companheiro próximo. Só pensar nela, estivesse ela perto ou não, podia atrapalhar o serviço de uma manhã inteira.

Os avós, há muito incapazes de cortar, mas ainda bem capazes de amarrar as hastes ou encher os barris de açúcar, costumavam ser considerados seguros. Isto é, até o homem que os avós chamavam de Caçador dos Caçadores sentir dedos batendo em seu ombro que podiam ser de qualquer um, menos dela. Quando o homem voltou a si, viu as hastes de cana tremerem, mas não ouviu um único estalo. Como ele estava mais acostumado à vida no mato do que no sossego, ele sabia quando os olhos que o observavam estavam em cima de uma árvore, atrás de um morrinho ou, como ali, no nível do chão. Dá para entender por que ele se confundiu: os dedos em seu ombro, os olhos a seus pés. A primeira coisa que lhe veio à mente foi a mulher que ele mesmo batizou treze anos antes porque, enquanto cuidava dela, foi essa a palavra em que pensou: Selvagem. De início, ele tinha certeza de estar cuidando de uma jovem doce, mas violentada, mas quando ela o mordeu, ele disse: ah, ela é selvagem. Pensando bem, algumas coisas são assim. Não se ganha nada especulando mais.

Ele lembrava de sua risada, porém, e do quanto ela estava calma nos dias imediatamente depois da mordida, de forma que o toque dos dedos dela não o assustaram, mas o deixaram triste. Triste demais para contar que a vira aos seus companheiros, velhos, como ele já incapazes de cortar o dia inteiro. Desavisados, não estavam prontos para o que aconteceria com seu sangue quando a vissem de relance, ou para o tremor das pernas quando ouvissem o riso da moça. Moças grávidas marcavam seus bebês ou não, mas os avós — desavisados — ficavam de miolo mole, saíam da casa da garapa, levantavam da cama na calada da noite, urinavam na roupa, esqueciam o nome dos filhos grandes e onde tinham guardado o couro de afiar navalha.

Quando o homem que chamavam de Caçador dos Caçadores a conheceu — cuidou dela —, ela era melindrosa. Se ele tivesse conduzido as coisas direito, ela talvez tivesse ficado na casa, tratado do bebê, aprendido a se vestir e a falar com as pessoas. De vez em quando, ele pensava nela e estava convencido de que tinha morrido. Quando por meses não havia sinal nem ruído dela, ele suspirava e revivia aquele tempo em que sua casa estava cheia de desmaternidade — e a principal desmaternidade era a da Selvagem. As pessoas dali usavam a história dela para alertar crianças e moças grávidas e ele se entristecia ao saber que em vez de calma ela continuava faminta. Embora de que exatamente ele não soubesse dizer, a menos que fosse por cabelo da cor do nome de um rapaz. Ver os dois juntos havia sido um choque e tanto: a cabeça dele com seus longos cabelos amarelos como um rabo de cachorro próximo ao emaranhado de lã negra dela.

Ele não revelou nada, mas a notícia correu mesmo assim: a Selvagem não era uma história do tipo "muito tempo atrás uma moça louca" cujo pescoço os cortadores de cana gostavam de imaginar debaixo da lâmina, nem um silenciador rápido e eficiente para crianças teimosas. Ela ainda estava por lá — e era real. Alguém viu o homem que chamavam de Caçador dos Caçadores saltar, agarrar o próprio ombro e, ao se voltar para olhar o canavial, murmurar alto a ponto de todo mundo ouvir: "A Selvagem. Macacos me mordam se não é a Selvagem". As moças grávidas só suspiraram com a notícia e continuaram varrendo e borrifando os pátios de terra batida e os rapazes afiando suas foices até o fio assobiar. Mas os velhos começaram a sonhar. Lembraram de quando ela chegou, de como ela era, do por que ficou e daquele rapaz estranho que ela tanto valorizava.

Não foi muita gente que viu o menino. O primeiro não foi o Caçador dos Caçadores, que estava fora, procurando raposas para vender. O primeiro foi o menino da Patty, Honor. Ele estava cuidando da casa de Mr. Henry enquanto ele estava fora e num dos dias que parou por lá — para roçar um pouco o mato talvez e ver se os porcos e as galinhas ainda estavam vivos — tinha chovido a manhã inteira. Cortinas de água fizeram aparecer arco-íris por toda parte. Depois ele contou à mãe que todo o barraco estava irisado e quando o homem apareceu na porta e Honor viu o cabelo amarelo e a pele cor de creme, pensou que um fantasma havia se apossado do lugar. Então se deu conta de que estava olhando para um branco e nunca acreditou em outra coisa, mesmo ao ver a cara de Mr. Henry dizendo que aquele era seu filho.

Quando Henry Lestory, o homem tão conhecedor da floresta que se tornou um caçador dos caçadores (e quando falavam dele ou com ele era assim que o chamavam), voltou para casa e viu a charrete e o lindo cavalo amarrado perto de seu barraco, ficou imediatamente alarmado. Ninguém que ele conhecesse andava numa charrete daquelas; nenhum cavalo do condado tinha a crina cortada e escovada daquele jeito. Então, viu a mula que o menino da Patty montava e se acalmou um pouco. Parou na própria porta e levou um bom tempo para entender o que estava vendo. O menino da Patty, Honor, ajoelhado ao lado do catre sobre o qual havia uma moça grávida e um homem de cabelo dourado em pé, como uma torre acima deles. Nenhum branco jamais entrara em sua casa. O Caçador dos Caçadores engoliu em seco. Todos os cuidados que tomara tinham sido inúteis.

Quando o homem loiro virou-se para olhar para ele, os olhos cinzentos se arregalaram, depois se fecharam, depois, ao subir devagar das botas do Caçador para os joelhos, para o peito, para a cabeça, o olhar do homem era como uma lambida. Quando os olhos cinzentos estavam nivelados com os dele, o Caçador teve de batalhar para não se sentir preso numa armadilha — em sua própria casa. Nem o gemido que veio do catre abalou o olhar fixo do estranho. Tudo nele era jovem e macio — exceto a cor dos olhos.

Honor olhou de um para o outro. "Que bom que voltou, Mr. Henry."

"Quem *são* esses?"

"Eles estava aqui antes de mim."

"Quem são esses?"

"Não sei, não, se'or. A mulher tá mal, mas tá voltando agora."

Henry notou que o homem de cabelo dourado não tinha revólver e que as botas finas jamais haviam pisado estradas do campo. Suas roupas fariam um pregador suspirar e o Caçador entendeu, pelas mãos de moça, que o estranho jamais fechara o punho com força suficiente para esmagar um melão. Ele foi até a mesa e jogou a sacola em cima dela. Com um gesto, atirou num canto uma braçada de galinholas. Mas conservou o rifle na dobra do braço. E o chapéu na cabeça. Os olhos cor de cinza acompanhavam cada movimento.

"A mulher parece que levou um tombo feio. Esse moço aqui, ele carregou ela pra cá. Limpei o sangue o melhor que deu."

O Caçador notou o vestido verde que cobria a mulher, as manchas negras de sangue na manga.

"Prendi as galinhas, quase tudo os porco. Menos o Bubba. Ele é novo, mas tá ficando grande, Mr. Henry. Grande e ruim..."

A garrafa de bebida de cana, destampada, estava em cima da mesa, uma caneca de metal ao lado. O Caçador verificou o conteúdo e colocou a tampa, se perguntando de que terra vinha aquele homem estranho para saber tão pouco sobre as regras de hospitalidade. Gente da floresta, brancos e negros, todo o povo do campo era livre para entrar num abrigo, numa cabana de caça. Pegar o que precisassem, deixar o que pudessem. Eram pontos de parada e qualquer pessoa, todo mundo podia precisar de abrigo. Mas ninguém, ninguém bebia a bebida de um homem na própria casa dele, a menos que conhecesse o outro muito bem.

"A gente se conhece?" O Caçador achou que o "senhor" que evitou usar era tão sonoro como uma explosão. Mas o homem não escutou porque tinha uma explosão própria.

"Não. Papai. Não se conhece."

Ele não podia dizer que fosse impossível. Que precisasse de uma parteira ou de um medalhão com retrato para convencê-lo. Mas o choque foi forte mesmo assim.

"Eu nunca soube que você existia neste mundo", foi o que ele acabou dizendo, mas o que o homem loiro tinha a dizer, planejava dizer como resposta, precisou esperar, porque então a mulher gritou e apoiou-se nos cotovelos para olhar entre os joelhos dobrados.

O homem da cidade pareceu desmaiar, mas Honor e o Caçador tinham visto não só os nascimentos comuns e esperados que as pessoas de fazenda vêm, mas puxado e torcido recém-nascidos em todo tipo de canal. Aquele bebê não era fácil. Estava agarrado às paredes daquela caverna espumosa e a mãe não ajudava nada. Quando o bebê finalmente emergiu, o problema ficou imediatamente claro: a mulher não queria carregar o bebê nem olhar para ele. O Caçador mandou o menino embora.

"Fale para sua mãe mandar uma mulher para cá. Para buscar aqui e levar. Senão não vive até amanhã."

"Sim, si'or!"

"E traga bebida se tiver."

"Sim, si'or!"

O Caçador curvou-se então para olhar a mãe, que não tinha dito nada desde aquele grito. Seu rosto estava coberto de suor e, respirando forte, ela lambia as gotículas do lábio superior. Ele chegou mais perto. Debaixo da sujeira, temperando a pele negra como carvão, havia traços de coisas ruins; como suco de tabaco, salmoura e uma dissimulação de artista. Quando ele virou a cabeça para arrumar o cobertor em torno dela, ela se levantou e cravou os dentes na bochecha dele. Ele pulou para trás e tocou de leve o rosto, rindo. "Selvagem, ahn?" Virou-se para olhar o menino-homem que o havia chamado de "papai".

"Onde você achou essa selvagem?"

"Na floresta. Onde as selvagens vivem."

"Disse quem era?"

O homem negou com a cabeça. "Ela assustou comigo. Bateu a cabeça numa pedra. Eu não podia deixar ela lá."

"Claro que não. Quem mandou você para mim?"

"True Belle."

"Ahhhh." O Caçador sorriu. "Onde ela está? Eu nunca fiquei sabendo para onde ela foi."

"Ou com quem?"

"Foi embora com a filha do coronel. O coronel Wordsworth Gray. Todo mundo sabia disso. E foram depressa."

"Adivinhe por quê."

"Não preciso adivinhar mais. Eu não sabia que você estava no mundo."

"Pensou nela? Quis saber onde ela estava?"

"True Belle?"

"Não! Vera. Vera Louise."

"Ah, menino. Como é que ia ser, eu querendo saber onde foi uma branca?"

"Minha mãe!"

"E se eu quisesse, hein? O que ia acontecer depois? Eu ia até o coronel? Dizia, olhe aqui, coronel Gray, estou querendo saber onde foi a sua filha. A gente não tem saído a cavalo faz um tempo. Me faça o seguinte. Fale para ela que eu vou ficar esperando, para ela ir me encontrar. Ela sabe o lugar onde a gente se encontra. E diga para ela usar aquele vestido verde. Aquele que fica difícil enxergar ela na grama." O Caçador alisou o queixo com a mão. "Você não disse onde elas estão. De onde você veio."

"De Baltimore. Meu nome é Golden Gray."

"Até que combina, não dá para negar."

"Ficava bom para o senhor se fosse Golden Lestory?"

"Não por aqui." O Caçador enfiou a mão por baixo do cobertor do bebê para ver se o coraçãozinho batia. "O menininho está fraco. Vai ter de mamar logo."

"Que tocante."

"Olhe aqui. O que você quer? Quer dizer, agora; o que você quer agora? Quer ficar aqui? É benvindo. Quer me castigar? Tire da cabeça. Não vou aceitar nem uma palavra de censura. Você entra aqui, bebe minha bebida, remexe nas minhas coisas e pensa que pode me passar sermão só porque me chamou de papai? Se ela contou para você que eu sou seu pai, então contou para você mais do que contou para mim. Olhe só para você. Um filho não é uma coisa que uma mulher diz. Um filho é o que um homem faz. Se quiser agora agir como se fosse meu, então aja, senão dê o fora da minha casa!"

"Eu não vim aqui para agradar o senhor nem pedir sua aprovação."

"Sei por que você veio. Para ver se eu era muito preto. Você achou que era branco, não achou? Ela provavelmente fez você pensar isso. Quis que você pensasse isso. E eu juro que eu pensaria isso também."

"Ela me protegeu! Se contasse que eu era negro, eu podia ser escravo!"

"Tem negros livres. Sempre teve alguns negros livres. Você podia ser um."

"Não quero ser um negro livre; quero ser um homem livre."

"Todo mundo quer. Olhe. Seja o que quiser — branco ou negro. Escolha. Mas se escolher ser negro, tem de agir como negro, quer dizer seja homem — depressa e não me venha com xingo de menino branco."

Golden Gray estava sóbrio agora e o seu pensamento sóbrio foi arrancar fora a cabeça daquele homem. Amanhã.

Deve ter sido a moça que o fez mudar de ideia.

Mulheres são capazes disso. Desviar um homem da morte ou levá-lo direto para ela. Tirar você do sono e você acorda no chão debaixo de uma árvore que você nunca mais localiza porque está perdido. Ou, se encontra, não será a mesma. Talvez ela tenha rachado por dentro, devorada pela vida rastejante que também tem seus direitos, e simplesmente subiu, enxameou, roeu e cavou até a coisa toda estar esburacada pelo serviço que prestou aos outros. Ou talvez tenha sido cortada antes que caísse sobre si mesma. Transformada em lenha para o fogo em uma grande lareira para as crianças assistirem.

Victory devia lembrar. Ele era mais que o irmão escolhido por Joe, era seu melhor amigo e caçavam e trabalhavam por quase todo Vesper County. Nem um mapa de xerife mostraria a nogueira da qual Joe despencou, mas Victory lembrava dela. Podia ainda estar lá, no quintal de alguém, mas os campos de algodão e a vizinhança negra em torno deles haviam sido todos remexidos e transformados.

Uma semana de rumores, dois dias fazendo as malas e novecentos negros, encorajados por armas e maconha, deixaram Vienna, saíram da cidade em carroças ou a pé sabe-se lá para onde (e quem se importa?). Com dois dias de antecedência? Como alguém pode planejar para onde ir e saber de um lugar que acha que será acolhedor, cadê o dinheiro para chegar lá?

Eles ficaram em volta do armazém, instalaram-se em campos à beira da estrada em grupos, até serem expulsos porque era a praga que se abatera sobre eles — por refletirem como água parada o desconsolo que certamente sentiam, e por lembrar outros do salário pecaminoso pago a seus trabalhadores.

O canavial onde a Selvagem se escondia, ou de onde espreitava, ou ria alto, ou ficava quieta, queimou durante meses. O cheiro de açúcar permanecia na fumaça — dava-lhe peso. Será que ela sabia?, ele se perguntava. Será que ela entendia que fogo não era luz ou flores indo na direção dela, ou cabelo dourado esvoaçante? Que se tentasse tocar ou beijar o fogo, ele engolia seu alento?

Os pequenos cemitérios, com cruzes feitas a mão e às vezes uma lápide de pedra pedindo lembrança em cuidadosas letras de forma, não tinha a menor chance.

O Caçador se recusou a ir embora; ele vivia mesmo mais na floresta que em seu barraco e parecia estar à espera de passar seus últimos dias em lugares onde se sentia mais confortável. Então ele não carregou suas coisas numa carroça. Nem seguiu pela estrada até Bear, depois Crossland, depois Goshen, depois Palestine procurando trabalho como Joe e Victory fizeram. Alguma fazenda que desse a meninos negros de treze anos espaço para dormir e comida em troca de roçar o mato. Ou um moinho que tivesse um dormitório. Joe e Victory seguiram pela estrada junto com os outros durante um tempo, depois se separaram. Souberam que tinham deixado Crossland para trás quando passaram pela nogueira onde costumavam dormir algumas noites em que, caçando longe de casa, podia-se achar ar fresco em seus ramos. E quando olharam para trás na estrada ainda podiam ver fumaça subindo do que restava dos campos e do canavial de Vienna. Acharam um trabalho breve numa serraria em Bear, depois uma tarde arrancando tocos em Crossland, por fim trabalho estável em Goshen. Então, numa primavera, o terço sul do condado explodiu em gordas bolas de algodão, e Joe deixou Victory ajudando na ferraria de Goshen, que trocou pela lucrativa colheita de algodão que acontecia ao redor de Palestina, uns vinte e poucos quilômetros abaixo. Mas primeiro, primeiro ele tinha de saber se a mulher que ele acreditava ser sua mãe ainda estava lá — ou se ela havia confundido fogo com cabelo e perdido o alento nele.

Ao todo, ele fez três viagens solitárias para procurá-la. Em Vienna, ele tinha vivido primeiro com o medo dela, depois com a piada dela, por fim com a obsessão, seguida pela rejeição dela. Ninguém contou a Joe que ela era sua mãe. Não diretamente; mas o Caçador dos Caçadores olhou bem dentro dos olhos dele uma noite e disse: "Ela tem razões. Mesmo sendo louca. Gente louca tem razões".

Estavam arrumando tudo, depois de comerem alguma coisa que haviam caçado. Joe achou depois que era uma ave, mas podia ser alguma coisa de pelo. Victory lembraria. Victory estava esfregando o espeto com folhas enquanto Joe espalhava o fogo.

"Ensinei vocês dois a nunca matar os novos e nada de fêmea se der para evitar. Não pensei que fosse precisar ensinar sobre gente. Agora, aprendam isto: ela não é caça. Vocês têm de saber a diferença."

Victory e Joe estavam fazendo piada, especulando o que seria preciso para matar a Selvagem se ela pulasse em cima deles. Se a trilha dela que os três às vezes viam e seguiam levava direto a seu esconderijo. Foi quando o Caçador disse isso. Que os loucos têm razões. Depois olhou direto para Joe (não para Victory). O fogo baixo galvanizava seu olhar. "Sabe, essa mulher é mãe de *alguém* e *alguém* tem de tomar cuidado."

Victory e Joe trocaram olhares, mas foi a carne de Joe que esfriou e sua garganta que se fechou e não deixava engolir.

Desse dia em diante, ele lutou com a ideia de uma louca por mãe. Às vezes, chorava de vergonha. Outras vezes, a raiva atrapalhava sua pontaria e ele atirava ao léu ou atingia a presa em lugares errados, ineficientes. Grande parte de seu tempo ele gastava negando isso, se convencendo de que tinha entendido errado as palavras do Caçador e sobretudo seu olhar. Mesmo assim, a Selvagem estava sempre em sua cabeça, e ele não iria embora de Palestine sem tentar encontrar com ela uma última vez.

Ela não estava sempre no canavial. Nem na parte de trás da floresta na fazenda de um branco. Ele, o Caçador e Victory tinham visto sinais dela naquela floresta: colmeias estragadas, pedaços e sobras de vitualhas roubadas e muitas vezes o sinal em que o Caçador mais confiava: tordos ruivos, aqueles passarinhos preto-azulados com uma faixa vermelha nas asas. Havia na mulher alguma coisa de que eles gostavam, disse o Caçador, e encontrar quatro ou mais deles juntos sempre queria dizer que ela estava por perto. O Caçador tinha falado com ela duas vezes, disse, mas Joe sabia que a floresta não era o lugar que ela mais gostava. A primeira vez que a procurou foi uma busca meio desanimada depois de umas duas horas de uma pescaria espetacular. Do outro lado do rio, onde a truta e a perca eram abundantes, mas antes do rio ir por baixo da terra para o moinho, a margem circundava uma inclinação. No alto dela, uns cinco metros acima do rio, havia uma formação rochosa que servia de abrigo, a entrada cerrada por moitas de velhos hibiscos. Uma vez, depois de pegar dez trutas na primeira hora do amanhecer, Joe passou por esse lugar e ouviu o que ele acreditou primeiro ser uma combinação de água corrente e vento nas árvores altas. A música que o mundo faz, conhecida de pescadores e pastores, mateiros também ouviam. Ela hipnotizava mamíferos. Veados levantavam a cabeça e esquilos se imobilizavam. Mateiros atentos sorriam e fechavam os olhos.

Joe achou que era isso e simplesmente escutou com prazer até que uma ou duas palavras pareceram flutuar no som. Sabendo que a música que o mundo faz não tinha palavras, ele ficou parado feito uma pedra e olhou em torno. Uma linha de prata atravessava a margem oposta, o sol a cortar o último restinho do azul real da noite. Acima dele e à esquerda, moitas de hibiscos, silvestres e antigas. Os botões estavam fechados, esperando o dia. Os retalhos de música vinham de uma garganta de mulher, e Joe foi batendo o mato declive acima, através da moita, um emaranhado de videira-muscadínea, trepadeira da

Virginia e hibiscos enferrujados pelos anos. Encontrou a abertura da formação rochosa, mas não conseguiu entrar naquele ângulo. Teria de subir acima dela e escorregar para dentro da boca. A luz era tão pouca que ele mal via as próprias pernas. Mas viu pegadas suficientes para concluir que ela estava lá.

Ele chamou: "Alguém aí?".

A canção parou e houve um estalo como de ramos quebrando.

"Ei! Você aí!"

Nada se mexeu e ele não conseguia se convencer de que o aroma que subia até ele não era uma mistura de mel e merda. Afastou-se, então, enojado e não pouco temeroso.

A segunda vez que procurou por ela foi depois da desapropriação. Tendo visto a fumaça e sentido o ar açucarado na língua, ele atrasou a viagem a Palestine para fazer um desvio de volta a Vienna. Contornou o chão queimado e os campos de hastes negras; desviando os olhos dos barracos que agora eram apenas tijolos quentes onde antes havia uma banheira, ele seguiu para o rio e para o buraco onde as trutas se multiplicavam como moscas. Quando chegou ao lugar onde o rio virava, arrumou o rifle pendurado às costas e pôs-se de cócoras.

Devagar, respirando de mansinho pela boca, trepou até as pedras fechadas pela mataria vicejante por causa do sol e do ar. Não havia sinal dela, nada que ele reconhecesse. Conseguiu trepar acima da abertura, mas quando escorregou para baixo e entrou no lugar de pedra, não viu nada que uma mulher pudesse usar, e os vestígios de habitação humana estavam frios. Ela teria fugido, escapado? Ou teria sido dominada pela fumaça, fogo, pânico, desamparo? Joe esperou ali, até que a escuta o deixou sonolento e ele dormiu por uma hora ou mais. Quando acordou, o dia havia subido e os hibiscos eram do tamanho de sua mão. Ele puxou o corpo encosta acima e, ao virar-se para ir embora, quatro tordos-ruivos saíram voando dos galhos mais baixos de um carvalho branco. Imenso, isolado, ele crescia num solo improvável, enroscado em suas próprias raízes. Imediatamente, Joe se pôs sobre as mãos e os joelhos e sussurrou: "É você?

Diga. Diga alguma coisa". Havia alguém respirando perto dele. Virou-se e examinou o lugar de onde tinha acabado de sair. Cada movimento e mexer de folha parecia ser ela. "Me dê um sinal então. Não precisa dizer nada. Só me deixe ver sua mão. Só estenda a mão de algum lugar e eu vou embora. Prometo. Um sinal." Ele implorou, suplicou a ela pela mão até que a luz ficou ainda mais baixa. "Você é minha mãe?" Sim. Não. As duas coisas. Nenhuma. Mas não esse nada.

Sussurrando para as hastes de hibisco e à escuta de uma respiração, ele de repente se viu de quatro na terra por uma mulher não apenas louca mas também suja, que por acaso era sua mãe secreta que o Caçador um dia conheceu, mas que abandonou seu bebê como órfão em vez de lhe dar de mamar, pegar no colo, ficar na casa com ele. Uma mulher que assustava crianças, que fazia os homens afiarem as facas, para quem as noivas deixavam comida (melhor assim, senão ela roubava). A deixar sinais de sua pessoa relaxada e sem casa por todo o condado. A envergonhá-lo diante de todo mundo, menos de Victory, que nem riu nem olhou de lado quando Joe contou o que acreditava que o Caçador quisera dizer com aquelas palavras e principalmente aquele olhar. "Ela deve ser forte", foi a resposta de Victory. "Viver no mato assim o ano inteiro, ela deve ser forte."

Talvez sim, mas naquele momento Joe se sentia como um idiota de miolo mole, mais louco que ela e tão selvagem quanto ela ao escorregar na lama, tropeçar em raízes negras, arrastar os pés por trechos de grama infestados de cupins. Ele adorava a floresta porque o Caçador o ensinara a isso. Mas agora estava tomado por ela, uma mulher simplória, tola demais para mendigar o sustento. Com a cabeça tão estragada que não era capaz de fazer o que uma mera porca faz: amamentar a cria. As crianças pequenas achavam que ela era uma bruxa, mas estavam erradas. Essa criatura não tinha inteligência para ser bruxa. Era impotente, invisível, perdida de louca. Em todo lugar e em lugar nenhum.

Há rapazes que são filhos de putas e não superam isso. Há rapazes cujas mães saem cambaleando pela rua quando o bar fecha as portas. Mães que jogam fora os filhos ou trocam por dinheiro vivo. Ele escolheria qualquer uma dessas em vez daquela indecente e muda insanidade à espreita. O tiro que mirou nos ramos do carvalho branco não incomodaram nada, porque as balas estavam em seu bolso. O gatilho fez um clique inofensivo. Gritando, escorregando, caindo, ele desceu correndo a encosta e seguiu o rio para longe dali.

A partir de então trabalhou como um maníaco. A caminho de Palestine, aceitou todos os empregos que ofereceram ou de que ouviu falar. Cortar árvores, cana; arar até quase não levantar mais os braços; depenar galinhas e algodão; arrastar lenha, grãos, quebrar pedras e tocos. Alguns acharam que ele estava louco por dinheiro, mas outros adivinharam que Joe não gostava de ficar parado nem que pensassem que era preguiçoso. Às vezes, trabalhava tanto e até tão tarde que nem voltava para a cama que ocupava. Dormia ao relento, às vezes com a sorte de estar perto de uma nogueira; balançando no encerado que guardavam lá para quando fosse necessário. Depois de Palestine, quando o algodão estava colhido, fechado em fardos e pronto, Joe se casou e trabalhou ainda mais duro.

O Caçador teria ficado perto de Vienna depois do incêndio? Voltara para Wordsworth? Arrumara para si um lugarzinho no campo — como planejava fazer — para trabalhar o mundo a seu modo? Em 1926, longe de todos esses lugares, Joe pensou que talvez o Caçador tivesse se mudado era para perto de Wordsworth, e, se pudesse perguntar a ele, Victory haveria de lembrar exatamente (supondo que estivesse vivo e a prisão não tivesse abalado sua cabeça), porque Victory lembrava de tudo e conseguia guardar as coisas com clareza na cabeça. Coisas como quantas vezes uma fêmea de faisão tinha usado um determinado ninho. Como o ponto em que um tapete avermelhado de agulhas de pinheiro era fundo que cobria até as canelas. Como uma árvore específica — aquela com raízes crescendo tronco acima — estava dois dias atrás ou uma semana, e exatamente onde ela ficava.

Joe estava pensando nisso tudo em um dia gelado de janeiro. Ele está muito longe da Virginia e ainda mais longe do Éden. Ao vestir o casaco e boné ele pode praticamente sentir Victory a seu lado quando parte, armado, para encontrar Dorcas. Não está pensando em lhe fazer mal ou, como o Caçador havia alertado, matar alguma coisa nova. Ela é fêmea. E não é caça. Então ele nem pensa nisso. Mas está caçando por ela e na caça uma arma é uma companhia tão natural quanto Victory.

Ele vasculha a Cidade e a Cidade não se opõe nem interfere. É o primeiro dia do ano. A maioria das pessoas está cansada da noite anterior. Os negros, porém, ainda estão comemorando com uma reunião diurna, uma festa que pode se estender pela noite. As ruas estão escorregadias. A Cidade parece tão desabitada quanto uma cidade pequena.

"Só quero encontrar com ela. Dizer para ela que eu sei que ela não queria dizer aquilo. Ela é moça. Gente nova perde o controle. Explode só por explodir. Como eu atirando com a arma descarregada nas folhas aquela vez. Como eu dizendo: 'Tudo bem, Violet, eu caso com você', só porque eu não conseguia ver se uma mulher selvagem mostrava a mão ou não."

As ruas por onde passa estão lisas e negras. No bolso do casaco está o quarenta e cinco que trocou por seu rifle. Ele dera risada ao segurá-lo na mão, uma arma bebê e gorda, que era barulhenta como um canhão. Nada complicado; não seria preciso lutar consigo mesmo para errar o alvo, mas ele não vai errar o alvo porque não vai fazer pontaria. Não naquela pele estragada. Nunca. Nunca machucar os novos: ovos no ninho, ovas de peixe, filhotes, peixinhos...

Um vento sopra da boca do túnel e arranca seu boné. Ele corre para pegá-lo do bueiro onde caiu. Não vê o anel de papel de um charuto White Owl que grudou na copa do boné. Dentro do trem, ele sua intensamente e tira o casaco. O saco de papel cai no chão com um baque. Joe olha os dedos de um passageiro que se abaixa para pegar o saco e devolver para ele. Joe balança a cabeça em agradecimento e enfia o saco no bolso do casaco. Uma negra sacode a cabeça para ele. Por causa do saco de papel? Por causa do seu conteúdo? Não, por causa de seu rosto molhado. Ela lhe estende um lenço limpo para se enxugar. Ele recusa; veste o casaco outra vez e vai até a porta para olhar a velocidade e o escuro.

O trem para de repente, atirando os passageiros para a frente. Como se acabasse de lembrar que era nessa parada que Joe precisa descer se vai encontrar com ela.

Três garotas saem juntas do trem e sobem os degraus gelados estalando os saltos. Três homens esperam para cumprimentá-las e eles saem em pares. Está frio de matar. As moças têm lábios vermelhos e suas pernas cochicham uma com a outra através das meias de seda. O poder dos lábios vermelhos e do brilho da seda. Um poder que elas trocarão pelo direito de serem dominadas, penetradas. Os homens ao lado delas adoram isso porque, no final, eles alcançam lá dentro, estendem, dão a volta por trás desse poder, agarram-no e o mantêm quieto.

A terceira vez que Joe tentara encontrá-la (já era um homem casado então) havia buscado uma árvore na encosta — aquela cujas raízes cresciam ao contrário como se, tendo descido obedientemente na terra e descoberto que era estéril, voltaram ao tronco para o que era preciso. Desafiantes e contrárias à lógica, suas raízes subiam. Para as folhas, a luz, o vento. Embaixo dessa árvore o rio que os brancos chamavam de Traição, onde os peixes corriam para a linha e nadar entre eles podia ser tumultuado ou sereno. Mas para chegar lá era preciso correr o risco da Traição pelo próprio chão que se pisava. As encostas e morros baixos que desciam suavemente para o rio só pareciam receptivos; debaixo de vinhas, relvado como um tapete, uvas silvestres, hibiscos e azeda-brava, o chão era poroso como uma peneira. Um passo podia engolir seu pé ou você inteiro.

“O que ela vai querer com um galinho? Cantando num canto, olhando as galinhas para bicar em cima. Não tem nada que eles tenham que eu não tenha melhor. Além disso, sei como tratar uma mulher. Nunca destratei, num destrataria. Os galinhos, sim. Ela também dizia isso. Como os jovens não conseguem pensar em nada além deles mesmos; como no parque de diversões ou num baile aqueles rapazes só pensavam era neles mesmo. Quando encontrar com ela, tenho certeza — aposto a minha vida — de que ela não vai estar enrolada com um deles. A roupa deles não vai misturar com as dela. Não ela. Não Dorcas. Ela vai estar sozinha. Teimosa. Selvagem até. Mas sozinha."

Além da árvore, além dos hibiscos, havia uma rocha. Atrás dela uma abertura tão mal disfarçada que só podia ser obra de um humano. Nenhuma raposa ou corça parida seria tão desleixada. Será que ela havia se escondido ali? Seria tão pequena? Ele se agachou para procurar mais de perto sinais dela, sem identificar nenhum. Por fim, enfiou a cabeça para dentro. Escuro feito breu. Nenhum cheiro de esterco ou de pele. Em vez disso, um cheiro doméstico — óleo, cinzas — que o atraiu. Ele engatinhou, espremeu-se por um espaço tão baixo que lhe raspava o cabelo. No momento em que resolveu sair dali, a terra debaixo de suas mãos virou pedra e a luz o atingiu com tanta força que ele se encolheu. Tinha atravessado alguns corpos de escuro e estava olhando para fora do lado sul da encosta de pedra. Uma gruta natural. Que não dava em lugar nenhum. Formando um ângulo de uma curva da encosta com outra. O rio Traição brilhante lá embaixo. Impossibilitado de virar ali dentro, ele se projetou todo para fora de modo a poder entrar de novo de cabeça. Ao sair para o ar livre, imediatamente os cheiros domésticos se intensificaram. Óleo de cozinha rescendendo debaixo do sol forte. Então, ele viu a fenda. Desceu para ela sentado até um chão deter sua descida. Era como cair para dentro do sol. A luz do meio o acompanhou como lava a uma sala de pedra onde alguém cozinhava com óleo.

"Ela não tem de explicar. Não tem de dizer uma palavra. Sei como é. Ela pode pensar que é ciúme, mas sou um homem cordato. Não que eu não sinta as coisas. Já vivi uns maus momentos. Mas passei por eles, sim. Sinto as coisas como todo mundo.

"Ela vai estar sozinha.

"Ela vai virar para mim.

"Ela vai estender a mão, andar para mim com sapatos feios, mas o rosto limpo e eu tenho orgulho dela. As tranças apertadas demais são uma tortura então ela solta as tranças enquanto está vindo até mim. Está tão contente de ter sido encontrada. Arqueada e macia, querendo que eu faça, me pedindo para fazer. Ninguém a não ser eu."

Ele sentiu paz no começo, e uma espécie de alerta, como se algo esperasse. Uma sensação de antes do jantar quando alguém espera para comer. Embora fosse um lugar privado, com entrada fechada ao público, uma vez lá dentro podia-se fazer o que se quisesse: desarrumar as coisas, revistar, tocar e mexer. Mudar tudo de um jeito que não era para ser nunca. A cor das paredes de pedras tinha mudado de dourado para um azul guelra de peixe quando ele foi embora. Tinha visto o que havia. Um vestido verde. Uma cadeira de balanço sem um braço. Um círculo de pedras para cozinhar. Potes, cestos, panelas; uma boneca, um fuso de fiar, brincos, uma fotografia, uma pilha de gravetos, um conjunto de escovas de prata e uma caixa de charutos de prata. Também. Também uma calça de homem com botões de osso. Cuidadosamente dobrada, uma camisa de seda, desbotada e pálida, cremosa — exceto nas costuras. Nela, tanto o fio como o tecido eram de um fresco e solar amarelo.

Mas onde estava *ela*?

Lá está ela. Nenhum irmão para dançar nesse lugar, nenhuma garota sem fôlego à espera da luz branca mudar para azul. É uma festa adulta — o que acontece acontece a plena luz. A bebida ilegal não é secreta e os segredos não são proibidos. Pague um ou dois dólares ao entrar e o que você faz é mais esperto, mais engraçado, do que seria em sua própria cozinha. Sua esperteza vem à tona insistentemente como a espuma da onda na margem. O riso é como repique de sinos que não precisam de mão para puxar a corda; apenas continua e continua até você ficar fraco de rir. Você pode beber quanto gim bom quiser, ou ficar na cerveja, mas não precisa de nenhum porque um toque no joelho, acidental ou proposital, alerta o sangue como uma dose de bourbon pré-Pro ou dois dedos beliscando seu mamilo. Seu espírito sobe até o teto onde fica flutuando um pouco a olhar com prazer a nudez vestida lá de baixo. Você sabe que alguma coisa ruim está acontecendo em um quarto com uma porta fechada. Mas há bastante sedução e malícia ali, onde os pares se agarram ou se trocam estimulados por um vocal de partir o coração.

Dorcas está satisfeita, contente. Dois braços a envolvem e ela pode descansar a face no próprio ombro enquanto os punhos se cruzam atrás do pescoço dele. É bom não precisarem de muito espaço para dançar porque não há espaço nenhum. A sala está lotada. Homens gemem de satisfação; mulheres suspiram de expectativa. A música se dobra, cai de joelhos para abraçar a todos, encoraja todos a viver um pouco, por que você não vive um pouco? uma vez que é isso que estava procurando.

O par não sussurra no ouvido dela. Suas promessas já claras no queixo que pressiona contra seu cabelo, nas pontas dos dedos que seguram. Ela se estica para abraçar o pescoço dele. Ele se curva para ajudá-la a fazer isso. Eles combinam em tudo acima da cintura e abaixo: músculo, tendão, junta de ossos e medula cooperam. E se os dançarinos hesitam, têm um momento de dúvida, a música resolve e dissolve qualquer questão.

Dorcas está feliz. Mais feliz do que jamais esteve. Não há fios brancos no bigode de seu parceiro. Ele é promissor. Olhos de falcão, incansáveis e um pouco cruéis. Nunca deu a ela um presente, nem sequer pensou nisso. Às vezes, está onde diz que vai estar, às vezes não. Outras mulheres o querem — loucamente — e ele tem de ser seletivo. O que elas querem e o prêmio que ele tem a dar é a sua compreensiva pessoa. O que é um par de meias de seda comparado com ele? Não dá para competir. Dorcas tem sorte. Ela sabe disso. E está mais feliz do que jamais esteve.

"Ele está vindo atrás de mim. Eu sei que está porque sei como os olhos dele se apagaram quando eu falei para ele não vir. E como correram depois. Eu não falei com jeito, se bem que eu quisesse. Ensaiei os argumentos; na frente do espelho repassei um por um: ter de se esconder, a mulher dele e tudo. Nunca falei nada das nossas idades, nem de Acton. Nada de Acton. Mas ele discutiu comigo então eu falei: me deixe em paz. Só me deixe em paz. Saia de perto de mim. Se me der outro vidro de perfume, eu bebo e morro se não me deixar em paz.

"Ele disse: Ninguém morre com perfume.

"Eu disse: Você entendeu.

"Ele disse: Quer que eu largue da minha mulher?

"Eu disse: Não! Quero que você largue de *mim*. Não quero você dentro de mim. Não quero você do meu lado. Odeio este quarto. Não quero estar aqui e não me procure.

"Ele disse: Por quê?

"Eu disse: Porque. Porque. Porque.

"Ele disse: Porque o quê?

"Eu disse: Porque você me dá nojo.

"Nojo? Eu te dou nojo?

“Nojo de mim e nojo de você.

“Eu não queria dizer esse pedaço... do nojo. Ele não dava. Nojo, eu quero dizer. O que eu queria que ele soubesse era que eu tinha essa chance de ter o Acton e queria isso, e queria contar para as amigas. Sobre o lugar que a gente foi e o que ele fez. Sobre as coisas. O que adianta ter segredos se não se pode contar para ninguém? Eu dei umas pistas do Joe e eu para a Felice e ela riu, depois olhou bem para mim e franziu a testa.

“Não consegui contar isso para ele porque eu tinha ensaiado as outras coisas e me atrapalhei.

“Mas ele está vindo atrás de mim. Eu sei. Está me procurando por todo lado. Talvez amanhã ele me encontre. Talvez hoje à noite. Aqui; aqui tão longe.

“Quando a gente desceu do bonde, eu, o Acton e a Felice, achei que ele estava lá parado na porta ao lado da loja de doces, mas não era ele. Não ainda. Acho que vejo ele para todo lado. Sei que ele está procurando e agora sei que ele vem vindo.

“Ele não ligava a mínima para a minha aparência. Eu podia ser de qualquer jeito, fazer qualquer coisa — e ele gostava. Alguma coisa nisso me deixava louca. Não sei.

“Agora, o Acton, ele me diz quando não gosta do jeito que eu arrumei o cabelo. Aí eu faço do jeito que ele gosta. Eu nunca uso óculos quando ele está comigo e mudei minha risada por ele, para uma que ele gosta mais. Acho que ele gosta. Sei que ele não gostava da de antes. E agora eu fico mexendo a comida no prato. Joe gostava que eu comesse tudo e quisesse mais. Acton me dá uma olhada, quieto, quando eu repito o prato. Ele se preocupa comigo desse jeito. Joe nunca se preocupou. Joe não ligava para o tipo de mulher que eu era. E devia. Eu ligava. Queria ter uma personalidade e com Acton estou começando a ter. Agora tenho um estilo. O que a sobrancelha fina como um risco de lápis fez para o meu rosto é um sonho. Todas as pulseiras ficam perto do cotovelo. Às vezes, eu amarro as meias de seda abaixo, não acima do joelho. Três tiras em cima do arco do pé e em casa tenho sapatos de couro recortado para parecer renda.

"Ele está vindo atrás de mim. Talvez hoje. Talvez aqui.

"Se ele vier vai ver como eu e o Acton dançamos apertados. Como eu deito o rosto no braço abraçada com ele. A barra da minha saia desce mais atrás e roça na barriga da perna quando a gente balança para a frente e para trás, depois de um lado para o outro. Nossos corpos inteiros se tocam. Nada consegue entrar entre nós dois de tão apertados. Uma porção de meninas aqui queria estar fazendo isso com ele. Eu vejo quando abro os olhos para olhar atrás do pescoço dele. Esfrego a unha do polegar na nuca dele assim as meninas ficam sabendo que eu sei que estão a fim dele. Ele não gosta e vira a cabeça para me fazer parar de tocar assim no pescoço dele. Eu paro.

"Joe não ia se importar. Eu podia esfregar onde quisesse nele. Ele me deixava desenhar com batom em lugares do corpo que ele precisava de um espelho para olhar."

Tudo o que acontece depois que essa festa se acaba é nada. Tudo é agora. É como guerra. Todo mundo é bonito, brilhando só de pensar no sangue dos outros. Como se o líquido vermelho que voa de veias que não são deles fosse maquiagem patenteada por seu brilho. Inspiradora. Glamorosa. Depois haverá alguma conversa e recapitulação do que aconteceu; nada porém como a ação em si e o ritmo que impele o coração. Na guerra ou numa festa, todo mundo é esperto, intrigante; objetivos são estabelecidos e alterados; alianças renegociadas. Pares e rivais devastados; novos pares triunfantes. As possibilidades de assombro deixam Dorcas assombrada porque ali — com adultos e como na guerra — as pessoas jogam para valer.

"Ele está vindo atrás de mim. E quando ele vier vai ver que eu não sou mais dele. Sou do Acton e é o Acton que eu quero agradar. Ele espera isso. Com Joe eu me satisfazia sozinha porque ele me animava a isso. Com Joe eu pegava a vara do mundo, o poder na minha mão."

Ah, a sala — a música — as pessoas encostadas nas portas. Silhuetas se beijam atrás de cortinas; dedos brincalhões examinam e acariciam. Aqui é o lugar onde as coisas pipocam. É o mercado onde o gesto é tudo: uma língua que lambe num relâmpago; uma unha que raspa as faces fendidas de uma ameixa arroxeada. Qualquer amante descartado com sapatos molhados e desamarrados e suéter abotoado por baixo do paletó é um estranho ali. Não é lugar para velhos; é lugar para romance.

"Ele está aqui. Ah, olhe. Meu Deus. Está chorando. Estou caindo? Por que eu estou caindo? Acton está me segurando, mas eu estou caindo mesmo assim. Cabeças se viram para olhar onde eu estou caindo. Está escuro e agora está claro. Estou deitada numa cama. Alguém está enxugando o suor da minha testa, mas estou com frio, tanto frio. Vejo bocas se mexendo; todos estão me dizendo alguma coisa que eu não consigo escutar. Lá longe, aos pés da cama, eu vejo Acton. Está com sangue no paletó e limpa com um lenço branco. Agora uma mulher tira o paletó dos ombros dele. Ele está incomodado com o sangue. É o meu sangue, acho, e manchou o paletó dele até a camisa. A dona da casa está gritando. Arruinaram a festa dela. Acton parece zangado; a mulher traz de volta o paletó dele e não está limpo como antes e do jeito que ele gosta.

"Agora consigo ouvir o que dizem.

"'Quem? Quem fez isso?'

"Estou cansada. Com sono. Eu deveria estar bem acordada porque alguma coisa importante está acontecendo.

"'Quem fez isso, menina? Quem fez isso com você?'

"Eles querem que eu diga o nome dele. Diga em público afinal.

"Acton tirou a camisa. Tem gente bloqueando a porta; alguns se esticam por trás para enxergar melhor. A vitrola foi desligada. Alguém que estavam esperando está tocando o piano. Uma mulher está cantando também. A música está longe, mas eu sei a letra de cor.

“Felice se abaixa perto de mim. A mão dela está segurando a minha muito apertado. Tento dizer com a boca para ela chegar mais perto. Os olhos delas são maiores do que o lustre no teto. Ela me pergunta se foi ele.

“Eles precisam que eu diga o nome para poderem ir atrás dele. Tirar dele a maleta de amostras com Rochelle, Bernardine e Faye dentro. Sei o nome dele, mas mamãe não vai dizer. O mundo girava numa vara na minha mão, Felice. Lá naquele quarto com o cartaz do gelo na janela.

“Felice encosta o ouvido na minha boca e grito o nome para ela. Acho que estou gritando. Eu acho.

“As pessoas estão saindo.

“Agora está tudo livre. Pela porta, vejo a mesa. Em cima dela, uma tigela de madeira marrom, baixa como uma bandeja, cheia até transbordar de laranjas. Quero dormir, mas está tudo claro agora. Tão clara a tigela escura a pilha de laranjas. Só laranjas. Brilhantes. Escute. Não sei quem é essa mulher cantando, mas sei a letra de cor.”

NAMORADO. Era assim que chamavam aquele tempo. Tempo namorado, o dia mais bonito do ano. E foi quando começou. Num dia tão puro e firme as árvores ficavam vaidosas. Fincadas no meio das placas de concreto, temendo por suas vidas, elas ficavam vaidosas. É bobagem, sim, mas era um dia desse tipo. Dava para ver a Lenox se expandindo e homens saindo de suas lojas para olhar, parados com as mãos debaixo dos aventais ou enfiadas nos bolsos de trás, apenas olhando uma rua que se fazia mais larga para abarcar o dia. Veteranos de guerra meio fardados, meio civis paravam e olhavam com tristeza os trabalhadores; eles iam até a barraca de Pai Divino e depois de comer enrolavam cigarros e sentavam na sarjeta como se fosse uma poltrona Duncan Phyfe. E as mulheres tiquetaqueando os saltos no calçamento tropeçavam às vezes nas falhas da calçada porque estavam olhando as árvores para ver de onde vinha aquela luz pura, macia mas firme. O rumor da M11 e da M2 ao longe e os Packards também. Até mesmo aqueles ruidosos Fords se aquietavam e ninguém sentia vontade de tocar a buzina ou de se debruçar do lado do motorista para tentar envergonhar alguém que demorava demais para atravessar a rua. A doçura do dia os estimulava, os fazia gritar: "Te dou tudo o que eu tenho! se você vier para casa comigo!" para uma mulher tropeçando nos saltos pretos brilhantes pela calçada.

Rapazes nas coberturas mudavam de música; molhavam e remexiam os bocais um momento e depois recolocavam no lugar, sopravam com as bochechas iguais à luz daquele dia, puro e firme de um jeito gentil. Fazia pensar que tudo havia sido perdoado pelo modo como tocavam. As clarinetas sofriam porque os metais cortavam tão fino, não baixo e grosso como adoram fazer, mas alto e fino como um canto de mocinha à margem de um regato, passando o tempo, os tornozelos frescos na água. Os rapazes com os metais provavelmente nunca viram uma mocinha assim, nem um regato, mas eles a inventaram nesse dia. Nas coberturas. Alguns no 254, onde não há grades de proteção; um outro no 131, que tem aquela caixa de água verde--maçã, e alguém logo no vizinho, 133, onde há gordas latas de tomateiros e um catre para dormir à noite. Pelo frescor e como um jeito de evitar os mosquitos que não conseguem voar tão alto ou não querem abandonar a carne macia de pescoço perto das luzes da rua. Então, da Lenox até a St. Nicholas e pela rua Cento e Trinta e Cinco, na Lexington, da Convent à Oitava podia se ouvir os homens tocando do fundo de seu coração de açúcar de bordo, extraindo-o de árvores de quatrocentos anos e deixando que corresse tronco abaixo, desperdiçando porque não tinham um balde para recolhê-lo e não queriam mesmo. Só queriam deixá-lo correr naquele dia, devagar se ele quisesse, ou rápido, mas um correr livre árvore abaixo explodindo para entregar-se.

Era assim que soavam os rapazes dos metais naquele dia. Seguros de si, seguros de que eram sagrados, parados lá nas coberturas, uns de frente para os outros no início, mas quando ficou claro que tinham vencido as clarinetas viraram as costas para elas, levantaram aquelas cornetas bem alto e juntaram-se à luz tão pura e firme de um jeito gentil.

Não era dia para estragar uma vida já lascada como um vidro de janela barato, mas Violet, bom você precisa conhecer Violet. Ela achou que tudo o que precisava fazer era beber leite maltado cheio de Estimulador de Nervos e Músculos do Dr. Dee, comer carne de porco e assim engordar o suficiente para preencher a parte de trás do vestido. Ela sempre usava casaco em dias quentes como aquele para os homens sentados na calçada não balançarem a cabeça de pena quando ela passava. Mas nesse dia, nesse dia gentil, bonito, ela não se importou de não ter traseiro porque saiu pela porta e ficou parada na varanda com os cotovelos nas mãos e as meias enroladas até o tornozelo. Estava ouvindo a música penetrar os soluços de Joe, que agora estavam mais tranquilos. Provavelmente porque ela havia devolvido a fotografia de Dorcas para Alice Manfred. Mas o espaço onde a foto estivera era real. Talvez por isso, parada ali na varanda, esquecida do próprio traseiro, ela pudesse acreditar que o que vinha subindo a escada em sua direção era uma outra Dorcas real como a vida, com quatro ondas de cabelo marcadas e tudo.

Levava um disco Okeh debaixo do braço e na mão duzentos e cinquenta gramas de carne para ensopado embrulhada em papel rosado de açougueiro, embora o sol estivesse quente demais para ficar rodando na rua com carne na mão. Se ela não correr, a carne vai estragar — vai cozinhar sozinha antes que ela consiga pôr no fogão.

Menina preguiçosa. Os braços ocupados, mas não tem muito mais coisa na cabeça.

Ela me deixa nervosa.

Ela me faz imaginar se este tempo bom vai durar mais do que um dia. Já estou incomodada com a cinza que cai da distância azul sobre estas ruas. Uma película de fuligem está se acumulando sobre os peitoris, cobrindo os vidros das janelas. Agora ela me perturba, me faz duvidar de mim mesma só de olhar para ela passeando assim entre os raios de sol. Subindo a escada agora, na direção de Violet.

“Minha mãe e meu pai moravam em Tuxedo. Eu quase nunca estava com eles. Morava com minha avó, que disse: ‘Felice, eles não moram em Tuxedo; eles trabalham lá e moram conosco’. Palavras apenas: viver, trabalhar. A cada três semanas, eu passava dois dias e meio com eles, e o dia inteiro no Natal, o dia inteiro na Páscoa. Eu contei. Quarenta e dois dias se contasse os meios dias — que eu não conto, porque a maior parte deles era fazer as malas e tomar o trem — mais dois feriados, completa quarenta e quatro dias, mas na verdade só trinta e quatro porque os meios dias não contam. Trinta e quatro dias no ano.

“Quando eles vinham para casa, me beijavam e me davam coisas, como meu anel de opala, mas o que eles queriam mesmo era sair para dançar em algum lugar (minha mãe) ou dormir (meu pai). Eles iam à igreja no domingo, mas minha mãe ainda fica triste por causa de todas as coisas que devia fazer para a igreja — os jantares, as reuniões, a arrumação do porão para festas da escola dominical e recepções depois de funerais — e tinha de recusar por causa de seu trabalho em Tuxedo. Então, mais do que tudo ela queria era fofocar com as mulheres da Sociedade Círculo A sobre o que estava acontecendo; e queria dançar um pouco e jogar uíste a dinheiro.

"Meu pai preferia ficar de roupão e ser servido para variar enquanto lia as pilhas de jornais que eu e minha avó guardávamos para ele. O *Amsterdam*, o *Age*, *The Crisis*, *The Messenger*, o *Worker*. Alguns, ele levava para Tuxedo porque não conseguia encontrar lá. Ele gosta que estejam bem dobrados os jornais, e sem marcas de comida nem de dedos nas revistas, então eu não leio muita coisa. Minha avó lê e tem muito muito cuidado para não amassar nem sujar as páginas. Nada deixa meu pai mais bravo do que abrir um jornal que está mal dobrado. Ele ruge e resmunga enquanto lê e de vez em quando dá risada, mas nunca desiste mesmo que tudo aquilo que lê perturbe seu sangue, como disse minha avó. Para ele a parte boa é ler tudo e discutir sobre as coisas que leu com minha mãe, minha avó e os amigos que vêm jogar cartas.

"Uma vez, achei que se eu lesse os jornais que a gente guardava podia discutir com ele. Mas entendi errado. Li a notícia de uns policiais brancos que prenderam uns negros por assassinato e disse que estava contente de eles terem sido presos, que já era hora.

"Ele olhou para mim e gritou: 'Essa história está no jornal porque era notícia, menina, notícia!'.

"Eu não sabia o que responder e comecei a chorar, então minha avó disse: 'Meu bem, vá sentar em outro lugar' e minha mãe disse: 'Walter, não fale dessas coisas todas com ela'.

"Ela me explicou o que ele queria dizer: que por causa do assassinato diário de negros por policiais ninguém era preso nunca. Depois, ela me levou para comprar algumas coisas que os patrões dela em Tuxedo queriam e eu não perguntei por que ela tinha de fazer compras para eles no dia de folga dela, porque senão ela não teria me levado à Tiffany's na rua Trinta e Sete, que é mais tranquila do que quando o reverendo pede um minuto de prece silenciosa. Quando isso acontece, dá para ouvir pés se arrastando e algumas pessoas assoam o nariz. Mas na Tiffany's ninguém assoa o nariz e o carpete não deixa os pés fazerem barulho nenhum. Como em Tuxedo.

"Anos atrás, quando eu era pequena, antes de começar a ir à escola, meus pais me levavam lá. Eu era obrigada a ficar quieta o tempo todo. Duas vezes eles me levaram e fiquei lá três semanas inteiras. Mas pararam. Minha mãe e meu pai falavam de pedir demissão, mas não pediram. Fizeram minha avó vir morar conosco e cuidar de mim.

"Trinta e quatro dias. Tenho dezessete anos agora e isso soma menos de seiscentos dias. Menos de dois anos em dezessete. Dorcas disse que é sorte minha porque pelo menos eles estavam lá, em algum lugar, e se eu ficasse doente mandavam chamar, ou pegavam o trem e iam me ver. O pai e a mãe dela morreram de um jeito muito ruim e ela viu os dois depois que morreram e antes dos homens da funerária arrumarem os dois. Dorcas tinha uma fotografia deles sentados debaixo de uma palmeira pintada. A mãe dela de pé com a mão no ombro do pai. E ele sentado segurando um livro. Os dois me pareceram tristes, mas Dorcas não se conformava do quanto eram bonitos.

"Ela estava sempre falando quem era bonito e quem não era. Quem tinha mau hálito, quem tinha roupas boas, quem sabia dançar, quem era metido.

"Minha avó não gostava que a gente fosse amiga. Ela nunca disse por quê, mas eu concluí umas coisas. Eu não era amiga de muita gente na escola. Os meninos não, mas as meninas na minha escola se reuniam de acordo com a cor da pele. Eu odiava isso — Dorcas também. Então eu e ela, a gente era diferente nisso. Quando alguma bocuda gritava: 'Ô, café, cadê o leite?' ou 'Ô, feijão cadê o arroz?', a gente mostrava a língua e punha os dedos na ponta do nariz para calar a boca dela. Mas se isso não funcionava a gente partia para cima. Algumas dessas brigas estragaram roupas minhas e os óculos de Dorcas, mas era gostoso brigar com aquelas meninas junto com Dorcas. Ela nunca tinha medo e a gente se divertia muito. Todas as escolas para onde a gente foi, todo dia.

"Isso parou durante uns dois meses, esse divertimento, quando ela começou a sair com aquele velho. Eu sabia desde o começo, mas ela não sabia que eu sabia. Deixei ela pensar que era segredo, porque ela queria que fosse. No começo, pensei que ela sentia vergonha, ou tinha vergonha dele e só topou pelos presentes. Mas ela gostava de segredo. Fazer planos e conspirar para enganar Mrs. Manfred. Vestir roupa de baixo de vampe na minha casa para sair. Esconder coisas. Ela sempre gostou mesmo de segredos. E não tinha vergonha dele.

"Ele é velho. Velho mesmo. Cinquenta anos. Mas tinha o tipo de beleza que ela gostava, isso se pode dizer a favor dele. Dorcas podia ser mais bonita do que era. Ela simplesmente não percebia. Tinha todos os ingredientes para ser bonita, sim. Cabelo comprido, ondulado, meio bom, meio ruim. Pele clara. Nunca usava clareador de pele. Boa forma. Mas faltava alguma coisa. Se você olhava cada coisa, admirava — o cabelo, a cor, a forma. Tudo junto não combinava. Os caras olhavam para ela, assobiavam e falavam coisas quando a gente passava na rua. Na escola, todo tipo de menino queria falar com ela. Mas aí paravam; não dava em nada. Podia ser a personalidade dela, porque ela era falante, boa de piada e de brincadeira. Nada que chamasse atenção nela. Não sei o que era. Só se fosse o jeito que ela forçava os meninos. Quer dizer, ela, assim, queria que eles fizessem alguma coisa assustadora o tempo todo. Roubar coisas, ou voltar na loja e dar uma bofetada na cara de uma vendedora branca que não quis atender quando ela entrou, ou xingar alguém que esnobava ela. Não sei. Para ela, tudo era como se fosse um filme de cinema, e ela era a que fica amarrada nos trilhos do trem ou presa na tenda do xeique quando pega fogo.

"Acho que foi isso que fez ela gostar tanto daquele velho no começo. O segredo e o fato de ele ter uma esposa. Ele deve ter feito alguma coisa perigosa quando eles se conheceram, senão ela nunca teria encontrado escondido com ele. Ela pensava que era escondido. Mas duas cabeleireiras viram Dorcas com ele naquela boate, Mexico. Eu passei duas horas ouvindo o que elas diziam de Dorcas e dele e de todas as pessoas que estavam saindo da linha. Elas se divertiram falando de Dorcas e dele, principalmente, porque não gostavam da mulher dele. Ela tirava a freguesia delas, então não tinham nada de bom para falar dela, só que mesmo maluca daquele jeito fazia cabelo muito bem e se não fosse tão louca podia conseguir uma licença de verdade em vez de roubar freguesia delas.

"Elas estavam erradas. Eu fui procurar meu anel e não tem nada de louco nela.

"Sei que minha mãe roubou aquele anel. Ela disse que a patroa deu para ela, mas eu me lembro dele na Tiffany's aquele dia. Um anel de prata com uma pedra preta lisa que chamam de opala. A vendedora foi buscar o pacote que minha mãe tinha ido pegar. Ela mostrou para a moça o bilhete da patroa para entregarem para ela (mostrou até na porta, para deixarem ela entrar). Quando a vendedora se afastou, olhamos a bandeja de veludo com anéis. Pegamos alguns e tentamos experimentar, mas um homem de terno bonito veio e sacudiu a cabeça. Muito de leve. 'Estou esperando um pacote para Mrs. Nicolson', minha mãe falou.

"O homem sorriu e disse: 'Claro. É só a norma. Precisamos tomar cuidado'. Quando saímos, minha mãe falou: 'Com quê? Precisam tomar cuidado com quê? Eles mostram aquela bandeja para as pessoas poderem olhar as coisas, não é? Então com o quê ele precisa tomar cuidado?'.

"Ela franziu a testa e reclamou, e ficamos um tempão esperando um táxi para voltar para casa, e ela desafiou meu pai a dizer qualquer coisa a respeito. Na manhã seguinte, eles fizeram as malas e se aprontaram para pegar o trem de volta para Tuxedo Junction. Ela me chamou e me deu o anel que disse que a patroa tinha dado para ela. Talvez eles fizessem uma porção deles, mas sei que minha mãe tirou aquele da bandeja de veludo. De vingança, acho, mas ela deu para mim e adoro aquele anel, só emprestei para Dorcas porque ela pediu tanto, e a prata combinava com as pulseiras que ela usava no cotovelo.

"Ela queria chamar a atenção do Acton. Tarefa difícil, uma vez que ele criticava tudo. Ele nunca deu presentes para ela como o velho dava. Sei que ela aceitava coisas dele porque Mrs. Manfred ia preferir morrer do que comprar calcinha de cetim ou meias de seda para Dorcas. Coisas que ela não podia usar em casa nem na igreja.

"Depois que Dorcas começou a sair com o Acton, a gente se encontrava como antes, mas ela estava diferente. Ela fazia para o Acton o que o velho tinha feito para ela — dava pequenos presentes que comprava com o dinheiro que ela tirava do velho e de Mrs. Manfred. Ninguém nunca viu Dorcas procurando emprego, mas ela trabalhava duro para arrumar dinheiro para dar coisas para o Acton. Coisas de que ele não gostava porque eram baratas, e ele nunca usou aquele alfinete de gravata feio nem o lenço de seda, talvez por causa da cor. Acho que o velho ensinou ela ser gentil, e ela usava isso com o Acton, que achava natural ela e qualquer outra garota gostar dele.

"Não sei se ela largou do velho ou se só alternava ele com o Acton. Minha avó diz que a culpa foi dela mesma. Para viver a vida, tem de pagar o preço, ela disse.

"Eu preciso voltar para casa. Se ficar sentada aqui muito tempo, algum homem pode pensar que estou querendo me divertir. Não mais. Depois do que aconteceu com Dorcas, eu só quero o meu anel de volta. Para ter, e mostrar para minha mãe que eu ainda tenho. Ela me pergunta dele de vez em quando. Ela está doente e não trabalha mais em Tuxedo, e meu pai tem um emprego no trem Pullman. Nunca vi ele tão contente. Quando lê os jornais e as revistas, ainda grunhe e conversa com as palavras impressas, mas agora ele pega os jornais para ler antes, recém-dobrados, e as brigas dele não são mais tão barulhentas. 'Agora eu vi o mundo', ele diz.

"O mundo é Tuxedo, e as paradas de trem na Pensilvânia, e em Ohio, Indiana, Illinois. 'E todos os tipos de brancos que existem. Dois tipos', ele diz, 'os que têm pena de você e os que não têm. E os dois acabam sendo a mesma coisa. Nenhum respeito entre um e outro.'

"Ele anda gostando de discutir mais do que nunca, mas contente porque viajando de trem ele consegue ver negros jogando beisebol 'em pessoa e na quadra, nossa'. Ele fica animado porque os brancos têm medo de competir com os negros em pé de igualdade.

"Minha avó está mais lenta agora e minha mãe está doente, então eu é que faço a maior parte da comida. Minha avó quer que eu encontre um homem bom para casar. Eu quero primeiro um emprego bom. Ganhar meu próprio dinheiro. Como ela fez. Como Mrs. Trace. Como Mrs. Manfred fazia antes de Dorcas se deixar matar.

"Eu parei lá para ver se ele estava com meu anel, porque minha mãe ficava perguntando dele e porque não consegui encontrar quando procurei na casa de Mrs. Manfred depois do enterro. Mas tinha uma outra razão também. A cabeleireira disse que o velho estava todo arrebentado. Chorava dia e noite. Largou o emprego e não servia mais para nada. Acho que ele tem saudades de Dorcas e fica pensando que ele é o assassino dela. Mas ele não devia conhecer ela. Como ela gostava de provocar as pessoas, os homens. Todos, menos o Acton, mas ela ia provocar ele também, se tivesse vivido o suficiente ou se ele ficasse com ela tempo suficiente. Foi só pela atenção ou pela excitação. Eu estava lá na festa e foi comigo que ela falou na cama.

"Fiquei pensando nisso três meses e quando ouvi dizer que ele ainda estava assim, chorando e tal, resolvi ir contar para ele como ela era. O que ela disse para mim. Então quando estava voltando do mercado para casa, parei na Felton para ver o disco que minha mãe queria. Passei no prédio da Lenox onde Dorcas encontrava com ele e na varanda estava a mulher que chamam de Violent por causa do que dizem que ela fez no velório da Dorcas.

"Eu não fui no enterro. Vi ela morrer feito uma boba e fiquei perturbada demais para ir no enterro. Não fui no velório também. Fiquei com ódio dela depois daquilo. Qualquer um ficava. Bela amiga ela acabou sendo.

"Eu só queria era o meu anel e contar para o velho que ele podia parar de ficar daquele jeito. Não fiquei com medo da mulher dele porque Mrs. Manfred recebia a visita dela e as duas pareciam se dar bem. Sabendo o quanto Mrs. Manfred era exigente, toda aquela gente que ela dizia que não deixava entrar na casa dela e com quem Dorcas nunca devia falar, calculei que se ela deixava Violent entrar eu também não devia ter medo dela.

"Eu entendo por que Mrs. Manfred recebia a visita dela. Ela não mente, Mrs. Trace. Nada que ela diz é mentira do jeito que a maioria das pessoas mais velhas mente. Praticamente a primeira coisa que ela disse de Dorcas foi: 'Ela era feia. Por fora e por dentro'.

"Dorcas era minha amiga, mas eu sabia que de certa forma ela tinha a razão. Todos aqueles ingredientes de beleza, e a receita não funcionava. Mas Mrs. Trace só estava era com ciúmes. Ela própria é muito escura, feito breu, diriam as meninas na escola. E não achei que fosse ser bonita, mas era. A gente não se cansava de olhar para o rosto dela. Ela é o que minha avó chama de magra feito um palito, e usa o cabelo alisado e chato, lambido para trás como de homem só que esse corte é o grito da moda agora. Bem cortado acima das orelhas e na nuca também. Acho que o marido deve fazer a parte da nuca para ela. Quem mais? Ela nunca pisou num salão de cabeleireira pelo que as cabeleireiras me disseram. Posso imaginar o marido fazendo o corte do pescoço para ela. A tesoura, depois talvez uma navalha, depois o talco. Ele era desse tipo, e eu até entendo o que Dorcas queria dizer enquanto sangrava na cama daquela mulher lá na festa.

"Dorcas era uma boba, mas quando eu conheci o velho até que eu entendi. Ele tem um jeito. E é bonito. Para um velho, eu quero dizer. Nada frouxo nele. Cabeça benfeita, se comporta como se fosse alguém. Como meu pai, quando faz a pose de um orgulhoso atendente de trem Pullman que vê o mundo e beisebol, e não enjaulado em Tuxedo Junction. Mas os olhos dele não são frios como os do meu pai. Mr. Trace olha para você. Tem olhos de duas cores. Um diferente do outro. Um triste que deixa você olhar dentro dele e um claro que olha dentro de você. Gosto quando ele olha para mim. Me sinto, não sei, interessante. Ele olha para mim e eu me sinto profunda — como se as coisas que eu sinto e penso fossem importantes, diferentes e... interessantes.

"Acho que ele gosta das mulheres, e não conheço ninguém assim. Não quero dizer que ele flerte com elas, quero dizer que ele gosta delas sem isso e que isso haveria de incomodar as cabeleireiras, mas realmente acredito que ele goste da mulher dele.

"Quando fui lá a primeira vez, ele estava sentado perto da janela olhando o beco, sem dizer nada. Depois, Mrs. Trace levou para ele um prato cheio de comida de velho: vegetais com arroz e fubá por cima. Ele disse: 'Obrigado, *baby*. Coma metade você'. Tinha uma coisa no jeito dele dizer isso. Como se ele agradecesse. Quando meu pai diz obrigado, é só uma palavra. Mr. Trace age como se quisesse mesmo dizer aquilo. E quando ele sai da sala e passa na frente da mulher, ele toca nela. Às vezes na cabeça. Às vezes só um toque no ombro.

"Vi ele sorrir duas vezes já e rir alto só uma. E ninguém diz a idade que ele tem. Fica igual a um menino quando ri. Mas eu já tinha ido lá visitar eles três ou quatro vezes quando vi ele sorrir. E isso foi quando eu disse que os animais num zoológico são mais felizes do que quando estão livres, porque estão protegidos dos caçadores. Ele não fez comentário; só sorriu como se o que eu disse fosse novo ou realmente engraçado.

"Foi por isso que eu voltei. A primeira vez foi para ver se ele estava com o meu anel ou sabia onde estava, e para falar para ele parar de sofrer pela Dorcas porque talvez ela não valesse a pena. A vez seguinte, quando Mrs. Trace me convidou para jantar, foi mais para ver como ele estava e ouvir Mrs. Trace falar do jeito que ela falava. Um jeito que vai sempre atrair confusão para ela.

"'Eu estraguei a minha vida', ela me disse. 'Antes de vir para o Norte eu me entendia e entendia o mundo. A gente não tinha nada, mas não sentia falta.'

"Quem já ouviu uma coisa dessas? Morar na Cidade era a melhor coisa do mundo. O que se tem para fazer no campo? Quando estive em Tuxedo quando eu criança, já naquela época achei chato. Quantas árvores a gente pode olhar? Foi o que eu disse para ela. 'Quantas árvores a gente pode olhar? E por quanto tempo, e daí?'

"Ela disse que não era assim, olhar um monte de árvores. Ela me falou para ir até a rua Cento e Quarenta e Três e olhar a grandona que tem na esquina e ver se era homem, mulher ou criança.

"Eu ri, mas antes que pudesse concordar com as cabeleireiras que ela era louca, ela disse: 'Para que serve o mundo se a gente não pode inventar ele do jeito que quiser?'

"'Do jeito que eu quiser?'

"'É. Do jeito que você quiser. Você não quer que o mundo seja alguma coisa mais do que ele é?'

"'Para quê? Não dá para mudar o mundo.'

"'Por isso mesmo. Se você não inventa o mundo, ele muda você e o azar é seu se você deixa. Eu deixei. E estraguei a minha vida.'

"'Estragou como?

"'Esqueci.'

"'Esqueceu?'

"'Esqueci que era minha. Minha vida. Fiquei correndo pela rua para cima e para baixo querendo ser outra pessoa.'

"' Quem? Quem você queria ser?'

"'Não tanto quem, mas o quê. Branca. Leve. Moça de novo.'

"'Agora não quer mais?'

"'Agora quero ser a mulher que minha mãe não durou para ver. Essa. Essa que ela teria gostado e que eu gostava antes... Minha avó me contava histórias de uma criancinha loira. Era um menino, mas às vezes eu pensava nele como menina, como um irmão, às vezes como namorado. Ele vivia dentro da minha cabeça. Quieto como uma verruga. Mas eu não sabia até chegar aqui. Nós dois. Tive de me livrar disso.'

"Ela falava assim. Mas eu entendi o que ela queria dizer. Sobre ter um outro por dentro que não é igual a você. Dorcas e eu inventávamos cenas de amor e contávamos uma para a outra. Era divertido e um pouquinho indecente. Mas alguma coisa naquilo me incomodava. Não o negócio de amor, mas a imagem que eu fazia de mim mesma quando a gente brincava. Não era eu. Eu me via como alguém que eu tinha visto num filme ou numa revista. Então funcionava. Se eu me visse do que jeito que eu era, parecia errado.

"'Como você se livrou dela?'

"'Eu matei. Depois matei o eu que matou ela.'

"'Quem sobrou?'

"'Eu.'

"Eu não disse nada. Comecei a pensar que talvez as cabeleireiras tivessem razão de novo por causa do jeito que ela me olhou quando disse 'eu'. Como se fosse a primeira vez que ouvia a palavra.

"Depois Mr. Trace entrou de novo e falou que ia sentar um pouco lá fora. Ela disse: 'Não, Joe. Fique com a gente. Ela não morde'.

"Ela estava falando de mim e de alguma coisa que eu não peguei. Ele balançou a cabeça e sentou perto da janela, dizendo: 'Um pouquinho'.

"Mrs. Trace olhou para ele, mas eu sabia que ela estava falando comigo quando disse: 'Sua amiguinha feia magoou ele e você faz ele lembrar dela'.

"Eu quase não consegui falar: 'Eu não sou como ela!'.

"Não queria dizer isso em voz alta. Os dois se viraram para olhar para mim. Então eu tinha dito mesmo sem querer dizer. Disse para eles mesmo antes de perguntar do anel. 'Dorcas se deixou matar. A bala atravessou o ombro dela, assim.' Apontei. 'Ela não deixou ninguém mexer nela; disse que queria dormir e que ia ficar tudo bem. Disse que ia para o hospital de manhã. "Não deixe chamarem ninguém", ela disse. "Nada de ambulância, nem polícia, ninguém." Eu achei que ela não queria que a tia dela, Mrs. Manfred ficasse sabendo. Onde ela estava e tudo.

E a mulher que estava dando a festa concordou, porque tinha medo de chamar a polícia. Todos tinham. As pessoas só ficaram por ali falando e esperando. Algumas queriam levar Dorcas para baixo, colocar num carro e levar para a ala de emergência. Dorcas disse que não. Disse que estava bem. Para por favor, deixarem ela em paz e descansar. Mas eu desobedeci. Chamei a ambulância, quero dizer; mas ela só veio de manhã depois que eu chamei duas vezes. O gelo, eles disseram, mas na verdade era porque eram negros chamando. Ela sangrou até morrer nos lençóis da cama da mulher até o colchão, e pode crer que aquela mulher não gostou nem um pouquinho. Só falava disso. Ela e o namorado de Dorcas. Do sangue. Da sujeira que fez. Só falavam disso.'

"Eu tive de parar porque estava sem fôlego, chorando.

"Detestava me desmanchar de chorar daquele jeito.

"Eles também não me fizeram parar. Mr. Trace me entregou o lenço dele e estava molhado quando eu terminei.

"'É a primeira vez?', ele perguntou. 'A primeira vez que você chora por ela?'

"Eu não tinha pensado nisso, mas era verdade.

"Mrs. Trace disse: 'Ah, merda'.

"Então os dois, eles simplesmente olharam para mim. Pensei que não iam dizer nem uma palavra mais, até que Mrs. Trace falou: 'Venha jantar, não quer? Sexta-feira. Gosta de bagre?'.

"Eu disse que sim, mas não ia. Para o inferno com o anel. Mas na quinta-feira anterior, pensei no jeito que Mr. Trace tinha olhado para mim e no jeito da mulher dele dizer 'eu'.

"O jeito que ela disse isso. Não como se o 'eu' fosse alguém forte ou alguém que ela tinha inventado para se exibir. Mas como, como alguém de quem ela gostava e com quem podia contar. Um alguém secreto de quem não era preciso sentir pena e por quem não era preciso lutar. Alguém que não teria roubado um anel para se vingar dos brancos e depois mentir e dizer que foi um presente deles. Eu queria o anel de volta não só porque minha mãe me pergunta se eu ainda não tinha encontrado. Ele era bonito. Mas mesmo pertencendo a mim, não era meu. Eu adorava o anel, mas tem uma trapaça nele e eu sou obrigada a concordar com a trapaça para poder dizer que ele é meu. Me lembra o menino malandro loiro que morava dentro da cabeça de Mrs. Trace. Um presente tirado dos brancos, dado para mim quando eu era menina demais para dizer Não, muito obrigada.

"Foi enterrado com ela. Foi isso que eu descobri quando voltei para o jantar de bagre. Mrs. Trace viu o anel na mão de Dorcas quando esfaqueou o corpo dela no caixão.

"Senti uma coisa esquisita no estômago e a garganta seca para engolir, mas tinha de perguntar para ela mesmo assim — por que ela armou aquela confusão no enterro. Mr. Trace olhou para ela como se ele tivesse feito a pergunta.

"'Perdi a dama', ela disse. 'Coloquei em algum lugar e esqueci onde.'

"'Como encontrou?"

"'Procurando."

"Ficamos um tempo sentados sem ninguém dizer nada. Então Mrs. Trace foi atender a porta. Ouvi vozes. 'Aqui mesmo, aqui mesmo. Não leva nem dois minutos.'

"'Não faço serviço de dois minutos.'

"'Por favor, Violet, eu não ia pedir se não fosse absolutamente necessário, você sabe.'

"Elas entraram na sala de jantar, Mrs. Trace e uma mulher que implorava umas ondas 'aqui e aqui. E quem sabe você possa virar para dentro aqui. Não enrolado, só virado, entende?'

"'Vocês dois vão lá para a frente, não vou demorar muito', ela disse para Mr. Trace e eu depois que nós dois dissemos 'B'anoite' para a cliente apressada, mas ninguém apresentou ninguém.

"Mr. Trace não sentou perto da janela dessa vez. Sentou do meu lado no sofá.

"'Felice. Quer dizer feliz. Você é?'

"'Claro. Não.'

"'Dorcas não era feia. Nem fora nem dentro.'

"Encolhi os ombros. 'Ela usava as pessoas.'

"'Só se usavam ela também.'

"'Você quis que ela usasse você?'

"'Devo ter querido.'

"'Bom, eu não. Graças a Deus ela não pode mais fazer isso.'

"Eu queria não ter tirado o suéter. Meu vestido estica na parte de cima, não tem jeito. Ele estava olhando na minha cara, não no meu corpo, então não sei por que eu estava nervosa de ficar sozinha na sala com ele.

"Ele falou: 'Você está brava porque ela morreu. Eu também.'

"'Você é a razão dela ter morrido.'

"'Eu sei. Eu sei.'

"'Mesmo que você não tenha matado imediatamente, mesmo se ela se deixou morrer, foi você.'

"'Fui eu. Pelo resto da minha vida, vai ser eu. Vou te dizer uma coisa. Nunca vi criatura mais carente na minha vida.'

"'Dorcas? Quer dizer que ainda está ligado nela?'

"'Ligado? Bom, se você está falando do que eu sentia por ela. Acho que estou ligado nisso.'

"'E sua mulher? Como ela fica?'

"'A gente está trabalhando nisso. Agora mais depressa, depois que você passou aqui e contou o que fez.'

"'Dorcas era fria', eu disse. 'O tempo todo, até o último minuto, ela ficou de olho seco. Nunca vi ela derramar uma lágrima por nada.'

"Ele disse: 'Eu vi. Você conheceu a parte dura dela. Eu vi a suave. Minha sorte foi cuidar disso.'

"'Dorcas? Suave?'

"'Dorcas. Suave. A moça que eu conheci. Só porque era coberta de escamas não quer dizer que não fosse mole. Ninguém conheceu Dorcas como eu. Ninguém tentou amar Dorcas antes de mim.'

"'Se amava a Dorcas por que deu um tiro nela?'

"'Apavorado. Eu não sabia amar ninguém.'

"'E agora sabe?'

"'Não. Você sabe, Felice?'

"'Tenho mais coisas para fazer com o meu tempo.'

"Ele não riu de mim, então falei: 'Não contei tudo para você'.

"'Tem mais?'

"'Acho que eu devo. Foi a última coisa que ela falou. Antes de... de dormir. Estava todo mundo gritando: "Quem atirou em você, quem fez isso?". Ela disse: "Me deixem em paz. Eu conto amanhã". Ela devia achar que ainda ia estar viva no dia seguinte e me fez pensar isso também. Aí, ela chamou meu nome, mesmo eu estando ajoelhada bem do lado dela. "Felice, Felice. Chegue mais perto, mais perto." Colei meu rosto ali. Dava para sentir o cheiro da bebida no hálito dela. Estava suando e cochichando sozinha. Não conseguia ficar de olho aberto. Então, ela abriu bem os olhos e disse bem alto: "Tem só uma maçã". Parecia "maçã". "Só uma. Diga para o Joe."

"'Viu? Você foi a última coisa que passou pela cabeça dela. Eu estava bem ali, bem ali. A melhor amiga dela, acho, mas não melhor a ponto de ela querer ir para um atendimento de emergência e continuar viva. Ela se deixou morrer bem ali debaixo do meu nariz com meu anel e tudo e não estava nem pensando em mim. Então. Foi isso. Contei.'

"Foi a segunda vez que vi o sorriso dele, mas era mais triste que satisfeito.

"'Felice', ele falou. E ficou falando. 'Felice. Felice.' Em duas sílabas, não numa sílaba só como todo mundo, inclusive meu pai.

"A mulher de cabelo ondulado passou para ir embora, tagarela, falando Muito obrigada até mais Joe desculpe interromper tchau querida não me lembro seu nome você é um anjo Violet um anjo de verdade tchau.

"Eu disse que precisava ir embora. Mrs. Trace se deixou cair numa poltrona com a cabeça para trás e os braços pendurados. 'As pessoas são más', disse. 'Muito más.'

"Mr. Trace disse: 'Não. São cômicas isso é que são'.

"Ele riu um pouco então, para provar o que dizia, e ela riu

também. Eu também ri, mas não saiu direito porque eu não tinha achado a mulher tão engraçada.

"Alguém na casa do outro lado do beco pôs um disco e a música flutuou até nós pela janela aberta. Mr. Trace balançou a cabeça no ritmo e sua mulher estalava os dedos no ritmo. Ela fez um passinho na frente dele e ele sorriu. Logo logo estavam dançando. Engraçado, como os velhos fazem, e eu ri de verdade. Não porque os dois eram engraçados. Alguma coisa naquilo me fez sentir que eu não devia estar ali. Não devia estar olhando eles fazerem aquilo.

"Mr. Trace disse: 'Venha, Felice. Vamos ver o que você sabe fazer'. E me estendeu a mão.

"Mrs. Trace falou: 'É. Venha. Depressa, está quase acabando'.

"Eu sacudi a cabeça, mas queria ir.

"Quando eles terminaram e eu pedi meu suéter, Mrs. Trace falou: 'Volte qualquer hora. Quero fazer seu cabelo. Grátis. Está precisando cortar as pontas'.

"Mr. Trace sentou-se e se espreguiçou. 'Este lugar está precisando de passarinhos.'

"'E de uma Victrola.'

"'Cuidado com a boca, menina.'

"'Se arrumar uma, eu trago uns discos. Quando vier fazer o cabelo.'

"'Ouviu isso, Joe? Ela vai trazer uns discos.'

"'Então é melhor eu arrumar outro emprego.' Ele se virou para mim, tocou meu cotovelo e me levou até a porta. 'Felice. Escolheram o nome certo para você. Não esqueça disso.'

"Vou contar a verdade para minha mãe. Sei que ela tem orgulho de ter roubado aquela opala; de ter ousado fazer alguma coisa para se vingar do branco que achou que ela estava roubando mesmo quando ela não estava. Minha mãe é tão honesta que as pessoas riem dela. Devolve um par de luvas para a loja quando dão dois pares em vez de um só que ela pagou. Dá para o cobrador a moeda que encontra no banco do bonde. É como se ela não morasse numa grande cidade. Quando ela faz coisas assim, meu pai põe a mão na testa e as pessoas da loja, o cobrador, olham para ela como se ela fosse maluca mesmo. Então eu sei o quanto esse anel significava para ela. Que orgulho ela sentiu de ter quebrado as regras uma vez. Mas vou contar para ela o que aconteceu e que o que eu adorava realmente era o que ela fez, e não o anel.

"Fico contente que tenha ficado com Dorcas. Combinava mesmo com as pulseiras dela e combinava com a casa onde foi a festa. As paredes eram brancas com cortinas prata e turquesa nas janelas. O tecido da mobília era turquesa também, e os tapetes que a dona da casa tinha enrolado e colocado no depósito eram brancos. Só a sala de jantar era escura e não arrumada como a parte da frente. Ela provavelmente não tinha conseguido ainda arrumar com suas cores favoritas e tinha deixado uma tigela de laranjas de Natal como única decoração. O próprio quarto dela era branco e ouro, mas o quarto onde ela pôs Dorcas, o quarto de hóspedes que dava para a sala de jantar escura, era simples.

"Eu não tinha par na festa. Fui junto com Dorcas e Acton. Dorcas precisava de um álibi e esse álibi era eu. Tínhamos acabado de retomar nossa amizade depois que ela parou de sair com Mr. Trace e estava correndo atrás com sua 'conquista'. Alguém que um monte de meninas mais velhas queria e tinha tido. Dorcas gostava desse papel — as outras meninas estavam com ciúmes; porque ele escolheu Dorcas em vez delas; porque ela tinha vencido. Foi o que ela disse. 'Eu ganhei ele. Eu ganhei!' Meu Deus. Parecia que ela estava numa luta.

"Que diabo ela ganhou? Ele tratava ela mal, mas ela não achava. Ela passava o tempo todo pensando como fazer para ele continuar interessado nela. Planejando o que faria para qualquer garota que tentasse interferir. É assim que pensam todas as garotas que eu conheço: como conseguir, e depois prender um sujeito, e isso aí tem tudo a ver com amigos que querem que você fique com ele e inimigos que não querem. Acho que é assim que se deve pensar nisso. Mas e se eu não quiser?

"Está quente esta noite. Talvez não haja primavera e a gente vá direto para o verão. Minha mãe ia gostar — ela não suporta o frio — e meu pai, sempre atrás de jogos de beisebol com jogadores negros 'em carne e osso e na quadra', gritando, pulando quando conta os jogos para os amigos, ele está contente também. As árvores ainda não estão floridas, mas já está bem quente. Elas vão abrir logo. Aquela ali adiante está louca para florir. Não é uma árvore homem; acho que é uma criança. Bom, pode ser uma mulher, acho.

"O bagre dela era bem bom. Não tão bom como o que a minha avó fazia, ou a minha mãe antes do peito dela se consumir. Um pouco de pimenta ardida demais na farinha de empanar do jeito que Mrs. Trace preparou. Bebi muita água para não ferir os sentimentos dela. Ajuda a passar a dor."

Dor. Eu pareço ter uma afeição, uma espécie de apetite por ela. Raios, pequenos fios de água de trovão. E eu o olho do furacão. Lamentando as árvores rachadas, galinhas passam fome em cima dos telhados. Imaginando o que se pode fazer para salvá-las uma vez que não podem se salvar sem mim porque... bem, é o meu furacão, não é? Eu despedaço vidas para provar que posso remendá-las de novo. E embora a dor seja delas, eu participo da dor, não participo? Claro. Claro. Eu não aceitaria de nenhum outro jeito. Mas é outro jeito. Estou inquieta agora. Me sentindo um pouco falsa. O quê, me pergunto, o que seria de mim sem algumas brilhantes gotas de sangue para ponderar? Sem palavras doloridas que definem, e depois perdem, o alvo?

Eu devia sair deste lugar. Evitar a janela; deixar o buraco que cortei na porta para penetrar em vidas em vez de ter uma vida própria. Eu estava adorando a Cidade que me distraía e me dava ideias. Me fazia pensar que eu podia falar sua voz alta e fazer isso soar quase humano. Perdi inteiramente as pessoas.

Pensei que as conhecia e não estava preocupada que elas não soubessem realmente de mim. Agora está claro por que elas me contradizem a cada volta: elas me conheciam o tempo todo. Pelo canto dos olhos me observavam. E quando eu me sentia mais invisível, de boca fechada, silenciosa e não observável, estavam cochichando a meu respeito umas com as outras. Sabem o quanto não dá para contar comigo; como era de um jeito pobre, esfarrapado que o meu eu sabe-tudo encobria o desamparo. Que quando eu inventava histórias sobre elas — e fazer isso me parecia tão bom — eu estava inteiramente em suas mãos, manipulada impiedosamente. Pensei que havia me escondido tão bem quando as observava através de portas e janelas, aproveitava todas as oportunidades para segui-las, para fazer intrigas e me informar sobre suas vidas, e o tempo todo elas estavam me observando. Às vezes, tinham até pena de mim, e só de pensar nessa pena me dá vontade de morrer.

Então eu errei inteiramente. Eu tinha certeza de que um ia matar o outro. Esperei por isso para poder descrever. Tinha tanta certeza de que ia acontecer. Que o passado era um registro violentado sem nenhuma escolha a não ser repetir-se na falha e nenhuma força na terra poderia levantar o braço que segurava a agulha. Eu tinha tanta certeza, e elas dançaram e passaram por cima de mim. Ocupadas, estavam, ocupadas em ser originais, complicadas, mutáveis — humanas, acho que você diria, enquanto eu era a previsível, confusa em minha solidão até a arrogância, pensando que meu espaço, minha visão eram os únicos que existiam e importavam. Fiquei tão excitada ao interferir, enquanto dava forma com os dedos, que fui além e deixei passar o óbvio. Estava olhando as ruas, emocionada com os prédios pressionando e pressionada por pedras; tão contente de estar olhando para dentro e para fora de coisas, que descartei o que acontecia no bolso do peito junto de mim.

Vi os três, Felice, Joe e Violet e eles me pareceram uma imagem especular de Dorcas, Joe e Violet. Acreditei que via tudo que eles faziam de importante, e baseada no que eu via consegui imaginar o que não via: como eram exóticos, como eram motivados. Como crianças perigosas. Era nisso que eu queria acreditar. Nunca me ocorreu que estavam pensando outros pensamentos, sentindo outros sentimentos, juntando suas vidas de maneiras que eu nunca imaginei. Como Joe. Até este momento não tenho bem certeza do porquê de suas lágrimas, mas sei que eram por mais coisas além de Dorcas. O tempo todo em que ele corria pelas ruas no mau tempo achei que procurava por ela, e não pela câmara dourada da Selvagem. Aquela morada na pedra; aquele lugar banhado pelo sol a maior parte do dia. Nada de que se orgulhar, nada para mostrar a ninguém ou querer estar lá dentro. Mas eu quero. Quero estar em um lugar já feito para mim, ao mesmo tempo acolhedor e muito aberto. Com uma porta que nunca precisa ser fechada, com uma vista voltada para a luz e brilhantes folhas de outono, mas nenhuma chuva. Onde se podia contar com o luar se o céu estava claro e tinha estrelas apesar de tudo. E abaixo, ali adiante, um rio chamado Traição no qual confiar.

Adoraria me fechar na paz deixada pela mulher que vivia ali e assustava todo mundo. Invisível porque ela sabe que não deve ser vista. Afinal, quem a veria, uma mulher brincalhona que morava numa pedra? Quem poderia, sem susto? Olhando de volta seus olhos que olham? Eu não me importaria. Por que deveria? Ela me viu e não tem medo de mim. Ela me abraça. Me compreende. Me deu a mão. Sou tocada por ela. Liberada em segredo.

Agora eu sei.

Alice Manfred mudou-se da rua cheia de árvores de volta para Springfield. Uma mulher com gosto para vestidos de cores brilhantes cujos seios são provavelmente bolsas de pele de foca macia e que pode estar precisando de algumas coisas. Cortinas, um bom forro de casaco para aguentar o inverno. A companhia alegre talvez de alguém que possa prover as coisas necessárias para a noite.

Felice ainda compra discos Okeh na Felton e volta do açougue para casa tão devagar que a carne estraga antes de chegar à panela. Ela pensa que desse jeito pode me enganar de novo — se andar tão devagar as pessoas em torno parecerão estar correndo. Não me engana: a velocidade dela pode ser lenta, mas o ritmo dela é notícia do ano que vem. Se punhos fechados se congelam em sua companhia ou se abrem para um aperto de mão, ela não é o álibi, nem o martelo, nem o brinquedo de ninguém.

Joe encontrou trabalho no Paydirt, um bar clandestino, e o emprego noturno permite que ele veja a Cidade abrir seu inacreditável céu e que à luz da tarde perambule com Violet. A caminho de casa, logo depois do amanhecer, ele desce a escada do Elevado e se o carro do leite está parado na esquina ele pode comprar meio litro do segundo engradado do dia para esfriar o jantar de angu quente. Quando chega ao prédio de apartamentos, recolhe os restos do lixo da noite deixados pelos sem-teto que dormem na entrada, joga na lata de lixo e reúne os brinquedos das crianças e os coloca debaixo da escada. Se encontra uma boneca que reconhece entre os brinquedos, ele a deixa encostada de pé e confortável sobre a pilha. Sobe a escada e antes de chegar à própria porta sente o cheiro do presunto que Violet não desiste de fritar na própria gordura para temperar o angu de milho que borbulha na panela. Ele chama em voz alta ao fechar a porta e ela responde: "Vi?". "Joe?" Como se pudesse ser outro, como se um vizinho arrogante ou um jovem fantasma com pele ruim pudesse entrar em seu lugar. Em eguida eles tomam o café da manhã e, quase todos os dias, dormem. Por causa do trabalho de Joe — e do de Violet também —, assim como por outras coisas, eles pararam de dormir à noite — trocaram essa perda de tempo por cochilos curtos sempre que o corpo exige, e não ficaram surpresos de se sentir bem assim. O resto do dia corre do jeito que eles bem entendem. Depois de arrumar cabelos, por exemplo, ele a encontra na lanchonete para o *milk-shake* dela e o coquetel de cereja dele.

Eles vão pela rua Cento e Vinte e Cinco e atravessam a Sétima Avenida, e quando se cansam sentam-se e descansam debaixo de alguma marquise e falam do tempo e do mau comportamento dos jovens com a mulher debruçada do peitoril da janela do primeiro andar. Ou dão um passeio até o Corner e juntam-se à multidão que escuta os homens com olhar ao longe. (Eles gostam desses homens, embora Violet se preocupe com a possibilidade de um ou outro virar a caixa de madeira ou a cadeira quebrada sobre as quais estão, ou que alguém no meio do grupo grite alguma coisa que magoe os sentimentos do orador. Joe, que adora os olhares ao longe, sempre apoia nos momentos certos com palavras encorajadoras.)

De vez em quando, pegam o trem até a rua Quarenta e Dois para olhar o que Joe chama de escada dos leões. Ou seguem devagar pela Setenta e Dois para ver os homens que cavam buracos no chão para um novo prédio. Violet tem medo dos buracos profundos, mas Joe fica fascinado. Os dois pensam que é uma pena.

Grande parte do tempo, porém, ele passam em casa, pensando nas coisas, contando um para o outro aquelas pequenas histórias pessoais que gostam de ouvir e repetir, ou mexendo com o pássaro que Violet comprou. Ela conseguiu comprar barato porque ele não estava bem. Quase sem bico. Bebia água, mas não comia. A mistura especial para pássaros que Violet preparou não ajudou também. Ele olhava através do rosto dela e não virava a cabeça quando ela assobiava e vibrava a língua junto às barras da gaiolinha. Mas como eu disse lá atrás, Violet não é nada menos que persistente. Ela concluiu que o pássaro não se sentia solitário porque ele já estava triste quando ela o comprou no meio de um bando de outros. Então se nem comida, nem companhia, nem seu próprio abrigo era importante para ele, Violet concluiu, e Joe concordou, nada mais restava para amar ou necessitar do que a música. Um sábado, levaram a gaiola para a cobertura, onde o vento soprava e os músicos também, com camisas tremulando atrás deles. Desde então o pássaro passou a ser um prazer para si mesmo e para eles.

Como Joe precisava estar no trabalho à meia-noite, eles adoravam o tempo depois do jantar. Se não jogavam uíste a dinheiro com Gistan, Stuck e a mulher nova de Stuck, Faye, ou prometiam cuidar dos filhos de alguém, ou deixavam Malvonne entrar para fazer intrigas, a fim de ela não se sentir mal por ter fingido lealdade e ter traído os dois, eles jogavam pôquer sozinhos até a hora de ir para cama debaixo da colcha de retalhos que planejavam logo, logo desmanchar em seus pedaços originais e comprar um bom cobertor de lã com barra de cetim. Azul-seco, talvez, embora fosse arriscado com toda a fuligem do ar e tudo o mais, porém Joe prefere azul. Ele quer entrar embaixo do cobertor e ficar abraçado com ela. Pegar a mão dela e colocar no peito, na barriga. Ele quer imaginar, deitado com ela no escuro, as formas de seus corpos debaixo do pano azul. Violet não se importa com a cor, contanto que do queixo para baixo aquela avenida de cetim inquestionável refresque a lava deles para sempre.

Deitado ao lado dela, a cabeça virada para a janela, ele vê atrás do vidro o escuro tomando a forma de um ombro com uma fina linha de sangue. Devagar, devagar assume a forma de um pássaro com uma lâmina vermelha na asa. Enquanto isso, Violet pousa a mão no peito dele como se fosse a borda de um poço ao sol e lá dentro alguém recolhesse presentes (lápis de grafite, tabaco Bull Durham, sabonete Jap Rose) para distribuir a todos eles.

Houve um fim de tarde, em 1906, antes de Joe e Violet irem para a Cidade, em que Violet deixou o arado e entrou na casinha de armas, o calor do dia ainda atormentando. Ela estava de macacão e uma camisa sem mangas desbotada, e foi tirando tudo devagar junto com o pano da cabeça. Numa mesa, perto do fogão de cozinhar havia uma bacia de esmalte — pintalgada de azul e branco e lascada em toda a borda. Debaixo do quadrado de toalha, ali deixado para evitar insetos, a bacia estava cheia de água. Palmas para cima, dedos primeiro, Violet enfiou as mãos na água e enxaguou o rosto. Diversas vezes ela colheu a água e jogou até suas faces e testa estarem refrescadas, o suor e a água misturados. Depois, molhou a toalha na água e lavou-se cuidadosamente. Do peitoril da janela, pegou uma camisa branca lavada naquela mesma manhã e enfiou sobre a cabeça e os ombros. Por fim, sentou na cama para soltar o cabelo. A maior parte dos nós feitos de manhã tinha se desprendido debaixo do lenço de cabeça e eram agora mechas de lã macia que seus dedos alisavam. Sentada ali, as mãos afundadas no prazer proibido do cabelo, ela notou que não tinha tirado os pesados sapatos de trabalho. Apoiou a ponta do pé esquerdo no calcanhar do direito e empurrou para fora um sapato. O esforço pareceu extra e a branda surpresa pelo quanto estava cansada foi interrompida por um chapéu macio e largo, tão usado e penumbroso como o quarto em que estava, descendo em cima dela. Violet não sentiu o ombro tocar o colchão. Muito antes disso tinha entrado num sono seguro. Profundo, confiante, enfeitado de sonhos coloridos. O calor era impiedoso, insinuante. Como as vozes das mulheres nas casas próximas cantando: "*Go down, go down, way down in Egypt land...*"* Uma respondendo a outra de quintal para quintal com um verso ou sua variação.

Joe estava fora havia dois meses, em Crossland, e quando voltou para casa e parou na porta viu o corpo escuro de Violet largado na cama. Ela lhe pareceu frágil e penetrável em todos os pontos, menos um pé, o esquerdo, que continuava calçado com o sapato de trabalho masculino. Sorrindo, ele tirou o chapéu de palha e sentou nos pés da cama. Ela segurava o rosto com uma das mãos; a outra descansando na coxa. Ele olhou as unhas tão duras quanto a pele das palmas e notou pela primeira vez como eram bonitas as mãos dela. O braço que saía da manga branca da camisola era musculoso por causa do trabalho no campo, incrivelmente fino, mas liso como de criança. Ele desamarrou o cadarço do sapato e tirou. Isso deve ter ajudado alguma coisa no sonho, porque então ela riu, uma risada leve e alegre que ele nunca tinha ouvido antes, mas que pareceu combinar com ela.

Quando os vejo agora eles não são sépia, imóveis, perdendo as bordas para a luz de uma tarde futura. Colhidos a meio caminho entre o foi e o será. Para mim, ele são reais. Bem focados e estalando. Eu me pergunto se eles sabem que são o som de dedos estalando debaixo dos sicômoros que ladeiam as ruas. Quando os trens ruidosos param nas estações e os motores fazem uma pausa, o ouvinte atento pode escutar. Mesmo quando não estão lá, quando quarteirões inteiros do centro da cidade e hectares de bairros gramados em Sag Harbor não conseguem vê-los, o

* "Para lá, para lá, lá na terra do Egito". (N. T.)

ritmo está ali. Nos sapatos com correia em T das debutantes de Long Island, nas franjas cintilantes das ousadas saias curtas que chiam e escorregam ao som da música que embriaga mais que champanhe. Nos olhos dos velhos que observam essas garotas, e nos dos jovens que as têm nos braços. Está no andar gracioso e relaxado dos homens de mãos nos bolsos das calças dos smokings. Seus dentes são brancos; o cabelo esticado e repartido ao meio. E quando eles tomam nos braços as garotas de correias em T e as levam para longe da multidão e das luzes brilhantes demais, é o ritmo que as faz balançar nas varandas escuras enquanto a Victrola toca na sala. O ritmo de dedos escuros estalando as leva ao Roseland, ao Bunny's; deques junto ao mar. A lugares sobre os quais seus pais alertaram e suas mães estremecem só de pensar. Tanto o alerta quanto o tremor vêm junto com os dedos estalando, com o ritmo. E a sombra. Afastada para certas ruas, proibida em outras, permitindo que os habitantes suspirem e durmam aliviados, a sombra se estende — bem ali — à margem do sonho ou deslizando nas fendas de um riso. Está lá fora nos arbustos que ladeiam a avenida. Desliza por quartos como se arrumasse este, endireitasse aquele. Junta-se no meio-fio da calçada, pulsos cruzados e esconde seu sorriso debaixo de um chapéu de abas largas. Sombra. Protetora, disponível. Ou às vezes não; às vezes parece espreitar mais do que pairar docemente, e estender-se não como um bocejo mas como uma expansão a ser batida de volta com uma vara. Antes de ritmar, bater ou estalar seus dedos.

Alguns sabem disso. Os que têm sorte. Aonde quer que vão, são como um relógio de mágico com ponteiros do mesmo tamanho, de forma que não se pode descobrir que horas são, mas se pode ouvir a batida, tique, taque.

No começo eu acreditava que a vida era de uma tal maneira que o mundo teria algum jeito de pensar sobre si mesmo, mas que tinha se desviado com os humanos porque a carne, assolada por sofrimento, a ele se prende com prazer. Prende-se a poços e cabelos dourados de menino; prefere inalar doce fogo provocado por uma moça em chamas do que segurar uma mão talvez-sim, talvez-não. Não acredito mais nisso. Tem alguma coisa faltando aí. Alguma coisa malévola. Alguma coisa mais que se precisa inventar antes de conseguir entender.

É bom quando gente adulta cochicha uma com a outra debaixo das cobertas. Seu êxtase é mais como um sussurro de folha do que um urro, e o corpo é o veículo, não o objetivo. Eles buscam, os adultos, alguma coisa além, muito além e muito, muito mais profunda debaixo do tecido. Eles relembram, quando sussurram, as bonecas de Carnaval que ganharam e os barcos de Baltimore em que nunca navegaram. As peras que deixaram nos ramos porque, se colhessem, elas sairiam dali e quem então veria aquela madurez se pegassem as peras para si? Como poderia algum passante vê-las e imaginar consigo mesmo que gosto teriam? Respirando e murmurando debaixo das cobertas que eles dois mesmos lavaram e penduraram no varal, numa cama que escolheram juntos e conservam juntos mesmo que uma perna esteja calçada com um dicionário de 1916 e o colchão, curvo como a mão de um pregador pedindo testemunhas em nome Dele, os envolva todas as noites e abafe seu sussurrante amor dos tempos antigos. Estão debaixo das cobertas porque não precisam mais olhar para si mesmos; não há nenhum olhar de garanhão, nenhum olhar enviesado para afastá-los. Eles estão voltados um para dentro do outro, unidos e ligados por bonecas de Carnaval e pelos vapores que viajam para portos que nunca viram. Isso é o que está debaixo de seus encobertos sussurros.

Mas há uma outra parte, não tão secreta. A parte que toca dedos quando um passa xícara e pires para o outro. A parte que fecha o colchete da gola dela à espera do bonde; e que tira fiozinhos do terno de sarja azul dele quando saem do cinema para a luz do sol.

Tenho inveja do amor público deles. Eu própria só conheci isso em segredo, só participei disso em segredo e desejei, ah, desejei revelar — poder falar em voz alta o que eles não têm nenhuma necessidade de dizer: *Que eu só amei você, entreguei todo meu ser negligente a você e a ninguém mais. Que eu queria que você me amasse também e demonstrasse isso para mim. Que eu adoro o jeito de você me segurar, do quanto você me deixa ficar próxima de você. Gosto dos seus dedos sempre e sempre, levantando, virando. Olhei seu rosto por um longo tempo agora e senti falta de seus olhos quando você foi embora de mim. Conversar com você e ouvir sua resposta — isso é que é bom.*

Mas não posso dizer isso em voz alta; não posso contar a ninguém que esperei por isso toda a minha vida e que ter sido escolhida para esperar é a razão de eu poder. Se pudesse eu diria. Diria me faça, me desfaça. Você é livre para fazer e eu sou livre para deixar você fazer porque olhe, olhe. Olhe onde suas mãos estão. Agora.

Toni Morrison é o pseudônimo de Chloe Anthony Wofford, nascida em 1931, numa família pobre de Lorain, Ohio, nos Estados Unidos. Leitora voraz, foi aluna brilhante, formou-se na mais importante universidade negra americana, a Howard, e prosseguiu seus estudos em Cornell. Seu primeiro best-seller foi *Amada*, que lhe valeu o prêmio Pulitzer e foi filmado por Jonathan Demme, com Oprah Winfrey no papel principal. Foi a primeira escritora negra a receber o prêmio Nobel de literatura, em 1993. Aposentou-se em 2006 como professora de humanidades na Universidade de Princeton. Dela, a Companhia das Letras publicou *Amada*, *Amor*, *O olho mais azul*, *Paraíso*, *Compaixão*, *Voltar para casa*, *Deus ajude essa criança* e o infantil *Quem leva a melhor?*. Faleceu em 2019.

COMPANHIA DE BOLSO

Luiz Felipe de ALENCASTRO (Org.)
História da vida privada no Brasil 2 — Império: a corte e a modernidade nacional
Jorge AMADO
Capitães da Areia
Mar morto
Carlos Drummond de ANDRADE
Sentimento do mundo
Hannah ARENDT
Homens em tempos sombrios
Origens do totalitarismo
Philippe ARIÈS, Roger CHARTIER (Orgs.)
História da vida privada 3 — Da Renascença ao Século das Luzes
Karen ARMSTRONG
Em nome de Deus
Uma história de Deus
Jerusalém
Paul AUSTER
O caderno vermelho
Ishmael BEAH
Muito longe de casa
Jurek BECKER
Jakob, o mentiroso
Marshall BERMAN
Tudo que é sólido desmancha no ar
Jean-Claude BERNARDET
Cinema brasileiro: propostas para uma história
Harold BLOOM
Abaixo as verdades sagradas
David Eliot BRODY, Arnold R. BRODY
As sete maiores descobertas científicas da história
Bill BUFORD
Entre os vândalos
Jacob BURCKHARDT
A cultura do Renascimento na Itália
Peter BURKE
Cultura popular na Idade Moderna
Italo CALVINO
Os amores difíceis
O barão nas árvores
O cavaleiro inexistente
Fábulas italianas
Um general na biblioteca
Os nossos antepassados
Por que ler os clássicos
O visconde partido ao meio
Elias CANETTI
A consciência das palavras
O jogo dos olhos
A língua absolvida
Uma luz em meu ouvido
Massa e poder
Bernardo CARVALHO
Nove noites
Jorge G. CASTAÑEDA
Che Guevara: a vida em vermelho
Ruy CASTRO
Chega de saudade
Mau humor
Louis-Ferdinand CÉLINE
Viagem ao fim da noite
Sidney CHALHOUB
Visões da liberdade
Jung CHANG
Cisnes selvagens
John CHEEVER
A crônica dos Wapshot
Catherine CLÉMENT
A viagem de Théo
J. M. COETZEE
Infância
Juventude
Joseph CONRAD
Coração das trevas
Nostromo
Mia COUTO
Terra sonâmbula
Alfred W. CROSBY
Imperialismo ecológico
Robert DARNTON
O beijo de Lamourette
Charles DARWIN
A expressão das emoções no homem e nos animais
Jean DELUMEAU
História do medo no Ocidente
Georges DUBY
Damas do século XII
História da vida privada 2 — Da Europa feudal à Renascença (Org.)
Idade Média, idade dos homens
Mário FAUSTINO
O homem e sua hora
Meyer FRIEDMAN,
Gerald W. FRIEDLAND
As dez maiores descobertas da medicina
Jostein GAARDER
O dia do Curinga
Maya
Vita brevis
Jostein GAARDER, Victor HELLERN,
Henry NOTAKER
O livro das religiões

Fernando GABEIRA
O que é isso, companheiro?
Luiz Alfredo GARCIA-ROZA
O silêncio da chuva
Eduardo GIANNETTI
Auto-engano
Vícios privados, benefícios públicos?
Edward GIBBON
Declínio e queda do Império Romano
Carlo GINZBURG
Os andarilhos do bem
História noturna
O queijo e os vermes
Marcelo GLEISER
A dança do Universo
O fim da Terra e do Céu
Tomás Antônio GONZAGA
Cartas chilenas
Philip GOUREVITCH
Gostaríamos de informá-lo de que amanhã seremos mortos com nossas famílias
Milton HATOUM
A cidade ilhada
Cinzas do Norte
Dois irmãos
Relato de um certo Oriente
Um solitário à espreita
Patricia HIGHSMITH
Ripley debaixo d'água
O talentoso Ripley
Eric HOBSBAWM
O novo século
Sobre história
Albert HOURANI
Uma história dos povos árabes
Henry JAMES
Os espólios de Poynton
Retrato de uma senhora
P. D. JAMES
Uma certa justiça
Ismail KADARÉ
Abril despedaçado
Franz KAFKA
O castelo
O processo
John KEEGAN
Uma história da guerra
Amyr KLINK
Cem dias entre céu e mar
Jon KRAKAUER
No ar rarefeito
Milan KUNDERA
A arte do romance
A brincadeira
A identidade
A ignorância
A insustentável leveza do ser
A lentidão
O livro do riso e do esquecimento
Risíveis amores
A valsa dos adeuses
A vida está em outro lugar
Danuza LEÃO
Na sala com Danuza
Primo LEVI
A trégua
Alan LIGHTMAN
Sonhos de Einstein
Gilles LIPOVETSKY
O império do efêmero
Claudio MAGRIS
Danúbio
Naguib MAHFOUZ
Noites das mil e uma noites
Norman MAILER (JORNALISMO LITERÁRIO)
A luta
Janet MALCOLM (JORNALISMO LITERÁRIO)
O jornalista e o assassino
A mulher calada
Javier MARÍAS
Coração tão branco
Ian McEWAN
O jardim de cimento
Sábado
Heitor MEGALE (Org.)
A demanda do Santo Graal
Evaldo Cabral de MELLO
O negócio do Brasil
O nome e o sangue
Luiz Alberto MENDES
Memórias de um sobrevivente
Gita MEHTA
O monge endinheirado, a mulher do bandido e outras histórias de um rio indiano
Jack MILES
Deus: uma biografia
Vinicius de MORAES
Antologia poética
Livro de sonetos
Nova antologia poética
Orfeu da Conceição
Fernando MORAIS
Olga
Helena MORLEY
Minha vida de menina

Toni MORRISON
Jazz
V. S. NAIPAUL
Uma casa para o sr. Biswas
Friedrich NIETZSCHE
Além do bem e do mal
O Anticristo
Aurora
O caso Wagner
Crepúsculo dos ídolos
Ecce homo
A gaia ciência
Genealogia da moral
Humano, demasiado humano
Humano, demasiado humano, vol. II
O nascimento da tragédia
Adauto NOVAES (Org.)
Ética
Os sentidos da paixão
Michael ONDAATJE
O paciente inglês
Malika OUFKIR, Michèle FITOUSSI
Eu, Malika Oufkir, prisioneira do rei
Amós OZ
A caixa-preta
O mesmo mar
José Paulo PAES (Org.)
Poesia erótica em tradução
Orhan PAMUK
Meu nome é Vermelho
Georges PEREC
A vida: modo de usar
Michelle PERROT (Org.)
História da vida privada 4 — Da Revolução Francesa à Primeira Guerra
Fernando PESSOA
Livro do desassossego
Poesia completa de Alberto Caeiro
Poesia completa de Álvaro de Campos
Poesia completa de Ricardo Reis
Ricardo PIGLIA
Respiração artificial
Décio PIGNATARI (Org.)
Retrato do amor quando jovem
Edgar Allan POE
Histórias extraordinárias
Antoine PROST, Gérard VINCENT (Orgs.)
História da vida privada 5 — Da Primeira Guerra a nossos dias
David REMNICK (JORNALISMO LITERÁRIO)
O rei do mundo
Darcy RIBEIRO
Confissões
O povo brasileiro
Edward RICE
Sir Richard Francis Burton
João do RIO
A alma encantadora das ruas
Philip ROTH
Adeus, Columbus
O avesso da vida
Casei com um comunista
O complexo de Portnoy
Complô contra a América
Homem comum
A humilhação
A marca humana
Pastoral americana
Patrimônio
Operação Shylock
O teatro de Sabbath
Elizabeth ROUDINESCO
Jacques Lacan
Arundhati ROY
O deus das pequenas coisas
Murilo RUBIÃO
Murilo Rubião — Obra completa
Salman RUSHDIE
Haroun e o Mar de histórias
Oriente, Ocidente
O último suspiro do mouro
Os versos satânicos
Oliver SACKS
Um antropólogo em Marte
Enxaqueca
Tio Tungstênio
Vendo vozes
Carl SAGAN
Bilhões e bilhões
Contato
O mundo assombrado pelos demônios
Edward W. SAID
Cultura e imperialismo
Orientalismo
José SARAMAGO
O Evangelho segundo Jesus Cristo
História do cerco de Lisboa
O homem duplicado
A jangada de pedra
Arthur SCHNITZLER
Breve romance de sonho
Moacyr SCLIAR
O centauro no jardim
A majestade do Xingu
A mulher que escreveu a Bíblia
Amartya SEN
Desenvolvimento como liberdade

Dava SOBEL
Longitude
Susan SONTAG
Doença como metáfora / AIDS e suas metáforas
A vontade radical
Laura de Mello e SOUZA (Org.)
História da vida privada no Brasil 1 — Cotidiano e vida privada na América portuguesa
Jean STAROBINSKI
Jean-Jacques Rousseau
I. F. STONE
O julgamento de Sócrates
Keith THOMAS
O homem e o mundo natural
Drauzio VARELLA
Estação Carandiru
John UPDIKE
As bruxas de Eastwick
Caetano VELOSO
Verdade tropical
Erico VERISSIMO
Caminhos cruzados
Clarissa
Incidente em Antares
Paul VEYNE (Org.)
História da vida privada 1 — Do Império Romano ao ano mil
XINRAN
As boas mulheres da China
Ian WATT
A ascensão do romance
Raymond WILLIAMS
O campo e a cidade
Edmund WILSON
Os manuscritos do mar Morto
Rumo à estação Finlândia
Edward O. WILSON
Diversidade da vida
Simon WINCHESTER
O professor e o louco

1ª edição Companhia de Bolso [2009] 3 reimpressões

Esta obra foi composta pela Verba Editorial em Janson Text e impressa pela Gráfica Bartira em ofsete sobre papel Pólen da Suzano S.A. para a Editora Schwarcz em setembro de 2025